UNE VILLA EN SICILE :

MEURTRE ET HUILE D'OLİVE

(Un Cozy Mystery entre Chats et Chiens — Livre Un)

FIONA GRACE

Fiona Grace

L'auteure débutante Fiona Grace est l'auteure de la série LES HISTOIRES À SUSPENSE DE LACEY DOYLE, qui comporte neuf tomes (pour l'instant), de la série des ROMANS À SUSPENSE EN VIGNOBLE TOSCAN, qui comporte quatre tomes (pour l'instant), de la série des ROMAN POLICIER ENSORCELÉ, qui comporte trois tomes (pour l'instant) et de la série des ROMANS À SUSPENSE DE LA BOULANGERIE DE LA PLAGE, qui comporte trois tomes (pour l'instant).

Comme Fiona aimerait communiquer avec vous, allez sur www.fionagraceauthor.com et vous aurez droit à des livres électroniques gratuits, vous apprendrez les dernières nouvelles et vous resterez en contact avec elle.

CHAPITRE UN

Être vétérinaire impliquait de s'occuper d'une foule de créatures étranges.

Pas les patients.

Non, les patients étaient mignons, tendres, adorables, raison pour laquelle Audrey Smart s'était lancée dans cette carrière au départ. Elle n'avait jamais rencontré un animal qu'elle détestait.

C'étaient ceux qui payaient les factures et son salaire, dont elle aurait préféré se passer.

Audrey dévisageait la « maman » de son dernier patient. La femme caressa la tête avachie de son adorable caniche nain, et l'embrassa de ses lèvres peintes et botoxées.

— Je ne sais pas ce qui ne va pas avec Donut. D'habitude, il n'est pas aussi léthargique !

Hmmm, je me demande bien aussi. Ça n'aurait rien à voir avec maman par hasard ?

Tout en se forçant à la regarder bien en face, alors qu'elle n'avait qu'une envie, lever les yeux au ciel, Audrey expliqua, *une fois de plus* :

— Vous avez laissé traîner du vin pendant votre garden-party, Mme Marx. Vous avez dit que le chien avait bu la moitié d'un verre ? C'est beaucoup pour un si petit organisme.

Audrey ne voulait pas juger, mais parfois, c'était si *tentant*.

Les sourcils trop épilés de la femme se dressèrent alors.

— C'est absurde ! Donut a des goûts très raffinés et je ne sers que le meilleur.

Repoussant sa queue de cheval par-dessus son épaule, Audrey plaça le stéthoscope sur le flanc de l'animal, écoutant son cœur battre au ralenti. Pauvre créature. Elle caressa sa toute petite tête, juste entre ses oreilles.

— Je suis certaine que vous avez très bon goût, mais même le *meilleur des vins* n'est pas recommandé pour un chien, car les raisins peuvent être toxiques. Le vin et les chiens ne font pas bon ménage.

La femme tapota impatiemment le talon de son Louboutin sur le sol ciré, un air de défi sur son visage pincé, au teint anormalement cuivré.

— Vous ne connaissez pas Donut.

1

Audrey sourit au petit chien qui la contemplait avec gratitude et adoration.

– Nous devrions le faire vomir.

Elle resta bouche bée.

– Le faire vomir ? Vous n'y pensez pas !

– D'accord, bon, il n'est pas en danger. Si vous préférez, nous pouvons simplement le laisser se reposer. Il devrait aller mieux d'ici quelques heures, mais nous le garderons ici en observation.

Au lieu d'accepter, la femme posa ses poings sur ses hanches.

– Où est cet adorable et séduisant vétérinaire ? Celui qui a un regard bleu pénétrant et langoureux ? J'exige de le voir.

Audrey soupira. Peut-être s'était-elle montrée un peu trop brusque. Mais cela se passait toujours ainsi. Elle se voyait comme le porte-parole des animaux dont elle s'occupait, leur défenseuse. Parfois, elle ne pouvait s'empêcher de se montrer insensible envers leurs propriétaires.

– Le Dr Ferris est absent. C'est moi le vétérinaire titulaire maintenant.

Elle toisa longuement Audrey, comme pour dire, *Et qui êtes-vous pour dire ça ?*

– J'exige de voir un *vrai* médecin.

Audrey laissa échapper un nouveau soupir. À trente-deux ans, elle n'aurait pas dû avoir besoin de se trimballer son diplôme de vétérinaire en permanence, comme un accessoire, au même titre que son iPhone. Sans doute était-ce dû à de bons (ou de mauvais) gènes, qui lui donnaient l'air de ne pas avoir encore terminé ses études ; ou peut-être était-ce parce qu'elle était une femme, ou encore parce que la plupart des propriétaires d'animaux qui venaient au Centre Vétérinaire de Back Bay étaient bien trop imbus d'eux-mêmes pour remarquer la petite plaque à son nom qui indiquait « *Dr Audrey Smart* »... Mais sérieusement. Combien de temps devrait-elle encore subir cela ?

Déjà trois fois cette *semaine*.

Tout en se mordant la langue, elle attrapa son iPad sur la table d'examen et tendit la main vers la porte. Quand elle l'ouvrit, elle fit signe à l'un des vétérinaires de veiller à ce que tout se passe bien entre Donut et les autres animaux en observation.

– Je vais laisser une note pour que le Dr Ferris jette un œil quand il prendra sa garde le matin.

Finalement apaisée, Mme Marx donna quelques baisers à son pauvre chien ivre et dit, comme si elle parlait à un bébé :

— Tu vas tellement manquer à maman !

Elle passa devant Audrey en la foudroyant du regard, laissant derrière elle un nuage de parfum suffocant.

— Oui, veillez-y, dit-elle, la tête haute comme un membre de l'aristocratie britannique, tout en plongeant la main dans son énorme sac à main haute couture pour y chercher son portefeuille.

À la seconde même où la femme franchit la porte, Audrey abandonna le sourire factice qu'elle avait eu du mal à garder. Elle vérifia l'heure à l'horloge au-dessus de la réception. Trois minutes avant le départ. *Enfin.*

En route pour la salle de repos, elle avait déjà commencé à déboutonner sa blouse blanche quand une montagne d'ennuis se dressa en travers de son chemin.

Elle n'avait nulle part où aller. S'il ne l'avait pas déjà repérée, elle se serait cachée dans l'une des salles d'examen, mais là, ils étaient seuls dans le couloir. Le Dr Brice Watts faisait partie de ces personnes qui portent l'angoisse et le drame sur eux. Il était comme une tornade dévorant tout sur son passage, ne laissant derrière elle que l'ombre de ce qui avait été.

— Écoute, *Aud*, ma petite, dit-il en avançant dans le couloir vers elle, tout en clignant de l'œil en direction de la réception, probablement à l'une des rares vétérinaires qu'il n'avait pas déjà ajoutées à sa liste de conquêtes.

— Tu peux me dépanner pour ce soir ? J'ai *un truc.*

Il mima des guillemets avec ses mains, après coup. Ce type mettait toujours tout entre guillemets, même quand il n'en fallait pas.

— *Un truc* ? répéta Audrey.

Elle mima à son tour des guillemets pour dire :

— Comme une *verrue plantaire ?*

Il se moqua d'elle comme si elle avait été une enfant moyennement amusante, qui avait abusé de la patience des adultes. Il devait avoir quarante-cinq ans, et devenait chauve, et pourtant il jouait tellement bien la carte du « *Je suis meilleur que toi* » qu'étonnamment, pas mal de gens marchaient.

— Des billets pour une représentation au Boston Symphony Hall. Mahler.

— Désolé, *Bri*, mon garçon dit-elle en haussant des épaules, pas peu fière de ce surnom. Mais j'ai un *truc*, moi aussi.

Il en resta bouche bée. Elle l'avait visiblement surpris, puisque de tous les médecins, c'était elle qui était presque toujours, systématiquement, libre.

– Dois-je te rappeler que tu es tout en bas de l'échelle ici ?

Elle le dévisagea. Ce n'était pas la première fois qu'il lui faisait ce genre de coup de dernière minute, l'obligeant à bousculer complètement son précieux planning Netflix.

– Je comprends. Mais je sais aussi que j'ai pris cet engagement il y a des mois de cela, et je ne peux pas décommander à la dernière minute. Je suis désolée. D'ailleurs, j'ai pris ton astreinte d'urgences la semaine dernière, pour ton autre *truc*. Tu te souviens ?

À en juger par son expression, ce n'était pas le cas.

– Tu te rappelles ? Ce gala au Boston Ballet auquel il *fallait* que tu ailles ?

– Ah, *ça*. Oui, mais…

Audrey fit comme si elle regardait sa montre, même si elle n'en portait pas.

– Comme je l'ai dit, je dois partir.

Elle se faufila devant lui dans le couloir, le laissant grommeler derrière elle. Une fois à son casier, elle récupéra ses affaires, espérant pouvoir s'échapper en direction du métro sans que d'autres catastrophes ne se présentent.

Ce n'était pas comme si elle avait tout inventé. Elle avait *vraiment* quelque part où aller. Mais elle avait le sentiment qu'avec sa chance, cela allait être encore plus pénible que de subir la compagnie nocive de Mme Marx pour une consultation de quinze minutes.

*

En grandissant, Audrey avait rêvé de trouver tout un comité d'accueil en rentrant chez elle. Elle ouvrirait la porte et une demi-douzaine de ses êtres préférés au monde seraient là, remuant la queue avec excitation, attendant leurs câlins. Elle aurait voulu avoir un chien ou deux, sans aucun doute un chat, peut-être un lapin et un hamster. Même une tortue, juste pour faire le compte.

Cette idée était tombée aux oubliettes lorsqu'elle avait obtenu son diplôme de l'école vétérinaire avec près de deux cent mille dollars de dettes, avait trouvé un emploi et essayé d'entrer dans le *monde réel*, il y avait de cela quatre ans.

Le seul endroit qu'elle pouvait se permettre en ville était un petit placard à Southie, dont l'intérieur avait dû être recouvert plus d'une fois de ce ruban jaune qui marque les scènes de crime. Pourtant, elle avait été heureuse, enthousiaste à l'idée de démarrer ce nouveau chapitre de sa vie en tant que femme active.

Ce n'est qu'après avoir emménagé qu'elle avait remarqué la clause du bail qui stipulait *Pas d'animaux*.

De toute façon, cela aurait été injuste pour sa petite troupe, si elle avait existé. Son travail lui prenait à présent beaucoup trop d'heures ; elle devait bien rembourser petit à petit ses prêts étudiants.

Soupirant, elle pénétra dans l'appartement, dans un silence absolu, et contempla les murs mornes et gris. Elle avait arrangé l'endroit du mieux qu'elle avait pu, ajoutant des touches personnelles, essayant de se l'approprier, mais semblait toujours aussi *provisoire*.

Ses yeux tombèrent sur une enveloppe blanche sur le sol. Quelqu'un avait dû la pousser sous la porte.

Alors qu'elle se penchait pour la ramasser, sa première pensée fut : *Un admirateur secret ?*

Puis elle rit de sa stupidité. Elle ne *faisait* pas seulement vingt ans. Certaines de ses pensées, réalisait-elle, étaient tout aussi naïves. Surtout celles concernant les hommes. Il y avait un gars au quatrième étage, en dessous d'elle, qui était plutôt mignon, mais même à trente-deux ans, Audrey ne parvenait qu'à rougir comme une écolière à chaque fois qu'ils se rencontraient dans les escaliers. Une fois, il lui avait demandé si elle connaissait de bons restaurants thaïlandais à proximité, et elle s'était contentée de glousser nerveusement. Il avait dû penser qu'elle était idiote.

En soulevant le rabat de l'enveloppe, elle râla en apercevant le logo de la société de gestion immobilière de son propriétaire.

– Qu'est-ce qu'ils peuvent bien me vouloir ? Je n'ai pas de retard loyer, marmonna-t-elle en dépliant la lettre.

Elle se contenta d'abord de lire en diagonale. Puis elle lut l'intégralité de la lettre. Deux fois. Elle se précipita ensuite dans la cuisine, où elle la jeta sur la table. Elle avait désespérément besoin d'un animal à cajoler.

Comment ces gens avaient-ils pu vendre l'immeuble, sans préavis ? Non seulement cela, mais les nouveaux propriétaires *doublaient* le loyer ! Il n'existait pas de lois contre ça ?

Elle attrapa son téléphone, le souffle court, essayant de réfléchir à qui elle pouvait appeler, puis elle remarqua l'heure.

Elle était attendue à l'hôtel Copley Square dans une heure pour sa réunion d'anciens camarades de lycée.

Par le passé, les réunions de lycée ne lui avaient guère réussi. Celle des cinq ans avait été un gros échec. Elle s'était pomponnée, excitée à l'idée de pouvoir se vanter d'avoir obtenu son diplôme *magna cum laude* [1]du Boston College, d'être sur le point d'aller à l'école vétérinaire, et puis… rien.

Personne ne l'avait remarquée. Elle avait passé tout le temps à sa table, seule. Quelqu'un l'avait prise pour une serveuse et lui avait commandé un whisky sec.

La soirée avait été si terrible quelle s'était fendue d'un grand « *oh que non !* » pour la réunion des dix ans. Et elle s'était montrée très favorable à l'idée d'éviter les réunions des quinze, vingt, vingt-cinq ans… toutes, jusqu'à la dernière.

Mais ça, c'était *jusqu'à ce que…*

Elle alluma son téléphone pour relire le dernier message que Michael Breckenridge lui avait envoyé sur Facebook quelques jours auparavant. *J'ai hâte de te voir, ma jolie.*

Elle fut parcourue d'un frisson d'excitation. Une vraie adolescente. Au lycée, Michael avait été son plus grand béguin, le gars qu'elle avait du mal à regarder sans que son cœur batte la chamade, que le rouge lui monte aux joues. Il avait un an de plus qu'elle et était acteur dans la troupe. Son interprétation de Willy Loman dans *Mort d'un commis voyageur* avait fait un malheur à Westwood High.

Il l'avait contactée à l'improviste, quelques semaines auparavant, lorsqu'elle avait rejoint un groupe Facebook pour se tenir au courant des projets de réunion. Étonnamment, il se souvenait d'elle, même si Audrey ne s'était jamais occupée d'autre chose que des décors de la pièce.

Ma jolie.

Elle frémit en courant vers la douche, essayant de se souvenir de la dernière fois qu'elle avait été complimentée de la sorte. Jamais, à vrai dire. Malheureusement, la réunion des cinq ans reflétait parfaitement sa vie amoureuse dans son ensemble.

Absolument sans histoires. Inexistante. Un échec complet.

Cette fois, les choses ne seraient pas seulement différentes, mais *magiques.*

---

[1] *(Toutes les notes sont de la traductrice)* : Mention honorifique, équivalente de la mention « Bien » en France

Audrey, courage. Cela fait quinze ans. Tu es docteur en médecine vétérinaire.

Quarante-cinq minutes plus tard, elle finissait d'appliquer ses faux cils, et reculant devant son miroir, tout en lissant sa robe rouge rubis moulante. Le vendeur de chez Nordstrom l'avait qualifiée de fatale ; l'essayage lui avait valu d'attirer une petite foule d'admirateurs, qui l'avaient complimentée sur sa silhouette fine et sa jolie peau. Et qu'est-ce que cela pouvait bien faire s'ils avaient tous plus de quatre-vingts ans ? Audrey se regarda dans le miroir et rejeta les épaules en arrière. La robe était vraiment simple, très sexy, et lui donnait l'impression de ne rien porter. Jamais encore elle n'avait assumé une telle tenue en public.

Tu es splendide, se dit-elle, faisant écho aux dames dans le vestiaire alors qu'elle sortait quelques mèches brunes de son chignon.

Elle appliqua un rouge à lèvres écarlate, la touche finale, claqua des lèvres et esquissa un baiser en direction du miroir.

– Michael n'aura d'yeux que pour toi, murmura-t-elle à son reflet. Elle avait *vraiment* besoin d'un animal à cajoler.

Du moins, j'espère.

Elle prit une profonde inspiration, attrapa son sac à main et se dirigea vers la porte. C'est alors que son téléphone sonna.

Lorsque le nom de Michael apparut à l'écran, elle faillit perdre l'équilibre du haut de ses talons de dix.

CHAPITRE DEUX

Audrey ouvrit *Facebook Messenger* et lut le message pour la dixième fois. *Garde une place pour moi, ma jolie.*

Elle drapa le tissu de sa robe sur son genou et se souvint de la raison pour laquelle elle ne portait pas de robes de soirée fendues jusqu'aux cuisses dans les transports en commun.

Un homme édenté et hirsute – il avait littéralement des poils *partout* – la scrutait de l'autre côté de l'allée tout en faisant des gestes obscènes. Était-ce la pleine lune ?

Certes, les rencontres avec des gens bizarres ne lui arrivaient pas qu'une fois par mois. Elles semblaient se produire de plus en plus souvent ces temps-ci. La semaine précédente, un type avec un sweat-shirt MIT s'était penché vers elle et lui avait demandé s'il pouvait renifler ses cheveux.

Parfois, elle en venait à vraiment détester le métro. Mais, outre le fait de n'avoir qu'un appartement minuscule, elle ne possédait pas de moyen de transport. Elle n'avait même pas de vélo.

Elle plongea le nez sur son téléphone, essayant de maîtriser les battements rapides de son cœur.

Garde une place pour moi, ma jolie.

Ses hormones d'adolescentes se réveillèrent et lui envoyèrent des frissons dans tout le corps alors qu'elle essayait de se concentrer sur les nouvelles du jour. Mais elles étaient déprimantes – politique, crime, catastrophes naturelles. Rien de bien joyeux, même de loin. Pourquoi les nouvelles étaient-elles toujours mauvaises ?

La pire nouvelle de la journée : *Pas d'appartement.* Honnêtement, elle se démenait déjà, essayant tant bien que mal de rembourser ses prêts étudiants dans sa petite bicoque. Comment était-elle censée payer un loyer aussi élevé ? La situation était grave. Du genre « fond du gouffre ».

Alors qu'elle faisait défiler son écran avec le pouce, elle faillit manquer une villa en stuc baignée de soleil, à flanc de colline, et qui surplombait une mer d'un bleu profond.

Elle poussa un soupir audible, sentant presque la chaleur de la méditerranée effleurer ses joues, l'agréable brise marine jouer dans ses cheveux. L'été au centre-ville de Boston était poisseux, bruyant et dégoûtant. Elle fit une pause et revint à la photo, avec un sourire mélancolique.

Un tel endroit était sans nul doute épargné par tous les maux du monde. La politique ? Qu'est-ce que c'est ? La criminalité ? Jamais de la vie ! Les catastrophes naturelles ? Jamais entendu parler ! Et les hommes glauques et pervers n'y couraient sans doute pas les rues non plus. C'était un endroit à l'écart de tout, une petite bulle parfaite loin du monde.

Elle dut lire le titre trois fois avant que l'information n'atteigne enfin le cerveau.

Devenez propriétaire d'une villa belle ville de Sambuca, en Sicile, pour seulement 1 $!

Mais bien sûr. Il y avait forcément un piège. Quelque chose que les annonceurs préféraient taire. *Ça ne vous coûtera que 1 $… ainsi que votre âme !*

D'une certaine façon, cette manchette grotesque était parvenue à entacher un peu ce paradis.

Mais elle avait malgré tout fonctionné. Elle était intriguée. Elle cliqua sur l'annonce.

La même photo d'une jolie villa italienne apparut, accompagnée de ces mots : *Vous avez toujours rêvé de vivre en Italie ? Saisissez votre chance, à un prix défiant toute concurrence. Aujourd'hui, vous pouvez devenir propriétaire d'un magnifique terrain à Sambuca, en Sicile, pour moins cher qu'une tasse de café ! Réalisez vos rêves dès maintenant ! À bientôt dans votre petit paradis privé !*

Audrey approcha la photo si près de son visage qu'elle faillit se cogner le nez sur l'écran de son téléphone. Elle avait envie de plonger dans les eaux bleues de la Méditerranée. Louer un yacht. Partir naviguer avec un grand italien ténébreux du nom d'Antonio ou Rinaldo. Quelque chose en « o ».

Elle soupira de nouveau, imaginant une promenade dans une rue pavée jusqu'à sa belle villa italienne. Tout cela semblait si original, si simple, si… conforme à l'image qu'elle se faisait de l'Europe.

Elle faillit manquer son arrêt à Copley. Mais quand les portes du métro s'ouvrirent, elle observa son environnement morose, et retrouva un peu de bon sens. *Il y a une raison pour laquelle ces maisons ne coûtent qu'un dollar, Audrey. Si quelque chose semble trop beau pour être vrai, c'est généralement le cas.* Le bon sens de sa mère lui revint en mémoire, cette femme qui n'aurait jamais laissé Audrey à un arrêt de bus sans un parapluie, même si le temps n'était qu'à la bruine.

Elle se leva, arrangea légèrement la fente de sa robe et, ignorant les sifflets de l'homme hirsute, sortit de la rame. Rejoindre l'hôtel Copley Square aurait été beaucoup plus pratique si elle n'avait pas porté de talons aiguilles. *Les gens marchent vraiment avec ça ?* se demanda-t-elle alors que l'un de ces talons restait coincé pour la millième fois. Grille d'égout, trottoir lézardé ou accidenté... la vieille ville de Boston en était truffée. Sa mère aurait insisté pour qu'elle porte des chaussures plates, mais des Scholl n'auraient pas eu l'effet escompté sur Michael. Par miracle, elle parvint à l'hôtel en un seul morceau.

À l'intérieur, vacillant un peu sur ses talons, elle se dirigea vers la table d'inscription située à l'entrée de la salle de bal.

Il lui fallut une minute pour reconnaître ces personnes qu'elle n'avait pas vues depuis dix ans. Mitzy Silverman (jugée « *personne la plus susceptible de remporter une Lexus avec son programme de vente pyramidale* » au lycée de Westwood), assise entre une boisson fruitée et le quarterback de la classe, Dobie QuelqueChose, déjà ivre, et qui avait le regard plongé dans son décolleté.

Elle rit d'une plaisanterie de Dobie, avant de poser les yeux sur Audrey.

Son sourire disparut.

— C'est la réunion des anciens du lycée de Westwood, ma chère. Êtes-vous sûre d'être au bon endroit ?

— Je sais. Audrey Smart ?

Elle leva les yeux au ciel.

— Il n'y a pas...

Elle s'interrompit au moment où Audrey se pencha pour s'emparer de l'étiquette à son nom, le levant en signe de triomphe.

— Merci pour ton aide ! lança-t-elle, arrachant la pellicule de protection, avant de coller l'étiquette sur son sein.

Soupirant, elle se demanda s'il était encore temps de partir. *La Femme Invisible. C'est moi.*

C'était logique que peu de gens la reconnaissent. Sa classe comptait plus de mille élèves, et elle ne s'était jamais fait remarquer, consacrant la majeure partie de son temps à faire du bénévolat à la clinique vétérinaire, plutôt que de participer aux activités scolaires.

Puis elle songea à Michael. *Ma jolie.*

Au départ, la salle aurait tout aussi bien pu être remplie de parfaits inconnus en robes de bal, et aux rides naissantes. Puis, peu à peu, elle commença à reconnaître certains d'entre eux. Cette fille timide, avec qui elle partageait son pupitre de flûte en classe de musique, était devenue une véritable beauté. Le cancre de la classe, qui avait abandonné ses études en première année, avait troqué sa chemise en flanelle contre un costume trois-pièces. Tout autour de la salle, des gens parlaient de leurs vies, et Audrey interceptait des bribes de conversation de-ci de-là.

Mais personne ne vint à elle, bras tendus, impatient de l'étreindre, à l'instar de ce qui semblait se passer partout dans la salle, comme autant de petites éruptions de *Oh mon dieu !* qui tout autour d'elle. Ses anciens camarades de classe fla contournaient, comme si le mot *Peste* était gravé sur son front.

Ce n'était pas grave. Elle n'était pas venue pour eux. Après tout, sa sœur était sa meilleure amie, et elle n'avait besoin de rien d'autre. Aux tables, des gens qu'elle-ne-reconnaissait-pas-à-moins-que-peut-être échangeaient fièrement des photos de leurs enfants, de leurs grandes maisons toutes identiques dans leurs lotissements de banlieue et de vacances exotiques ; et ils se racontaient les histoires de leurs trépidantes existences. Audrey s'agitait, luttant contre l'envie de s'enfuir.

Elle parcourut la salle du regard, à la recherche de sa coiffure si typique, son épaisse tignasse blonde et rebelle, et de son sourire à un million de dollars, véritable Ode à l'Orthodontie. Il avait mis une image de Snoopy en guise de photo de profil Facebook, ce qui ne l'aidait pas beaucoup, mais elle imaginait une version plus aboutie et sexy du vieux Michael. Les hommes semblaient toujours mieux vieillir. Le meilleur exemple : Sean Connery. À quel point avait-il vraiment changé en l'espace de quinze ans ? Visiblement, elle n'avait *pas assez* changé, au vu de ses genoux qui s'entrechoquaient. Heureusement qu'on avait inventé les robes longues !

Prenant une profonde inspiration, elle traversa la salle de bal, saisissant des bribes de conversation çà et là – un « Je viens d'être promu Directeur Financier ! » par ici, un « J'ai adoré la Toscane, mais je préfère Milan » par là.

En chemin, Audrey croisa un type qu'elle crut reconnaître, et préféra s'en assurer. Il fit de même. Elle s'arrêta. La dernière fois qu'elle l'avait vu, il était en train de vomir dans une poubelle, trop angoissé pour prononcer son discours de major de promotion. À l'époque, il souffrait d'une acné sévère, d'une fâcheuse coupe de cheveux en brosse, et d'un problème de poids.

– Kevin ?

– Audrey ?

Il s'approcha d'elle et l'embrassa sur la joue, avant de reculer pour la regarder. Elle fit de même, bouche bée. Les joues de bébé avaient disparu, il avait une peau impeccable, et ses cheveux noirs retombaient de façon désordonnée.

– T-tu es superbe ! balbutia-t-elle, à peine capable d'en croire ses yeux.

Il avait été son partenaire de labo en troisième et quatrième année, et c'était grâce à lui qu'elle n'était pas devenue folle. Certes, à l'époque, il était un peu ringard (bon, d'accord, très ringard), au moins qu'elle l'avait à peine regardé à l'époque. Il avait failli l'inviter à sortir, de manière détournée, mais Audrey s'était toujours défilée quand il avait cette petite étincelle amoureuse dans le regard.

Aujourd'hui, il était magnifique. Un véritable délice pour les yeux. Elle lui agrippa le bras.

– Oh, mon Dieu, cela me fait tellement plaisir de te voir…

– Et voici ma femme, dit-il. Mimi.

Audrey resta bouche bée devant la beauté exotique de cette femme asiatique. Elle était sûre de l'avoir déjà vue en couverture de magazine quelque part.

– Oh. Euh, salut. Je crois vous avoir déjà vue quelque part.

Mimi se contenta de glousser.

– C'est possible. C'est une ancienne mannequin de fitness. Mais à présent, c'est l'une des physiciennes de mon équipe. C'est ainsi que nous nous sommes rencontrés.

Il lui sourit, lui prit la main et la serra.

– Ton équipe ? s'enquit-elle.

– Ah, oui, mon entreprise travaille avec le gouvernement, nous sommes pionniers dans les nouvelles technologies qui génèrent des énergies propres pour créer un avenir meilleur pour le monde, expliqua-t-il, à la manière d'un publicitaire.

– Wouah… alors vous sauvez littéralement le monde ?

Il acquiesça d'un signe de tête.

– Effectivement. Et toi ?

Audrey hésita. À côté d'une telle carrière, être Docteur en médecine vétérinaire n'avait rien de très glorieux. Oh, et puis après tout ! Pour certaines personnes, leurs animaux représentaient tout leur monde. Elle releva le menton avec fierté.

– Eh bien, je suis une…

Juste à ce moment-là, le DJ commença à jouer « Oh What a Night », et sa femme le tira par la manche de son smoking.

– Allez, Kevvy. Allons danser !

Audrey lui adressa un signe de la main tandis que sa femme l'entraînait vers la piste.

Elle arriva finalement au bar. Le barman l'ignora durant les cinq premières minutes, avant de lever les yeux sur elle.

– Un rhum Coca ? commanda-t-elle.

D'ordinaire, elle ne buvait pas, mais aujourd'hui, elle avait terriblement besoin de se défouler.

– Une pièce d'identité, je vous prie ?

Elle leva les yeux au ciel, et pointa son badge du doigt. Voyant que cela ne marchait pas, elle ouvrit son sac à main et en sortit sa carte d'identité.

– J'ai trente-deux ans, lui rétorqua-t-elle, en se demandant à quel moment elle pourrait commencer à se sentir flattée qu'on la prenne pour quelqu'un de moins de vingt et un ans.

Son verre à la main, elle venait tout juste de boire une gorgée à la paille quand quelqu'un l'interpella :

–Ashley?

Au début, elle ne se retourna pas, mais quand la personne insista, ajoutant son nom de famille, elle leva les yeux.

– C'est Audrey, en fait, dit-elle à la femme aux cheveux sombres, coupés courts à la lutine, qui lui souriait.

Une écharpe fluide passée autour du cou, elle avait le regard intelligent et sans détour d'une psychanalyste, mais Audrey se souvenait d'elle.

–Kristin?

Elle hocha la tête et Audrey sourit, heureuse de trouver à qui parler, et ainsi briser sa solitude forcée.

– Oui ! répondit Kristin. Wouah, tu es superbe. Tu n'as pas changé !

– Merci, toi non plus.

Tout lui revenait en mémoire à présent. Elles avaient travaillé ensemble sur des décors, notamment sur ceux de *Mort d'un commis voyageur*. Elles avaient toutes deux peint la cheminée du salon en bavant sur Michael alors qu'il répétait ses répliques sur scène. Se disputant les attentions de Michael malgré leur amitié, elles ne s'étaient rapprochées qu'après avoir échoué toutes les deux.

– Tu habites toujours dans le coin ?

– Non. J'ai déménagé à New York. Rob et moi sommes ici pour le week-end. Mon mari. Je l'ai rencontré à l'Université de New York. Il est médecin à Brooklyn. Je gère ma propre organisation à but non lucratif, nous contribuons à mettre un terme au trafic d'êtres humains.

Wouah. Encore quelqu'un qui sauve le monde. Il devait y avoir un nid dans ma classe au lycée.

– C'est incroyable.

– Mon Dieu, que c'est bon d'être de retour et de te voir ! dit-elle en frottant le bras nu d'Audrey. – Et toi alors ? Tu es mariée ?

– Non ! Mais en fait, j'habite toujours en ville. Pour le moment, du moins. Je suis…

– Oh mon Dieu.

Kristin avait le regard fixé sur un point derrière Audrey, les yeux exorbités.

Persuadée qu'il devait y avoir un serveur en feu, voire une invasion de zombies, ou quelque chose du genre, Audrey se retourna pour suivre le regard de Kristin. C'est à cet instant qu'elle le vit.

Il se tenait sur le pas de la porte, en haut de l'escalier, où il s'était arrêté, tel un membre de la famille royale attendant que l'on annonce son arrivée. Tout le monde s'arrêta de parler. Le morceau des Backstreet Boys joué par le DJ s'arrêta brusquement dans la tête d'Audrey. Ce fut comme un petit séisme sous ses pieds, et elle en aurait trébuché si elle n'avait pas été appuyée contre le bar.

Parce que c'était lui…

Le Michael Breckenridge.

Il balaya la salle du regard, trouva Audrey, fixa les yeux sur elle. Cible acquise.

Et il se dirigea droit vers elle.

CHAPITRE TROIS

– Le *voilà*, murmura Kristin. Tu te souviens à quel point il était incroyable dans le rôle de... comment s'appelait-il ? Willy Lohan ?

– Hum... Loman, murmura Audrey en le toisant. En le scrutant *de haut en bas*, y compris les soixante-dix kilos supplémentaires qui l'accompagnaient.

Non, Michael Breckenridge n'avait pas *tant* grossi que cela. Oh, bien sûr, il avait des poignées d'amour, et il n'allait pas tarder à avoir un double menton... mais l'essentiel du poids supplémentaire appartenait à la grande Barbie blonde peroxydée à son bras, recouverte de paillettes, et qui semblait tout droit sortie du *Juste Prix*.

Audrey faillit recracher sa gorgée de rhum Coca alors qu'il descendait les escaliers en trottinant, avec un petit mouvement insolent dans la démarche, sorte de mélange entre John Travolta et un intervenant spécialisé en motivation. Ce faisant, il claqua des doigts et pointa du doigt plusieurs personnes dans la foule de ses admirateurs. Il reçut au passage quelques baisers de la part des filles présentes.

De toute évidence, ce type ne vivait *que* pour ses réunions d'anciens.

Elle plissa les yeux, se demandant si c'était juste dû à un mauvais éclairage, mais ces longues mèches blondes si abondantes étaient maintenant victimes de... argh ! ... Un début de calvitie ?

Avant qu'elle puisse s'en assurer, il avait déposé la blonde à une table comme s'il s'agissait d'un sac lourd qu'il déposait sur le trottoir et fila droit sur Audrey.

Mais... était-ce bien sur elle ? Non, il se dirigeait plutôt vers le bar.

Ce cauchemar ambulant ne fit malheureusement qu'empirer alors qu'il se rapprochait !

Il était bronzé, anormalement bronzé, mais son bronzage ne cachait pas les énormes poches sous ses yeux ni son nez écarlate qui coulait. Ni ses taches de rousseur ni le relâchement global de ses bajoues. Si l'on ajoutait à cela sa calvitie naissante, on pouvait lui donner, oh... soixante ans bien tassés. Il portait un smoking froissé, dont le col était maculé d'une étrange substance verdâtre. Guacamole, morve, ou vomi, au choix. À cet instant, rien de tout cela ne semblait particulièrement attirant aux yeux d'Audrey.

Et oui, il avait définitivement une calvitie naissante. Et comme il portait maintenant ses cheveux blonds longs jusqu'aux épaules, il ressemblait à un Benjamin Franklin vantard.

– Salut, les filles, dit-il, les montrant du doigt alors qu'il s'approchait du bar.

Évidemment, le barman ne vérifia pas sa carte d'identité, à *lui*, quand il demanda :

– Open-bar ?

Le barman hocha la tête.

– Fantastique, dit-il, avant d'énoncer une liste détaillée, qu'il comptait à mesure sur ses doigts.

Alors que le barman alignait les boissons, il attrapa la première, une Stella, et l'engloutit.

S'essuyant la bouche du revers de la main, il se tourna vers elles, accoudé au comptoir, tout sourire.

– Hé… mais je vous connais, vous deux.

Évidemment. Elles avaient été inséparables lors des répétitions après les cours. Elles allaient rarement l'une sans l'autre. Audrey regarda Kristin, sur son petit nuage, en pâmoison devant lui. C'était vrai, elles avaient passé des heures à sniffer des vapeurs de peinture rêver du jour où Michael Breckenridge les remarquerait. On aurait dit que le rêve de Kristin devenait réalité, en dépit du fait que leur béguin ressemblait maintenant à l'un des Pères Fondateurs.

Elle gazouilla comme une gamine de dix-sept ans :

– Oui, je suis Kristin ? Des décors ?

Il acquiesça.

– Ouais. C'est bien ce que je pensais.

Puis il regarda Audrey. Les seins d'Audrey, plus précisément.

– Audrey Smart.

Elle opina du chef. *Lui*, au moins, se rappelait son nom.

Il se pencha vers elle, son haleine empestant l'alcool. Sa main descendit dans son dos jusqu'à son postérieur.

– Wouah, joli morceau !

Elle tressaillit et dévisagea Kristin, dans l'espoir qu'elle la tire de ce mauvais pas, mais cette dernière avait l'air complètement désespérée.

– Michael, nous étions justement en train de parler de ta prestation légendaire dans *Mort d'un commis voyageur*, lança-t-elle tout en attrapant son coude. Tu avais vraiment fait un malheur !

16

Il reluquait Audrey, de si près qu'elle pouvait compter les pores de son nez rougeaud ; mais quand Kristin le toucha, il détourna les yeux vers sa main, puis son visage, totalement désintéressé.

– Hé, Rachel Maddow[2], dégage.

Blessée, Kristin but une gorgée de vin et fila sans demander son reste, tirant au passage un dernier trait sur sa pseudo-amitié avec Audrey.

Il se pencha en avant, finissant d'envahir son espace personnel restant.

– Alors... *ma jolie.*

Elle avait adoré ces mots écrits dans l'intimité d'une conversation Facebook. Maintenant, tout droit sortis de sa bouche, ils semblaient presque... *sales,* tandis qu'il lui postillonnait à moitié dans l'oreille.

Elle parvint à l'éloigner un peu, mais heurta un mur sur le côté du bar, et elle se retrouva coincée : elle ne pouvait plus bouger. Il la rattrapa, et son souffle chaud et nauséabond était une offense sur sa peau. Elle jeta un coup d'œil à la table, où sa compagne bavardait avec les filles assises auprès d'elle, inconsciente des manœuvres de Michael.

– Tu es venu avec une copine ?

– Une copine ? *Il suivit son regard.* Non. Ce n'est que ma femme.

Ce n'est que ma femme.

Il commença à jouer avec la bretelle de la robe d'Audrey, la soulevant et glissant ses doigts dessous, parcourant du regard sa peau nue. Elle l'avait déjà lue dans des romans d'amour, mais jusqu'à présent, elle n'avait jamais vraiment su ce que signifiait l'expression « déshabiller du regard ».

– Nous avons une, tu sais... *Il se pencha davantage, ses lèvres tout contre son oreille, le nez dans ses cheveux...* relation *libre.*

Audrey restait bouche bée. Il ne pouvait pas... il n'oserait pas...

– Et j'ai repéré un petit vestiaire sympa en entrant. Alors, bébé... si tu es partante, moi aussi.

Il haussa les sourcils de manière suggestive.

Oh non. Il *osait.*

Elle en eut des frissons – pas le genre qu'elle aurait voulu – dans le dos ; Audrey laissa échapper son verre, qui atterrit sur ses pieds avant d'éclabousser partout.

Michael était trop occupé à fixer le devant de sa robe pour remarquer quoi que ce soit.

_____

[2] Journaliste de télévision et de radio américaine. Première journaliste ouvertement homosexuelle à présenter un journal de prime time aux États-Unis.

À cet instant précis, elle avait réellement besoin d'un verre, pour faire passer le haut-le-cœur en travers de sa gorge. Mais au lieu de cela, elle se mit à tousser, pliée en deux ; on aurait dit une patiente atteinte d'un cancer du poumon.

Dieu merci, Michael recula, lui tapotant un peu le dos sans grand enthousiasme alors que la toux d'Audrey commençait à attirer du monde, ce qui, pour la première fois, ne semblait pas le ravir.

– Tu as avalé de travers ?

Elle s'éclaircit la gorge.

– Je vais bien. Contrairement à toi, ajouta-t-elle. Qu'est-ce qui te prend ?

Il prit son verre.

– Détends-toi, ma jolie. On s'amuse ce soir.

Elle le dévisagea.

– Et si tu n'es pas chaude, continua-t-il avec un sourire narquois, je peux t'assurer qu'il y a une centaine d'autres filles ici qui ne demandent que ça. Alors, si tu n'en as pas envie, ne me fais pas perdre mon temps, d'accord, bébé ?

Elle repassa ces mots dans sa tête, ils lui laissèrent un goût amer sur sa langue lorsqu'elle répéta :

– Te faire perdre ton temps ?

Il ricana et fit un clin d'œil à une serveuse.

– Ouais. Tu m'as bien compris.

Son sang ne fit qu'un tour avant même qu'elle puisse se demander si c'était une bonne idée. Elle s'empara du verre qu'il avait dans la main et le lui jeta au visage ; les quelques personnes autour d'eux poussèrent un cri de surprise.

– Je n'entrerais pas dans un vestiaire avec toi, même si j'étais ta foutue veste de ski ! cria-t-elle.

Sa réputation de Femme Invisible se brisa en une fraction de seconde. Il n'en fallait pas plus pour que tous les yeux de l'assemblée soient rivés sur elle.

CHAPITRE QUATRE

Audrey fila droit sur la blonde qui n'était « que », la femme de Michael et se planta devant elle, la respiration haletante.

– J'ignorais que votre mari était designer d'intérieur, dit-elle.

La femme lui jeta un regard narquois et s'exclama :

– Quoi ?

– Il m'a invité à visiter le vestiaire avec lui.

Ces mots produisirent l'effet escompté. La femme grimaça, et tourna les yeux vers le bar. De toute évidence, s'ils avaient *vraiment* une relation ouverte, « que la femme » n'était pas au courant. Elle se leva de sa chaise et marcha droit vers son mari.

Audrey ne reprit ses esprits que lorsqu'elle se retourna et réalisa que tout le monde retenait son souffle, observant et attendant que la Troisième Guerre mondiale éclate. Elle n'avait aucune envie d'être témoin des dégâts, alors elle gravit les escaliers tête baissée. Les regards de son ancienne promo fixés sur elle lui pesaient lourdement sur les épaules.

Ce n'est que lorsqu'elle se fut réfugiée dans le hall, derrière une plante en pot, qu'elle prit enfin une profonde inspiration. En expirant, elle regarda le lustre ouvragé et laissa échapper un petit gémissement. Elle rejoua toute la scène dans sa tête ; grimaçant, elle cognait doucement sa tête en rythme contre le mur derrière elle.

Michael, l'homme de ses rêves depuis toujours, l'objet de ses fantasmes les plus torrides… était devenu une vraie merde.

C'était l'histoire de sa vie.

Ce n'était pas ainsi que les choses devaient se passer. Au lycée, elle avait accepté de faire tapisserie parce qu'elle savait que si elle faisait profil bas, étudiait et faisait quelque chose de sa vie, elle réussirait, comme Kevin. N'était-ce pas cela la recette ? Travailler dur à l'école pour pouvoir impressionner tout le monde plus tard. Elle l'avait suivie à la lettre, espérant qu'elle aurait à présent un mari qui l'adorait, de beaux enfants, une carrière et une maison que tous lui envieraient. Elle aurait des dizaines d'histoires à raconter aux autres sur la merveilleuse vie qu'elle se serait construite.

Mais qu'avait-elle maintenant ?

Rien de tout cela.

À cet instant, elle se sentit submergée par sentiment étouffant : l'autoapitoiement. Elle s'apprêtait à laisser sortir son chagrin, le visage déformé par les pleurs à venir. Un sanglot se coinça dans sa gorge, mais avant qu'elle ne le laisse s'échapper, elle se rendit compte que Mitzy s'était penchée de manière à pouvoir l'observer depuis la table des inscriptions, l'air mi-dégoûté, mi-amusé.

– Ça va, ma chère ?

Audrey écarta les feuilles de palmier qui dissimulaient bien mal son désespoir, plaqua un sourire sur ses lèvres et lui fit un signe de la main.

– Très bien, merci.

– Tu ne pars pas déjà ?

– Oh que si marmonna Audrey, tout en se dirigeant vers la porte et en sortant son téléphone, se demandant si quelque chose dans ce monde pourrait la réconforter.

Heureusement, elle savait exactement qui appeler.

*

Sabrina attendait à la porte lorsque Audrey descendit la rue en boitant ; ses pieds n'étaient plus que deux énormes ampoules. Sabrina lui plaça un verre de vin rouge dans la main à la seconde où Audrey atteignit la dernière marche.

– Ça va mal ?

– Pire répondit Audrey avec un sourire reconnaissant.

Elle enleva ses chaussures dans le hall et but une gorgée, la laissant glisser doucement dans sa gorge.

La sœur aînée d'Audrey avait *La Vie*. La Vie dont la plupart des gens, Audrey y compris, rêvaient.

Sabrina portait un pantacourt de yoga, un soutien-gorge de sport assorti et une veste à capuche sans manches. Ses cheveux blond clair, parfaitement teints, étaient remontés en un chignon soi-disant « négligé » qui semblait avoir demandé des efforts. Ses « tenues d'intérieur » avaient toujours l'air mieux assortis que la plupart des ensembles que portait Audrey. Et son ventre ne gardait aucune trace de la naissance de Byron, qui remontait à six mois à peine.

La plupart des frères et sœurs auraient pu se montrer jaloux. Sabrina était la fille populaire à l'école, celle qui avait un tas d'amis, celle à qui la chance souriait toujours. À présent, elle était l'épouse d'un homme brillant, avocat spécialisé dans le droit de la propriété intellectuelle, et qui avait pour clients quelques-unes des plus grosses entreprises de Boston. Elle avait une magnifique maison de grès rouge dans la rue la plus chic de la ville, et trois adorables Razmokets... et pourtant elle aurait pu passer sans souci le casting des « Real Housewives [3]» dans son quartier de Beacon Hill.

À cet instant, au plus bas, Audrey aurait sûrement dû avoir envie de tordre le cou de sa sœur, qui possédait toutes ces choses qu'elle avait toujours voulues sans jamais pouvoir les atteindre. Mais c'était impossible. Brina était numéro un sur sa liste d'amis. La personne qu'elle appellerait si elle avait un jour besoin de cacher un corps.

Si un jour elle avait la chance de descendre l'allée jusqu'à l'autel, sa sœur serait sa demoiselle d'honneur, c'était déjà prévu.

Audrey la suivit dans son salon si parfait qu'il faisait penser à l'un de ces modèles d'exposition et s'effondra sur le canapé à côté d'elle. Pour quelqu'un qui avait des enfants, et qui ne s'attendait pas à recevoir de la visite, l'endroit était remarquablement propre.

Sabrina dans toute sa splendeur. Parfaite, comme toujours.

Brina glissa ses jambes sous elle, et prit une gorgée de vin.

– Michael ?

Audrey posa son verre de vin sur la table basse, attrapa un oreiller de brocart et le posa sur sa tête.

– Je te l'avais dit.

Effectivement, elle le lui avait dit. La Sage Sabrina, Prophétesse des Mœurs Masculines.

Malheureusement, Audrey ne l'avait pas écoutée.

Brina savait tout sur Michael Breckenridge. Elle avait vu la façon dont Audrey bavait sur lui quand elles étaient au lycée. À la seconde où Audrey avait reçu son texto, elle était tombée sur le dos de Brina, lui demandant où il pouvait bien vouloir en venir. Outre ses nombreux talents, Brina aurait probablement pu animer son propre talk-show télévisé, *La Femme qui Murmurait à l'Oreille des Hommes*, où elle aurait prodigué ses sages conseils à toutes les Audrey paumées de la terre. Brina lui avait expliqué, en détail, qu'elle devait faire attention, que ce n'était qu'un texto, que non, cela ne voulait pas dire qu'ils étaient faits l'un pour l'autre.

---

[3] « Les Vraies Femmes au Foyer », émission de télé-réalité américaine, qui suit le quotidien d'un groupe de cinq ou six femmes de quartiers chics.

Audrey avait écouté poliment, comme toujours dès que sa sœur ouvrait la bouche, et puis... avait complètement ignoré tous ses conseils.

Comme d'habitude.

Elle avait laissé ses pensées s'emballer, et ce texto avait pris des allures de Saint Graal. Elle avait fait une fixation. Elle avait tout planifié. Elle s'était même laissée aller à imaginer un mariage dans une île paradisiaque des Caraïbes.

– Un de ces jours, il faudrait que je t'écoute pour de bon, dit-elle, la voix étouffée par l'oreiller.

– Sans blague.

Brina tendit le bras et arracha l'oreiller de sa tête.

– Allez, raconte-moi. Ça ne peut pas être si terrible que ça !

Les cheveux crépitants d'électricité statique, Audrey essaya de s'enfouir dans les coussins.

– Oh que si ! C'est pire. Pire que tout, Bri. Primo, il était marié. Deuxio, tout ce qui l'intéressait, c'était de me culbuter au milieu des manteaux.

Brina grimaça.

– Tu es sérieuse ?

– Sans compter que ces quinze dernières années n'ont pas été tendres avec lui. Il s'est transformé en un Benjamin Franklin dont le coiffeur aurait déclaré forfait.

– Vraiment ? Wouah !

– De plus, c'est un poivrot.

Elle s'empara de son verre de vin, qu'elle vida d'une seule traite.

– Encore, s'il te plaît.

Brina s'exécuta, et nul doute que c'était un vin cher qu'elle lui servit, étant donné qu'ils n'avaient que ça. Elle et son mari, Max, aimaient les « bonnes choses ». Certes, Audrey n'aurait pas su faire la différence. Elle descendit son verre comme si elle était à une fête de la bière.

– Eh bien, au moins maintenant, tu sais. Tu peux passer à autre chose, dit joyeusement Brina.

Audrey s'enfonça dans le canapé, et rabattit une couverture sur sa robe du soir. Elle ne se sentit pas mieux pour autant. Brina n'avait jamais manqué de prétendants. Pour Audrey, il n'y avait personne, *nulle part* où aller.

– Et je vais perdre mon appartement, gémit-elle.

– Tu vas quoi ?

Audrey fit la moue.

– Nouveaux propriétaires. Ils doublent quasiment mon loyer. Et je ne peux pas me le permettre en plus de mes prêts étudiants.

– Oh.

Brina posa la main sur son cœur.

– Eh bien, tu sais que tu peux toujours emménager ici.

Audrey regarda autour d'elle.

– Et dormir où ? Sur ce canapé ? Vous n'avez pas assez de place.

– Bien sûr que si ! Plein de place même ! Je mettrai les filles dans la même chambre. Elles vont adorer dormir ensemble.

Audrey secoua la tête.

– Je suis sûre que Max serait ravi !

– Ne sois pas bête ! Il serait heureux de…

Elle arrêta sa phrase quand Audrey lui lança un regard dubitatif.

Max était un gars sympa, et ils s'entendaient bien, mais elle n'était pas certaine de pouvoir vivre sous le même toit que lui. Il avait quelques TOC, et il était perfectionniste : c'était pour cela qu'il aimait Brina – et la raison pour laquelle Audrey savait qu'une cohabitation entre eux causerait sa perte. La première – et dernière – fois qu'il avait visité son appartement à Southie, il avait passé en revue son salon exigu à toute vitesse, repérant en silence la moindre particule de poussière. Au bout de cinq minutes, il avait simulé une crise d'allergie et dit à Brina qu'il préférait l'attendre dehors.

Brina sirotait son vin.

– Bien. Mais tu as une meilleure idée ?

– Eh bien, il y a encore une heure, j'espérais vraiment que Michael et moi tomberions désespérément amoureux, qu'il m'inviterait à emménager avec lui, et qu'on vivrait la romance du siècle, dit-elle fixant misérablement son verre désormais vide.

– Oh. Ma puce, murmura Brina.

Audrey se passa les mains dans les cheveux, et défit son chignon.

– Je sais. Je suis stupide. Je ne retiens jamais la leçon.

Brina se leva du canapé et alla s'asseoir à côté de sa jeune sœur, et passa un bras autour de ses épaules.

– Tu pourrais quitter la ville ? Plus tu t'éloignes, moins les loyers sont chers.

– Je ne peux pas à cause des astreintes. Je dois être suffisamment proche pour me rendre au centre immédiatement.

Audrey posa sa tête sur l'épaule de sa sœur et se remémora ses derniers moments au travail, quand elle avait eu affaire à Mme Marx. Elle grimaça.

– Ça aussi, je déteste. Je déteste mon travail.

Brina fit papilloter ses longs cils.

– Quoi ? Oh non, c'est faux ! Tu aimes ces animaux. Tu les as toujours aimés. Tu es née pour être vétérinaire.

– Tu as raison. J'adore les animaux. Ce sont les *gens* dont je pourrais me passer. Enfin, certains d'entre eux sont sympas, mais je suis juste contrariée, et….

Elle soupira.

– Parfois, j'aimerais pouvoir faire mes valises, et repartir de zéro.

– Oh, tu plaisantes.

Sabrina lui vanta alors les mérites de Boston, la meilleure ville du monde, arguant que tous ses amis et sa famille vivaient ici, et que si elle s'en allait, tout cela lui manquerait. Audrey l'écoutait d'une oreille, car à ce moment, la publicité qu'elle avait vue sur son téléphone dans le métro lui revint en tête.

Les rues pavées inondées de soleil.

Le bleu éclatant de la mer Méditerranée.

Le prix d'un dollar.

Le tout très, très loin de l'horrible spectacle qui était désormais sa vie.

Pendant ce temps, Brina continuait sur sa lancée. Elle en était arrivée au passage obligé sur l'importance d'apprendre à toujours voir le côté positif en toute chose, quand Audrey se leva d'un bond et attrapa son sac.

– Je sais ce que je pourrais faire !

Certes, Audrey avait déjà élaboré de nombreux plans farfelus qui n'avaient jamais fonctionné, et son mariage imaginaire avec Michael Breckenridge n'était qu'un parmi tant d'autres. Elle avait sûrement l'air d'une dingue, et le regard de quelqu'un prêt à sauter dans le vide, car Brina s'interrompit au milieu de sa phrase, pour lui adresser un prudent :

– Ne me dis pas…

Elle sortit brusquement le téléphone de son sac à main et fit défiler l'écran pour retrouver l'annonce dans son flux. Évidemment, impossible de remettre la main dessus quand elle en avait besoin.

– C'était là… quelque part…

— Ce n'est pas un autre rendez-vous Tinder, hein ? Le dernier était un tueur en série en puissance. Quel était son nom déjà, Bruce ? Il avait l'air tout droit sorti du *Silence des agneaux*.

— Non. Bien sûr que non.

Même si une partie d'elle-même devait bien admettre que ce n'était sûrement pas plus sensé.

— Quoi ?

Brina se pencha en avant et regarda par-dessus son épaule.

— Tu penses vraiment que la réponse à tes problèmes se trouve dans une publicité sur Facebook ?

— Non... attends. La voilà !

Elle mit son téléphone sous le nez de sa sœur, qui se plissa instantanément.

Puis, au grand dam d'Audrey, Sabrina se mit à rire.

Audrey bouda.

— Quoi ? Tu as bien regardé ? Regarde ! Un dollar, pour une maison au paradis. C'est l'affaire du siècle. C'est un signe.

Sabrina fit claquer sa langue.

— Aud. Tu es sérieuse ?

— Oui ! C'est incroyable, non ?

Elle applaudit.

— Non. C'est une arnaque. À classer juste à côté de ces fameux Princes nigérians qui te promettent monts et merveilles.

Les espoirs d'Audrey s'évanouirent. Elle reprit le téléphone et ouvrit le lien.

— Tu crois ? Moi non. Ça se tient. Il y a toutes ces vieilles maisons, il faut que des gens viennent les retaper. Pour les rendre à nouveau habitables.

— Oui, la phrase clé est « les rendre à nouveau habitables », ce qui signifie qu'elles ne le sont pas à l'heure actuelle, déclara Brina en roulant des yeux. Et tu t'y connais en restauration de vieille maison ? Dans un pays où il n'y a probablement pas de Leroy Merlin ?

— Mais Papa...

— C'est Papa qui a tout fait. La plupart du temps, nous étions assises pendant qu'il travaillait, inhalant de la sciure de bois et des vapeurs de peinture et lui demandant constamment quand on allait dîner. *Elle leva la main.* Et il avait un Leroy Merlin.

Audrey se mordit la lèvre. On pouvait toujours compter sur Brina pour nous balancer la vérité en face.

– Sans oublier que tu ne sais même pas comment dire bonjour en italien.

– Si, je sais, murmura-t-elle, fixant toujours le téléphone, gravant l'image dans sa mémoire.

Bien sûr, *ciao* était à peu près tout ce qu'elle savait dire. Fort heureusement, cela voulait dire à la fois bonjour et au revoir.

Les autres mots ne pouvaient pas être si difficiles.

– Et j'ai appris deux ou trois trucs avec Papa. Pas toi ?

Brina grimaça.

– Nan.

C'était vrai. Mais Brina n'avait pas été aussi attentive qu'Audrey. Jusqu'au moment où son père était parti, quand elle avait douze ans, Audrey était le portrait craché de son père qu'elle suivait comme son ombre. Elle l'avait souvent suivi dans ces imposantes demeures de Back Bay qu'il avait la chance de restaurer, désireuse de l'aider. Elle avait appris deux ou trois choses.

Bien sûr, c'était il y a longtemps.

– Il nous a abandonnées, tu te souviens ? ajouta Sabrina. – Je suis contente de n'avoir rien appris de lui.

Audrey fronça les sourcils. Brina s'était toujours montrée très dure envers Miles Smart. *Bon débarras*, avait-elle dit, sentiment que sa mère partageait. Mais Audrey avait un faible pour son père. Il avait soif de voyages, ne voulait pas d'attaches. Peut-être qu'elle tenait plus de lui que Brina.

Cette dernière lui prit le téléphone des mains, le remit dans son sac à main et versa à Audrey un autre verre de vin.

– En plus, chérie, c'est l'*alcool* qui parle. Tu n'oserais jamais faire une chose pareille.

– Comment ça ? Bien sûr que si ! Je *pourrais*... dit-elle en contemplant son verre.

Était simplement à cause de l'alcool ? Non... elle avait beau être un peu éméchée, cette solution lui semblait idéale. C'était la réponse à tous ses problèmes.

– C'est une bonne chose de ne pas vouloir prendre de risques. C'est même plutôt une très bonne chose.

– Ce n'est pas imprudent.

– Et même si ce n'est pas le cas. Ma chérie. Tu te souviens quand tu as obtenu cette bourse à l'Université de Californie ?

Audrey croisa le regard de sa sœur. Elle savait où elle voulait en venir.

– Oui, mais je n'avais que dix-huit…

– Tu voulais vraiment y aller. Tu étais prête à envoyer les documents. Et puis… tu t'es dégonflée. N'est-ce pas ?

Audrey fronça les sourcils.

– Mais je…

– Le fait est que tu n'es pas une tête brûlée. Tu as toujours vécu à Boston, et tu mourras ici, dit-elle en haussant les épaules. Et c'est très bien ainsi ! Inutile de partir. Tout ce dont tu as besoin se trouve ici.

Sans aucun doute, le vin commençait à lui monter à la tête. Elle ferma les yeux, et des images apparurent derrière ses paupières : le soleil chaud, le vent frais, et une charmante petite maison dans une rue pavée, dont les jardinières posées aux fenêtres regorgeaient de fleurs.

Bien sûr, elle pouvait sûrement trouver tout ce dont elle avait besoin ici. Peut-être pas maintenant, mais cela viendrait un jour.

Mais, et si elle désirait autre chose ?

CHAPITRE CINQ

Audrey se réveilla avec sa gueule de bois habituelle après trois verres de vin rouge.

Étant un vrai poids plume, elle s'y était attendue. Elle n'avait pas renoncé pour autant. Elle en avait eu besoin. L'alcool lui avait permis de surmonter cette nuit.

Cependant, alors qu'elle contemplait la tache d'humidité au plafond, elle rendit compte que, contrairement à ce qu'elle avait espéré, sa situation ne lui semblait pas plus reluisante le lendemain main.

Elle leva à peine la tête de l'oreiller, qu'elle en conclut qu'elle risquait d'exploser au moindre mouvement. Elle fouilla sa table de chevet à tâtons à la recherche de son téléphone, qu'elle déposa sur sa poitrine avant de tapoter l'écran pour l'allumer. La luminosité de l'écran lui brûla les rétines.

Lorsque sa vue revint à la normale, la première chose qu'elle aperçut fut une photo de ce petit coin de paradis italien. Elle n'eut cette fois aucun mal à la retrouver, car apparemment, dans son ivresse de la veille, elle en avait fait son fond d'écran. Pour son écran d'accueil et pour son écran de verrouillage.

Le retour en métro lui parvenait comme à travers dans un brouillard, comme si le trajet s'était déroulé voilà une éternité. Elle avait un vague souvenir de cette odeur de sueur que dégageaient les fans des Red Sox après une journée en plein soleil, à mariner dans leurs vêtements, avant de s'entasser dans la rame comme des sardines. Le vin l'avait adoucie. Elle n'avait même pas bronché quand elle avait dû passer tout le voyage appuyée contre l'aisselle d'un jeune étudiant ivre. À présent, elle avait envie de vomir à cause de cette odeur, et de l'alcool.

Puis ses yeux larmoyants se focalisèrent sur l'heure.

Huit heures quarante-cinq.

– *Putain* ! cria-t-elle en sortant de son lit en trombe.

Il y avait pire que sa migraine. Comme par exemple, être super en retard au travail et devoir affronter les Dr Brice Watts et autres Dr Emerson Ferris qui ne manqueraient pas de lui chercher des noises.

Elle se doucha et se prépara en un temps record, avant de grimper dans le métro, où le trajet fut à peine plus agréable que celui de la veille, et seulement parce qu'à ce moment, elle était passablement éméchée. Cette fois-ci, elle se retrouva coincée entre un adolescent renfrogné, du genre « *je déteste le monde* » (et qui aurait tout aussi bien pu se passer d'écouteurs au vu du volume du Death Metal qu'il écoutait), et un homme qui puait le salami. Son estomac déjà mal en point avait du mal à supporter le mélange.

Histoire de se changer les idées, elle sortit son téléphone, et se retrouva une fois encore transportée dans cette charmante rue pavée sous le soleil. Elle soupira, comme à chaque fois, puis consulta le site internet, et fit défiler les autres photos. Il y en avait beaucoup de la ville, toutes plus époustouflantes les unes que les autres. De petits cafés en plein air. Une place de marché. Un port où étaient amarrés de petits bateaux. Une petite église ancienne en stuc, avec une vieille cloche en laiton.

Au-dessous, on pouvait lire :

PRÊT À DEVENIR PROPRIÉTAIRE D'UN PETIT COIN DE PARADIS ?

Oui, cria Audrey dans sa tête. Elle cliqua sur le lien vers des photos montrant de jeunes gens se tenant fièrement devant leur nouvelle acquisition, l'air ravi de celui qui vient de gagner le gros lot à la loterie. *Je m'y verrais bien.*

Elle prit connaissance du paragraphe en dessous : *Nous serions ravis de vous accueillir dans notre jolie ville. Vous souhaitez devenir propriétaire d'un petit coin de paradis ? Il vous suffit de participer à la loterie pour l'une des propriétés de la liste ci-dessous. L'enchère minimale est fixée à 1 $, et l'acheteur s'engage à verser une caution de 1000 $, ainsi qu'à effectuer toutes les réparations nécessaires dans la propriété, dans l'année suivant l'achat, et à ses frais. Les gagnants seront prévenus par email. Bonne chance !*

Elle fit défiler une liste de propriétés. Il n'y avait que des adresses. Elle cliqua sur celle qui disait « Piazza 3 » et la photo ressemblait au plan d'un lotissement. Un grand cercle et une flèche désignaient l'une des zones délimitées.

Elle imagina alors la scène, dans ses moindres détails. Elle sortait chercher le courrier dans sa petite boîte aux lettres en bois, en sortait une lettre de sa sœur, et souriait devant l'adresse. À : Audrey Smart, Piazza 3, Sicile, Italie.

Elle fit défiler l'écran pour vérifier s'il n'y avait pas d'autres photos, mais non. Vraiment ? Les gens achetaient vraiment une maison sans l'avoir vue ? Cela semblait risqué.

Puis elle repensa à ce que Brina lui avait dit. *Tu n'es pas une tête brûlée. Tu as toujours vécu à Boston, et tu mourras ici.*

En quoi était-ce si ennuyeux ? Il y a quelques années encore, elle était ravie de vivre à Boston. Mais ces derniers temps, elle avait changé, mûri, et, comme lorsqu'on secoue trop longtemps une bouteille de soda, le bouchon était sur le point de sauter. Brutalement. Tous ses amis présents à la réunion de la veille avaient accompli des choses dans leurs vies, voyagé, fait des expériences. Et elle, qu'avait-elle fait ? Voulait-elle vraiment d'une vie où elle n'accomplirait jamais rien ?

– C'est joli, dit une voix à côté d'elle.

Elle leva les yeux et se rendit compte que l'Homme au Salami avait le regard rivé sur ses genoux. Elle n'aurait su dire s'il était lui aussi entiché de la Sicile, ou si ce n'était qu'un énième pervers qui allait se pencher pour sentir ses cheveux. Cela n'avait pas d'importance. Le métro arrivait à son arrêt à la station de Back Bay.

Elle jeta un dernier regard à la terre presque mythique de Sicile, puis décida que ce n'était rien d'autre qu'une utopie. Une loterie ? Elle ne remporterait probablement jamais le ticket gagnant. Et quand bien même, serait-elle capable de tout plaquer et partir là-bas toute seule ? Il existait d'autres manières, bien plus sûres, de *faire quelque chose* de sa vie. Travailler dans une banque alimentaire. Écrire un roman. Envoyer trente-trois cents par jour à un enfant du tiers monde pour l'adopter virtuellement. Pas besoin de faire des folies.

Elle se dégagea rapidement de ses deux compagnons de voyage, fourra son téléphone dans sa poche et entreprit une course effrénée pour le Centre Vétérinaire de Back Bay.

*

Audrey bâilla pour la centième fois ce matin-là alors qu'elle aidait une petite vieille dame à sortir avec sa caisse de transport. Elle leva le panier rigide, et regarda le chat persan aux yeux noisette.

– Tu prends soin de ta maman, d'accord, Citrouille ?

Fidèle à ses habitudes, le chat adressa un regard indifférent à Audrey, l'air de dire « *Non merci.* »

Audrey remit le panier à la femme.

– Voilà, Mme Heffelbower. Vous allez vous en sortir ?

– Oh oui. Je suis juste à un pâté de maisons d'ici, au bout de la rue. Vous êtes une jeune fille absolument charmante, dit-elle avec un sourire en tapotant la main d'Audrey.

Elle ajouta :

– Vous devriez vous marier. Épouser un gentil médecin expérimenté. Vous faire chouchouter.

Audrey sourit. Elle s'occupait de Citrouille depuis qu'elle avait commencé à travailler à la clinique vétérinaire, mais Mme Heffelbower ne semblait toujours pas avoir compris qu'Audrey était elle-même un vrai médecin. Bienvenue au club. Elle le lui avait déjà expliqué deux fois aujourd'hui et n'avait pas envie de recommencer.

– Merci, dit-elle alors que la dame s'en allait. J'y penserai.

Elle retourna à l'intérieur et se retrouva nez à nez avec le Dr Ferris. Il fronça les sourcils.

– Smart.

– Ferris, répondit-elle sur le même ton.

Ferris était celui qu'elle appréciait le moins parmi les vétérinaires les plus chevronnés de l'équipe. Encore moins que Brice Watts, c'est dire ! Il ressemblait à un médecin de feuilleton télévisé, avec ses cheveux bruns épais et ses yeux bleus perçants. Il savait aussi y faire avec les patients, ce qui expliquait l'engouement de Mme Marx. Mais si on grattait un peu le vernis et qu'on oubliait ses ronds de jambe auprès des clients ?

C'était la pire des ordures. La pire.

En termes d'ego, Emerson Ferris ressemblait beaucoup à Brice Watts, mais en pire. Parce que là où le second se contentait d'imaginer qu'il ressemblait à une star de cinéma, Ferris en avait *vraiment* le physique. De ce fait, même si toutes les femmes du cabinet lui faisaient les yeux doux, aucune ne trouvait grâce à ses yeux, ne serait-ce que pour une culbute dans son bureau, dont la rumeur disait que le Dr Watt raffolait. Quand il ne s'occupait pas de ses patients, ou ne faisait pas la causette à leurs propriétaires, il se promenait avec un gros balai dans le derrière, reprochant à chacun d'exister. Il se plaignait de ceux qui déplaçaient sa bouteille de vitamines dans le frigo, de ceux qui osaient se mettre en travers de son chemin quand il se rendait d'un point A à un point B dans le couloir. Audrey avait fini par le surnommer l'Épouvantail. Dans son dos, bien entendu.

Oh, et quoi d'autre encore ? La gentillesse dont il faisait preuve envers ses patients ? C'était un mensonge éhonté.

Il détestait les animaux. Et leurs propriétaires aussi.

En fait, la seule chose qu'il aimait vraiment, c'était lui. Et il s'aimait d'un amour passionnel.

Elle tenta de s'effacer devant lui, car elle savait que ce serait l'enfer si jamais elle se retrouvait sur le passage de Son Altesse, mais elle se souvint de Marx. Elle soupira.

–Donut. Salle d'observation numéro six. Mme Marx voulait que vous y jetiez un œil. Lorsque vous aurez le temps, bien sûr.

Son froncement de sourcils se transforma en un air carrément agacé.

– Quel est le problème avec le petit rat ?

– Il a absorbé de l'alcool.

– *Super* répondit-il, tournant les talons en balançant quelques grossièretés au passage.

Il vérifia son Apple Watch.

– Je peux dire adieu à ma partie de racquetball. C'est cette Marx qu'on devrait mettre en laisse.

Au moins, elle était d'accord avec lui sur ce point.

– Pardon.

Il attendit Audrey et lui fit signe de passer devant lui.

– Après vous, Docteur.

Comme s'il ne savait pas où se trouvait la salle d'observation. Audrey l'accompagna dans le couloir, jusqu'à la salle six. Donut était toujours dans sa niche, beaucoup plus alerte. Il avait l'air d'aller bien mieux. Elle tendit instinctivement la main et il la lécha.

Ferris la regarda.

– Je peux ?

Elle secoua la tête et recula pour le laisser passer, profitant qu'il lui tournait le dos pour lui tirer la langue, se fichant complètement que cela soit immature.

Ferris mesura les constantes vitales du chien, tout comme elle l'avait fait auparavant.

Stéthoscope dans les oreilles, il murmura :

– Vous lui avez fait un lavage d'estomac ?

– Non. Nous lui avons fait une intraveineuse, et il a semblé répondre au…

Il se redressa et se tourna vers elle. Oh oh. Mauvaise réponse.

– Vous êtes en train de me dire que vous n'avez pas pratiqué de lavage d'estomac ?

Elle haussa faiblement les épaules.

– Je ne voyais pas de raison de lui faire subir ça. Il semblait répondre à…

– La *raison* d'un tel traitement, c'est que ce patient aurait pu mourir, grogna-t-il en élevant la voix. Les animaux de cette race, et de cette taille, sont particulièrement sensibles à la moindre goutte d'alcool. On ne vous l'a pas appris à l'école vétérinaire ?

Il aurait dû savoir. Il avait obtenu son diplôme de médecine vétérinaire à Tufts, comme elle, même s'il l'avait obtenu un an avant elle. *Et* c'était déjà un imbécile prétentieux, même en ce temps-là.

– Vous devriez savoir que c'est traumatisant pour un animal de devoir subir cela, en particulier un petit animal comme Donut.

Il secoua la tête, avant de rétorquer d'un ton condescendant :

– Et la mort par intoxication alcoolique, ça n'aurait pas été plus traumatisant encore, Audrey ?

Et depuis quand l'appelait-il par son prénom ?

Des assistants-vétérinaires étaient venus voir d'où venait toute cette agitation. À présent, il y avait un petit public. Le cœur d'Audrey battait la chamade, elle sentait son pouls jusque dans ses oreilles. Elle repoussa sa queue de cheval, et croisa les bras. Elle n'avait pas envie de jouer à ce petit jeu avec lui, mais s'il voulait s'amuser, alors *soit*.

– Tout d'abord, *Emerson*…

– Que se passe-t-il ?

Ils se retournèrent tous deux et virent le Dr Carey, le directeur médical. Cette petite femme aux cheveux gris était peut-être menue, mais elle avait une poigne de fer. Audrey avait toujours admiré la façon dont elle parvenait à trancher les conflits d'ego des autres médecins et désamorcer toutes sortes de conflits entre les employés. Elle était intelligente. Juste. Elle était la juste dose de recul qui manquait cruellement ici.

Bien. Audrey sourit. Elle allait renvoyer l'Épouvantail dans ses buts.

– Le Dr Ferris et moi étions simplement en désaccord quant au traitement à apporter à cet animal, expliqua-t-elle.

– Il ne s'agit pas d'un désaccord, rétorqua Ferris en la regardant fixement. Le Dr Smart a de toute évidence administré le mauvais traitement, et elle essaie de sauver la face. Cette bête aurait pu mourir.

Le Dr Carey saisissait déjà son stéthoscope, les yeux rivés sur le pauvre Donut. Pendant que, dans son dos, Audrey et le Dr Ferris s'affrontaient du regard comme deux adversaires dans un combat de chiens, défiant l'autre de porter le premier coup, elle écouta les battements de son cœur.

Le Dr Carey ôta son stéthoscope de ses oreilles et secoua la tête.

– Eh bien, effectivement, c'est le lavage d'estomac qui est préconisé dans ce genre de cas ; toutefois, il apparaît que le patient va beaucoup mieux, malgré tout. Mais j'ai reçu un appel de la propriétaire.

Audrey tourna le regard vers le Dr Carey.

– Comment ça ? Vous voulez parler de Mme Marx ?

Elle acquiesça d'un signe de tête, lèvres pincées. Ce n'était pas qu'un simple appel. Connaissant Mme Marx, c'était une plainte.

– Oui. Mais...

– Et à quel sujet, exactement ?

– Eh bien, elle s'est montrée plutôt insistante sur le fait qu'elle voulait que ce soit exclusivement le Dr Ferris qui s'occupe de Donut. Je lui ai demandé ce qui l'avait contrariée, et elle m'a répondu qu'elle s'était sentie offensée, et qu'on ne prenait pas ses inquiétudes au sérieux.

– De toute évidence, renchérit Ferris. Nous aurions dû faire un lavage d'estomac au chien.

Audrey secoua la tête.

– *Elle* s'est sentie offensée ? demanda Audrey incrédule, montant progressivement le ton. Vous n'étiez pas là, Docteur. Elle m'a congédiée. Comme tous ceux qui semblent croire que je ne suis qu'une stagiaire ici. On me traite comme une moins que rien à cause de mon apparence, et pourtant, j'ai les mêmes références que vous tous ici. J'en ai ma claque d'avoir à me justifier en permanence auprès de tout le monde ! Des propriétaires ! De Watts ! De Ferris !

Et pendant ce temps, Ferris affichait un sourire jubilatoire. Abruti prétentieux !

Le Dr Carey la prit par le bras.

– Pourquoi n'irions-nous pas en discuter dans mon bureau ?

Indignée, Audrey secoua la tête. À présent, elle se fichait de se donner en spectacle. Cela pourrait toujours le servir de leçon pour plus tard : ils pouvaient faire tout ce qu'il fallait, sauver la vie de petits animaux de compagnie, et récolter des ennuis malgré tout.

Ce. N'était pas. Juste.

Elle resta plantée sur place.

– Non. Qu'est-ce qu'il se passe ? J'ai des ennuis ? Vous allez me donner un avertissement ? J'ai fait tout ce qu'il fallait ! Et ce n'est pas parce que Marx ne m'apprécie pas au motif que je suis jeune, et que je suis une femme, que cela signifie que j'ai fait quoi que ce soit...

– Dr Smart répondit la vétérinaire âgée sur un ton d'avertissement.

Et maintenant, ils allaient dire quoi ? Qu'elle réagissait de manière excessive ? Ferris jubilait toujours, riant maintenant ouvertement de la situation d'Audrey. Bon sang, elle le haïssait. Elle le haïssait lui, et Carey, et cet endroit aussi.

– Vous savez quoi ? Laissez tomber, conclut-elle.

Elle retira son stéthoscope de son cou, avant d'arracher de sa blouse la plaque qui portait son nom.

– Vous me traitez comme une citoyenne de seconde zone. Je n'ai pas besoin de ça. C'est terminé. Je démissionne.

CHAPITRE SIX

Le Dr Carey la raccompagna.

– Votre décision est prise ? Vous ne voulez pas prendre le temps d'y réfléchir, Dr Smart ? Vous êtes un membre précieux de notre équipe.

Audrey ne se retourna même pas. *Précieux, mon œil.* Elle espéra un instant que le Dr Carey la suivrait jusque dans le métro pour essayer de la rattraper avec une énorme enveloppe, mais le Dr Carey avait déjà disparu à la seconde où elle sortit du parking.

Cela n'avait pas d'importance.

Libre ! Elle était libre !

C'était un sentiment extraordinairement stimulant. Et aucune enveloppe ne pouvait rivaliser. L'expression choquée de cet imbécile de Ferris (*je suppose qu'à partir de maintenant, tu vas devoir faire des heures supplémentaires, mon pote, alors tu vas pouvoir dire adieu à tes parties de racquetball jusqu'à nouvel ordre !*) l'avait franchement réjouie, et le fait que le Dr Carey l'ait pratiquement suppliée de revenir, l'avait remontée à bloc ; elle se sentait grisée. Elle avait presque l'impression d'être immortelle. Elle fut prise d'une envie irrésistible d'escalader une montagne, de faire du saut à l'élastique, de manger les sushis douteux de ce vendeur ambulant au coin de la rue, n'importe quoi. *Moi, je ne suis pas une tête brûlée, Brina ? Prends ça !*

Il faisait beau et chaud ; elle n'avait jamais pris le temps d'apprécier ce genre de choses, toujours submergée de travail à la clinique. Le métro de midi était quasiment vide. Elle était presque seule dans sa rame, chose qu'elle n'aurait jamais crue possible avec les contraintes de son travail si exigeant.

Bon débarras ! pensa-t-elle d'un air suffisant.

Oui, ce travail était vraiment nul. Tout comme ce stupide appartement à Southie. Pas étonnant qu'elle n'ait rien de transcendant à ajouter à sa liste d'expériences de la vie. Autant d'obstacles qui l'avaient retenue, étouffée, l'empêchant de sortir et de profiter de la vie au maximum.

C'était terminé.

Dans le métro, elle sortit son téléphone et se connecta sur le site internet qu'elle avait désormais ajouté à ses favoris : SicilyParadise point com. Après avoir jeté un rapide coup d'œil à la vingtaine d'offres présentées (dont aucune ne présentait de photo), elle revint sur celui de Piazza 3, et cliqua dessus. L'annonce disait :

Cette maison est située à Mussomeli, ville située au cœur de la Sicile, en Italie.

À Mussomeli, vivez à l'ancienne, la vraie Sicile, celle dont vous avez toujours rêvé. La ville de Mussomeli abrite le Château Manfredi et ses traditions. C'est un lieu d'une irrésistible beauté. Acquérir une maison en Sicile, c'est non seulement avoir un foyer, mais la possibilité de connaître notre culture, nos traditions séculaires que nous chérissons, la vie lente et paisible dans l'un des pays les plus tranquilles et sécurisés au monde.

Mussomeli est située dans une région vallonnée à l'intérieur des terres, à l'est du fleuve Platani, au centre de la Sicile, à 765 m d'altitude. Elle se trouve à 53 km d'Agrigento, 58 km de Caltanissetta, 99 km d'Enna, 199 km de Ragusa. Elle jouit d'un climat continental, frais et sec l'hiver, chaud et ventilé l'été. Quelques rares épisodes neigeux en hiver. Rue : Vicolo Piazza 3.

Installations :
Climatisation
Balcon
Cuisine
Cheminée
Alimentation électrique
Meubles
Garage
Chauffage
Ascenseur
Parking à moins de 100 m
Accessible en voiture
Terrasse
TV
Vue X

Ça avait l'air bien. Très bien même. Calme ? Tranquille ? Sûr ? Oui, merci ! De plus, il y avait la climatisation, la télévision, déjà meublé, un ascenseur. Ce n'était pas une vulgaire cabane. Et ça ne coûtait qu'un dollar.

Cela répondait à ses attentes. Absolument toutes.

Elle cliqua sur le bouton rouge vif ENCHÉRIR, toujours persuadée qu'elle pourrait faire machine arrière si besoin. Sauf qu'elle ne voulait plus. Elle cliqua, et répondit aux diverses questions qui lui étaient posées, dont la première était : *Pourquoi voulez-vous vivre en Sicile ?*

Audrey ne réfléchit même pas. Ses pouces volaient sur le clavier. Elle écrivit : *En tant que vétérinaire, j'ai consacré ma vie à aider les animaux. Même si j'adore mon travail, j'ai toujours vécu à Boston et j'ai décidé qu'à ce stade de mon existence, j'aimerais découvrir le monde. J'ai toujours rêvé de visiter l'Italie, et cette annonce est une réelle opportunité.*

Elle hésita longuement à cliquer sur : *Veuillez indiquer votre enchère la plus élevée*, essayant d'imaginer quelle somme elle serait prête à perdre si elle changeait d'avis. Elle ne pouvait *vraiment pas* se permettre de perdre de l'argent. Et il y avait le problème de ce dépôt de 1 000 $.

Finalement, elle tapa 1 $.

Ensuite, elle remplit automatiquement les informations requises, son adresse, son numéro de téléphone, les informations de sa carte de crédit. Avant de se persuader elle-même d'abandonner ce projet, elle cliqua sur le bouton PLACER VOTRE ENCHÈRE. L'écran se figea pendant une seconde, avant qu'une jolie photo d'Italie n'apparaisse, la même qui l'avait attirée au départ, accompagnée d'un *Félicitations ! Vous venez de placer votre enchère. Vous n'êtes plus qu'à un pas du paradis !*

Satisfaite, elle rangea son téléphone dans sa poche alors que le métro arrivait à son arrêt.

Mais Audrey ne réalisa vraiment qu'après avoir quitté la station de métro, sur le chemin menant à son appartement, un petit carton contenant toutes ses affaires du bureau calé sous le bras.

Elle n'était pas seulement libre.

Elle était également au chômage. Presque sans le sou, à l'exception d'un minuscule pécule sur son plan épargne retraite. Complètement perdue.

Et elle venait de placer une enchère sur une maison à l'autre bout du monde.

Dans le genre tête brûlée, on pouvait difficilement faire mieux.

Peu importe. Je n'ai même pas encore la maison, se dit-elle en haussant les épaules. Prévoyant de mettre à jour son CV, elle sortit son téléphone et vérifia ses emails. Une pub pour Old Navy, un mail lui indiquant que son relevé bancaire était disponible, un autre du Conseil d'Organisation Quotidien auquel sa sœur l'avait abonnée, et une promotion de Cruises R Us, à laquelle elle s'était inscrite il y a des années.

Soudain, son téléphone sonna et fit apparaître un numéro étrange. Un numéro vraiment étrange. Son téléphone indiquait NUMÉRO INCONNU, et il avait l'air légèrement… international ?

On l'appelait peut-être de Sicile pour confirmer son enchère. Sûrement. Elle répondit.

– Allô ?

– Oui. Audrey Smart ? dit une voix avec un fort accent. Italien, pas d'erreur possible.

– Oui ?

– Je suis Maria Lombardo, agent immobilier à Mussomeli, en Sicile.

Elle parlait si rapidement qu'Audrey n'était pas persuadée qu'elle s'exprimait bien en anglais.

– L'offre est bien la vôtre ?

– Ah oui. Merci pour votre confirmation.

– Vous êtes bien vétérinaire ?

Génial. Non seulement les gens avec qui elle travaillait en doutaient, mais voilà qu'elle devait maintenant se justifier avec des gens à l'autre bout du monde

– Oui. Oui, je suis vétérinaire.

– Envisageriez-vous à tout hasard d'exercer en tant que vétérinaire à Mussomeli ?

Elle fronça les sourcils. Elle venait de démissionner voilà à peine vingt minutes.

Elle s'attendait à rester chômeuse un peu plus longtemps.

– Eh bien, je suppose, un jour ou l'autre…

– Nous manquons cruellement de personnes qualifiées comme vous, par ici. Si vous voulez, la maison est à vous.

Audrey se figea sur place, au milieu de la rue. La personne qui marchait derrière elle faillit lui rentrer dedans. Elle tituba jusqu'au réverbère le plus proche, s'y agrippa pour ne pas s'effondrer.

– Mais…

– Nous renonçons à la caution pour les professionnels qualifiés qui cherchent du travail en ville. *Si* ?

Elle fixait le trottoir sans le voir, les yeux dans le vague, plus persuadée que jamais qu'il s'agissait d'une arnaque. Ou alors il y avait un piège ? Cela faisait à peine cinq minutes qu'elle avait placé son enchère.

– Euh…

– Je vous envoie mes coordonnées par email. Appelez-moi si vous avez la moindre question. Et bienvenue, Audrey.

L'appel prit fin. Toujours agrippée au réverbère, les genoux d'Audrey tremblaient.

Un bip de son téléphone lui indiqua qu'elle venait de recevoir un mail. Le rouge lui monta subitement aux joues, et ses doigts tremblaient quand elle ouvrit le courrier électronique.

Félicitations ! Nous sommes heureux de vous accueillir dans notre belle petite commune de Mussomeli, en Sicile ! Merci de prendre contact avec notre bureau au numéro ci-dessous pour organiser une inspection et accomplir les formalités administratives complémentaires.

Audrey laissa échapper un petit cri, tourna les talons et repartit directement à la station de métro.

Je suis propriétaire d'une maison en Italie, pensa-t-elle incrédule. *LA VACHE ! JE SUIS PROPRIÉTAIRE D'UNE MAISON EN ITALIE !*

*

Audrey n'avait toujours pas vraiment réalisé lorsqu'elle arriva à Beacon Hill.

Elle ne cessait de se le répéter dans sa tête, jusqu'à ce qu'elle finisse par marcher au rythme de cette phrase. LA. VACHE. JE. SUIS. PROPRIÉTAIRE. D'UNE. MAISON. EN. I. TA. LIE. Elle marchait de plus en plus vite, et les mots tournaient en boucle dans sa tête, jusqu'à ce qu'ils ne fassent plus qu'un.

Elle monta les escaliers de la maison de grès rouge de sa sœur, avant de sonner à la porte, gardant toujours le rythme bien en tête.

Brina ouvrit, Byron calé sur sa hanche, lunettes de lecture tendance sur son nez mutin, iPad sous le bras.

Avant que Brina ne puisse lui demander pourquoi elle était là à cette heure de la journée, Audrey annonça sans crier gare :

– LA VACHE ! JE SUIS PROPRIÉTAIRE D'UNE MAISON EN ITALIE !

Byron gloussa joyeusement. Brina resta bouche bée.

– Tu quoi ?

– Tu m'as bien entendu ! JE SUIS PROPRIÉTAIRE D'UNE MAISON EN…

Avant qu'elle puisse achever sa phrase, Brina lui attrapa le bras et l'entraîna à l'intérieur.

– J'avais bien compris. Entre avant que les voisins ne te prennent pour une folle.

C'était peut-être le cas. Audrey entra, toujours sous le choc, puis retourna dans le hall et retira ses chaussures en se souvenant des règles de Brina.

– Dis-moi que c'est pas vrai. On parle bien de ce site internet ?

Audrey hocha la tête. Vêtu d'un body bleu marine, Byron lui adressa un sourire édenté. Elle le prit instinctivement des bras de Brina, et le cala sur sa hanche, et le berça de cette manière qu'il aimait tant.

– Si. J'ai fait une offre à un dollar. Et ils m'ont immédiatement répondu par mail, en disant que mon offre était acceptée.

Elle enfouit sa tête contre celle de Byron, renifla sa délicieuse odeur de bébé de six mois, ses cheveux blonds tout doux lui chatouillaient le nez. Brina la regardait fixement.

– Attends. Que fais-tu ici en pleine journée ? Tu ne travailles pas aujourd'hui ?

Audrey avait soulevé le body de Bryon, chatouillait son ventre tout rond avec son nez, le faisait rire aux éclats.

– Ah, oui. J'ai démissionné.

– Tu as quoi ?

Brina écarquilla les yeux.

– C'est pas vrai ? Aujourd'hui ?

Audrey hocha la tête.

– Bon sang, Aud. Quand j'ai dit que tu n'étais pas une tête brûlée la nuit dernière, c'était un compliment. Je ne voulais pas que changes.

C'est ce moment que choisirent les « jumeaux » pour dévaler les escaliers. Ils n'étaient pas vraiment jumeaux ; Macy avait cinq ans et Delia quatre, mais leur relation était aussi fusionnelle que celle d'Audrey et Sabrina.

– Tante Aud, Tante Aud ! s'écrièrent-ils en lui sautant dessus pour lui faire un câlin.

Macy sautillait sur place comme une balle rebondissante et tira sa lèvre inférieure vers son menton.

– Regarde, j'ai perdu une dent.

– Wouah, super ! dit-elle en se penchant pour les embrasser.

– Dehors ! ordonna Brina avant qu'elle n'y parvienne.

41

– Votre tante et moi sommes en train de parler ! Des discussions d'adultes, vous vous souvenez ? Vous vous souvenez de ce que j'ai dit ?

Les deux petites filles blondes acquiescèrent docilement.

Elle désigna les escaliers.

– Bien. Allez jouer aux Barbies dans votre chambre.

Audrey réussit à glaner des baisers avant qu'elles ne s'enfuient, leurs petits pieds en chaussettes faisant un bruit sans commune mesure avec leurs petits corps dans l'escalier en bois.

Brina leva les yeux au ciel et lui fit signe d'aller vers leur magnifique cuisine ouverte, où elle mit une bouilloire à chauffer sur la cuisinière.

– Tu disais donc ? À propos de ton travail ?

– Oh. Eh bien. Tu sais. Ferris…

– Aïe, c'est à propos de lui ? marmonna-t-elle.

Elle se hissa sur la pointe des pieds pour attraper deux mugs dans le placard du haut, les déposa sur le comptoir de granit, avant d'y placer des sachets de thé.

– Ferris le Furet. Qu'est-ce qu'il a encore fait ?

Apparemment, le Dr Ferris avait un certain nombre de surnoms, tous plus ou moins puérils. Toujours aussi juste dans ses analyses, Brina l'avait rencontré à une soirée de l'école vétérinaire où Audrey l'avait traînée, et elle l'avait mise en garde :

– Ce type a un vrai problème relationnel. Garde tes distances avec lui.

Une fois encore, elle ne s'était pas trompée.

Audrey plaça Byron dans sa balancelle, et tourna le cadran pour mettre en route une version entraînante de *Brille, Brille, Petite Étoile*, avant de se glisser sur un tabouret près de l'îlot central.

Elle commença :

– Eh bien, ça n'a plus d'importance, n'est-ce pas ? Il s'est une fois de plus comporté comme un abruti, je n'ai pas supporté, et j'ai démissionné.

– Et tu es partie ? Comme ça ?

Elle acquiesça.

– Carey m'a suppliée de revenir. Bon, pas exactement suppliée. Disons demandé dans l'espoir que j'accepte. Mais ma décision était prise. *Elle souleva son téléphone.* Alors sur le chemin du retour, je me suis dit, *et puis mince* ! Et j'ai placé mon enchère sur la maison. Elle a été acceptée. Immédiatement.

– Vraiment ? Wouah.

D'habitude, Audrey lisait dans les pensées de sa sœur comme dans un livre ouvert, mais pas aujourd'hui. Brina avait l'air étonnée, mais aussi un peu… inquiète ? Sans doute avec raison. C'était un peu barré.

– Bon, je sais que tu n'approuves pas, mais…

– Je n'ai jamais dit cela ! dit Brina alors que la bouilloire commençait à siffler.

Elle s'en saisit et versa le thé.

– Tout ce que j'ai dit, c'est que je n'étais pas sûre que ce soit une bonne idée pour toi. Parce que tu sais, tu es…

– Je sais. Je suis une dégonflée. Mais j'y ai réfléchi. J'ai besoin de changement. Je ne peux plus vivre comme ça, marmonna-t-elle, les épaules affaissées.

Brina la regardait, hochant la tête avec empathie.

– Je comprends. Alors, à quoi ressemble cet endroit ?

Audrey se mordit la lèvre.

– Je ne sais pas.

– Tu ne sais pas ?

Elle sortit son téléphone et consulta la liste. Elle poussa ensuite l'appareil vers Brina, qui la lut à son tour.

– Wouah. Eh bien, ça a l'air vraiment sympa. Plus sympa que je ne le pensais. Il y a la climatisation ?

Audrey regarda la liste et haussa les épaules.

– Et où est-ce que ça se trouve ? Ça s'appelle comment, déjà ? Mussolini ?

– Mussomeli, la corrigea Audrey avant d'entrer le nom sur son application de géolocalisation. Un petit point apparut en plein centre de la Sicile.

– On dirait que c'est dans les montagnes. Hmm. Je me demande si tu peux voir la mer depuis là-bas ?

Brina apporta sa tasse de thé et regarda par-dessus son épaule.

– Eh bien, c'est une île. Et je suppose que ce sera une aventure.

Audrey fixa sa sœur. Si elle avait fait tout ce chemin, c'était en partie parce que Brina était particulièrement douée pour la faire redescendre de son nuage.

– Tu ne vas pas me dire que je suis folle, de vouloir m'éloigner de mes racines et m'envoler à l'autre bout du monde ?

Brina secoua la tête et appuya ses coudes sur le comptoir.

– Bon. Effectivement, tu es *folle*. Mais peut-être que tu as raison sur ce coup-là. Tu es dans une impasse en ce moment, n'est-ce pas ? Alors

43

peut-être que tu as besoin de faire bouger un peu les choses. Peut-être que c'est l'univers qui essaie de te faire passer un message. *Elle fit une pause.* Et j'ai toujours pensé que tu aurais dû partir pour l'Université de Californie à Los Angeles. Tu es prête. Que tu t'en rendes compte ou pas.

Audrey regarda l'emplacement sur la carte, au milieu d'une île, au milieu d'une mer, au milieu du monde, si loin.

– Tu penses vraiment que c'est un signe ?

Elle sourit.

– Ouais. Peut-être. En plus, tu peux toujours revenir si cela ne fonctionne pas. Boston sera toujours là pour toi. *Elle sirota son thé.* Et peut-être que tu vas découvrir que papa t'a transmis quelques-uns de ses dons pour la rénovation. Tu as de l'argent de côté ?

Audrey hocha la tête.

– J'en ai un peu. J'ai un plan d'épargne retraite. Je peux l'utiliser. Et je peux reporter d'un an mes prêts étudiants. L'agent immobilier m'a dit qu'ils renonçaient à l'acompte du moment que je travaille là-bas. Je suppose qu'ils ont une pénurie de vétérinaires.

– Wouah.

Brina sourit.

– Alors je pense que tu devrais te lancer. Au pire, qu'est-ce qui peut arriver ?

Au moment opportun, Byron hurla bruyamment, presque comme pour montrer qu'il était d'accord.

Penchée sur le comptoir, submergée d'émotions, elle ouvrit l'email et relut les instructions. Oui, elle allait vraiment le faire.

44

CHAPITRE SEPT

Audrey avait le frisson quand elle embarqua à bord du vol British Airways. Cela faisait une éternité qu'elle n'avait pas pris l'avion, depuis un voyage à Disney World quand elle avait douze ans.

Tout s'était enchaîné à une vitesse folle pour Audrey une fois la décision de déménager en Sicile prise et son projet en route.

En l'espace de deux semaines, elle avait quitté son appartement de bon cœur, mis toutes ses affaires au garde-meubles, et réservé son vol. Elle avait également reporté ses prêts étudiant, et mit de l'ordre dans ses finances, enfin, en quelque sorte. Il n'y avait pas grand monde qui comptait suffisamment à ses yeux pour les informer de son départ, mis à part sa mère, et quelques voisins. Elle fut confortée dans l'idée qu'elle avait pris la bonne décision en voyant la facilité avec laquelle tout s'enchaînait, et le peu de cas qu'elle faisait de quitter la ville où elle avait grandi.

Elle prenait un nouveau départ, avec le strict nécessaire, qui tenait dans quelques valises.

Alors qu'elle parcourait le couloir de l'avion, en scrutant les rangées et les numéros de siège, elle se rendit compte que sa place était côté couloir.

Pas de chance.

Elle s'arrêta au niveau de sa rangée et remisa son bagage à main dans le compartiment supérieur. Le vieil homme d'affaires assis côté hublot était déjà appuyé contre, à moitié endormi. Un homme très gros occupait le siège du milieu.

Audrey se pencha au-dessus du gros ventre de l'homme et tira légèrement sur le costume de l'autre. Il s'étira, gêné.

– Excusez-moi. Est-ce que cela vous dérangerait d'échanger votre siège avec moi ? C'est la première fois que je vais en Sicile, et je…

L'homme se frotta les yeux et sortit son *Wall Street Journal* de la poche de son siège.

– Pas du tout, ma chère.

Elle sourit. Autre heureux hasard. Tout marchait comme sur des roulettes. Elle le sentait. Bien sûr, le gros homme ronchonna pour la forme en voulant ôter sa ceinture, et il y eut un léger flottement, comme au jeu des chaises musicales, mais le calme revint une fois tous installés dans leurs sièges.

Audrey retira sa veste, régla la ventilation au-dessus de sa tête, et dit au gros homme :

– Je suis désolée. Je voulais le siège côté hublot pour pouvoir voir la magnifique campagne italienne au moment de l'atterrissage ! Je sais que nous avons le temps, mais je ne tiens plus en place.

Il aurait été vraiment dommage qu'elle n'ait personne à qui parler : onze heures de vol jusqu'à Palerme, avec escale à Heathrow. Elle crut au départ qu'il ferait un bien piètre compagnon de voyage, mais il finit par s'éclaircir la gorge, et lui demander, en anglais, mais avec un très fort accent :

– Vous ne voyagez pas beaucoup ?

Elle secoua la tête.

– C'est la première fois que je quitte le pays. J'avais un passeport au cas où mais je ne m'en étais encore jamais servi. Et vous ? Vous vivez en Sicile ?

Elle se rendait bien compte qu'elle parlait trop, surtout que l'avion n'avait même pas encore quitté la porte d'embarquement, mais elle ne pouvait pas s'en empêcher. Quand elle était nerveuse, elle parlait toujours trop. Excitée. Nerveusement excitée.

– Oui. J'habite à Palerme. Je rendais visite à mon frère à Portland. C'est un voyage touristique ?

– Non. En fait, j'ai acheté une maison. À Mussomeli ?

Il fronça les sourcils, l'air perdu.

– Et pourquoi donc ?

Ça sentait l'embrouille à plein nez.

En fait, il aurait pu tout aussi bien lui dire : *Pour quelle raison souhaiteriez-vous vous enterrer dans ce trou perdu ?*

– Vous connaissez ?

– Euh. Un peu. C'est situé à l'intérieur des terres. Une jeune fille comme vous… Vous vous y installez seule ?

Il inspira brusquement et elle songea qu'il y avait de la terreur dans sa voix, comme s'il hésitait à lui avouer quelque chose.

Elle ignora cette idée.

– Vous êtes passée par l'un de ces… euh… sites internet ?

Elle acquiesça d'un signe de tête, puis désactiva le mode avion sur son téléphone, pour lui montrer le site en question.

Il regarda tranquillement quelques secondes et dit :

– Eh bien, *in bocca al lupo*.

46

Audrey le dévisageait, dubitative.

Elle s'était plutôt attendue à quelque chose du genre de *Buona fortuna*, ou un truc similaire, qui, si elle ne se trompait pas, signifiait « bonne chance ».

– Qu'est-ce que ça veut dire ? *Elle attrapa son dictionnaire de poche.* Je ne…

Il se mit à rire.

– En français, cela signifie « dans la gueule du loup ».

– Oh.

Elle était encore plus gênée qu'avant. Elle se voyait maintenant tel le Petit Chaperon Rouge, se jetant dans les griffes du Grand Méchant Loup.

– Merci. Enfin je crois ?

Il rit encore et secoua vigoureusement la tête.

– Ne vous inquiétez pas, c'est la tradition en Italie. C'est l'équivalent de votre « *merde* » pour souhaiter bonne chance à quelqu'un.

Audrey finit par comprendre.

– Ohhhh d'accord.

– Et à cela, vous devez simplement répondre, *Crepi*.

– *Crepi*.

Elle tenta d'imiter la prononciation de son professeur improvisé, mais échoua lamentablement.

– Qu'est-ce que ça veut dire ?

– *Qu'il crève, le loup.*

– Oh. C'est tout à fait logique.

Elle regarda à travers le hublot alors que l'avion commençait à prendre de la vitesse. Elle ne l'avait même pas senti avancer sur la piste. Elle coula un dernier regard sur Boston alors qu'ils filaient sur le tarmac de Logan, se demandant quand elle reverrait la ville.

– Comme vous pouvez le constater, je ne connais aucun mot d'Italien. Sauf *ciao*. Et… *cannoli*.

Il éclata de rire.

– Ce sont les plus utiles. *Il remua les mains.* Allez. Vous en savez forcément d'autres. Est-ce que vous connaissez *Piacere ?*

Elle plissa le nez.

– *Piacere. Mi chiamo Gabriele. Come sta ?*

Elle leva les mains, perplexe.

– Je vous l'ai dit, je n'en ai aucune idée…

– Je viens de me présenter. *Mi chiamo Gabriele.*

Il toucha sa poitrine. Les boutons de son polo étaient ouverts, des poils raides et d'épaisses chaînes d'or s'en échappaient

– Et vous ?

– Oh !

Elle commençait enfin à comprendre.

Elle désigna sa propre poitrine.

– Audrey.

– *Piacere*, Audrey.

Elle répéta lentement ce mot inconnu, le laissant rouler sur ses lèvres.

– Merci.

– *Grazie*.

– C'est vrai. *Grazie*.

Elle observait ses lèvres charnues, et la facilité avec laquelle les mots sortaient de sa bouche.

– Aïe. Ma prononciation n'est vraiment pas au top.

– *Mi dispiace, non parlo molto bene l'italiano.*

Elle fit une nouvelle tentative, mais sa langue ne cessait de fourcher à chaque essai. Elle en rit, et lui aussi.

Malgré la longueur du vol, les heures défilèrent rapidement. Audrey la plupart du temps à discuter avec Gabriele, à en apprendre davantage sur Palerme et ses environs, et bien sûr, à apprendre l'italien.

Il lui demanda au bout d'un moment :

– Et maintenant, dites-moi ce qui pousse une adorable jeune femme comme vous à quitter cette belle et grande ville de Boston, pour la campagne sicilienne ?

Elle soupira.

Elle devait être vraiment épuisée, car quand elle ouvrit la bouche pour lui dire que c'était une histoire bien trop triste à raconter, un flot de paroles s'échappa de sa bouche, semblable à une crue de barrage. Elle lui raconta absolument tout. Elle lui parla de son travail au cabinet vétérinaire, de l'annonce qu'elle avait trouvée pendant son trajet en métro, de sa réunion d'anciens qui avait viré au fiasco… elle lui déballa tout.

– … Et vous voyez, elle fit signe à l'hôtesse de l'air de venir reprendre son café. *Cette dernière le laissa tomber dans la poubelle.* C'était comme si tous mes anciens camarades du lycée avaient continué sans moi. Ils avaient tous des vies merveilleuses, et moi, qu'est-ce que j'avais ? Absolument rien.

– Pourquoi l'avis de ces gens vous importe-t-il ? Ils ne sont… comment vous dites… rien. Pas vrai ? Tout ce qui compte, c'est ce que vous, vous pensez de vous-même. Non ?

– Si, je suppose. Mais je crois que j'ai une trop piètre opinion de moi-même. J'avais tout un tas de rêves, et j'étais bien trop effrayée pour essayer de les réaliser. *Elle prit une profonde inspiration.* Alors j'ai décidé que si je voulais une vie extraordinaire, je devais prendre des mesures extraordinaires. J'ai tort ?

Il acquiesça.

– Si. Alors vous avez acheté la maison ?

Elle frappa du poing la tablette de son dossier.

– Exactement. Et je suis déterminée. À me construire une nouvelle vie là-bas. Je veux dire, j'ai la trentaine. Je ne veux pas aborder la quarantaine sans jamais avoir vécu la moindre aventure.

– Je vois. Cela a du sens. Quand mon frère a déménagé à Portland, nous l'avons tous pris pour un fou. Mais il adore sa vie là-bas. Parmi nos amis, son surnom, c'est Le Courageux. Quand quelque chose dans sa vie le dérange, alors il le change. Parfois, j'aimerais être capable de faire la même chose. *Il haussa ses épaules charnues.* Mais je ne suis pas comme ça. Je suis coincé pour toujours à Palerme.

Elle lui sourit.

– Eh bien, vous pourrez toujours venir me rendre visite à Mussomeli. C'est d'accord ? Je rénoverai la chambre d'amis pour vous. Enfin, s'il y a une chambre d'amis. *Elle se gratta la tête.* Je n'en suis pas tout à fait sûre. L'annonce était un peu floue au sujet du nombre de chambres.

Il éclata de rire.

– Marché conclu.

Lorsque l'avion atterrit en Sicile, elle soupira à la vue du bleu de la mer Méditerranée, parsemée de voiliers. Des vagues léchaient le bord des plages de sable blanc. Elle sentait déjà la chaleur du soleil, même à cette heure matinale au travers du hublot. Le ciel était immaculé. Tout avait l'air plus joyeux au soleil.

– C'est magnifique, s'extasia-t-elle.

– Bienvenue chez moi, lui souhaita Gabriele.

Lorsque l'avion cessa de rouler sur la piste et que le panneau *Attacher la Ceinture de Sécurité* s'éteignit, Gabriele lui tendit la main.

– *È stato un piacere conoscerla, Gabriele*, dit-elle.

Elle buta un peu sur les mots, et fut très fière de tout ce qu'elle avait appris.

– De même.

Il lui serra la main avant de l'aider à récupérer son bagage dans le compartiment supérieur.

– Et souvenez-vous, Audrey, *mi cara, quando finisce la partita il re ed il pedone finiscono nella stessa scatola.*

– Qu'est-ce que ça veut dire ? demanda-t-elle en glissant la bandoulière de son sac sur son épaule.

Une lueur apparut soudain dans ses yeux noirs aux paupières tombantes.

– J'espère que vous l'apprendrez par vous-même.

CHAPITRE HUIT

Audrey s'arrêta et inspira profondément lorsqu'elle sortit de l'appareil.

Le parfum de la liberté.

En réalité, elle était toujours coincée à l'aéroport, et l'air qu'elle respirait n'était pas vraiment différent de celui de Logan. Mais quand même. Il semblait plus propre. Plus léger.

Elle fut trimballée, avec les autres voyageurs vers la zone de tri des bagages. Quand elle atteignit le tapis roulant, Gabriele lui fit un signe de la main, avant de passer la porte. Apparemment, il n'avait pris qu'un bagage à main, le cas échéant, elle aurait bien aimé le choper et lui demander comment héler un taxi en italien, au cas où.

Mais elle était capable de se débrouiller. Seule. Elle n'avait besoin de personne.

Elle en était si convaincue qu'elle se précipita sur le tapis roulant dès que ses bagages firent leur apparition, repoussant même un jeune homme qui voulut l'aider, et souleva elle-même ses grosses valises à fleurs.

– C'est bon ! dit-elle en souriant. Merci quand même !

Saisissant une poignée dans chaque main, elle les fit rouler derrière elle, et franchit les portes vitrées coulissantes. Le soleil brillait sur l'île. En dépit de la chaleur elle demeura bouche bée face aux montagnes impressionnantes à l'horizon. Au-delà du béton de l'aéroport et du parking, elle resta pantoise à la vue de l'immense montagne couronnée de neige, qui se découpait sur le ciel comme le logo de la Paramount.

– Wouah, murmura-t-elle, oubliant presque qu'elle pouvait dorénavant respirer cet air italien.

Ce qu'elle fit, l'inspirant à pleins poumons. Et quel air: le temps était venteux et chaud, il faisait au moins vingt et un degrés, malgré l'heure matinale. Même si elle sentait légèrement l'odeur de la mer, comme chez elle, c'était plus frais, plus doux, et… mieux. *Boston, tu n'as qu'à bien te tenir.*

Au final, elle n'avait pas besoin de l'aide de Gabriele. Elle trouva la station de taxis grâce aux panneaux, et se mit à faire la queue. Elle étudia pendant ce temps son dictionnaire Italien-Anglais pour chercher la bonne formulation. Elle pensait l'avoir trouvée lorsqu'elle atteignit le début de la file.

Le jeune chauffeur de taxi à la chevelure noire rebelle, et à la chemise ouverte sur un débardeur, l'observa tandis qu'elle venait vers lui en faisant maladroitement rouler ses bagages. L'une d'elles s'accrocha malencontreusement à l'un des poteaux qui délimitaient la queue des taxis, et la rangée tomba au sol avec fracas.

– Oups !

Elle essaya de d'empêcher la catastrophe, lâchant au passage la poignée de sa valise, qui atterrit en plein dans l'aine du voyageur qui la suivait. Il laissait échapper un grognement étouffé.

– Désolée ! Je veux dire, *scusi* ! dit-elle en levant les yeux vers le chauffeur de taxi, qui n'avait pas l'air de vouloir l'aider.

Il se contenta de la fixer alors qu'elle trimballait ses bagages jusqu'à lui, comme une *Américaine*.

– Mussomeli ?

Elle leva son livre, et ânonna maladroitement :

– *Per favore portami a questo indirizzo.*

Elle brandit son téléphone où figurait l'adresse en toutes lettres.

Il le fixa pendant un long moment, fronçant de plus en plus ses sourcils épais. Avant d'éclater de rire.

Elle rit aussi, mieux valait un Chauffeur de Taxi Jovial qu'un Chauffeur de Taxi Tueur en Série. Il avait sûrement une autre raison de rire, mais elle n'avait pas vraiment envie de la connaître. Ce n'est qu'à ce moment qu'il se saisit de ses valises, sans le moindre effort, et les jeta à l'arrière de son taxi. Au moins, maintenant, ils étaient en route.

– Parfait. Et c'est parti, dit-elle fièrement, surtout pour elle, avant de se tourner vers le pauvre homme qui avait reçu sa valise en plein entrejambe. Vraiment désolée !

Elle descendit précipitamment du trottoir, ouvrit la portière, et se glissa à l'arrière du véhicule. Elle jeta un œil vers les sièges avant, et repéra le permis de conduire de l'homme. Antonio Puglisi. On aurait dit un peintre célèbre. Un rosaire pendait au rétroviseur, une photo écornée représentant deux enfants maigres à la plage était collée sur le tableau de bord.

C'était peut-être un artiste en difficulté, qui ne rêvait que de donner libre court à son art, mais avait dû se résoudre à conduire un taxi pour subvenir aux besoins de sa famille bien-aimée. Quel romantisme. Très *Italien !*

Il s'installa dans le siège conducteur, et s'inséra dans la circulation pied au plancher.

– Alors, Antonio, commença-t-elle, songeant à son rire quand elle lui avait montré l'adresse. Est-ce que vous parlez anglais ?

Il jeta un œil dans le rétroviseur, d'un air de dire *Ne commence pas, femme,* et alluma sa radio, qui diffusait « Comme d'habitude » en Italien.

Elle prit ça pour un non. Elle regarda les photos du site internet sur son téléphone, et soupira de nouveau. Magnifique. Puis elle regarda par la vitre. Enfin : le radieux soleil italien, les montagnes impressionnantes, la mer sombre qui s'étirait à l'horizon, et le ciel bleu. Des rochers blancs émergeaient à la surface de l'eau, et quelques bateaux mouillaient dans le port. Alors qu'ils quittaient l'aéroport, elle vit des bâtiments couleur ocre en terra cotta et stuc, avec des toiles de tuiles rouges.

Elle faillit coller son nez à la vitre, essayant de s'imprégner du panorama de la ville sur la mer. Elle n'avait pas vraiment envie de détourner le regard pour envoyer un texto à Brina, mais lui avait promis de le faire à son arrivée.

Ils finirent par quitter et entrèrent dans les terres, et toute trace de civilisation disparut. Ils longèrent des champs verdoyants, et des collines aux pentes douces, où paissaient des vaches et des chevaux. Mussomeli était à environ deux heures de route de Palerme, à en croire le plan de son téléphone, alors elle interrompit sa contemplation pour écrire *Bien arrivée. Encore plus beau qu'en rêve.*

Quelques instants plus tard, son téléphone bipa. *Tu te rends compte qu'il est 2 heures du matin ici ?*

Oups ! Elle avait oublié le décalage horaire. *Désolée !*

Sa sœur lui répondit une seconde plus tard. *C'est bon, j'étais en train de nourrir Byron. Ce petit coquin refuse toujours de faire ses nuits. Je pensais à toi. Je suis contente. Tu es déjà arrivée à la maison ?*

Elle sourit. Cela ne faisait que quatorze heures qu'elle avait dit au revoir à sa sœur, et à ses neveu et nièces, et ils lui manquaient déjà. Elle écrivit : *Non, je suis en route pour Mussomeli.*

Sa sœur répondit, *Envoie-moi des photos ! J'ai hâte !*

Et Audrey aussi. Elle tapota l'accoudoir du bout des doigts, avant de descendre la vitre et laisser l'air chaud lui ébouriffer les cheveux.

Elle se pencha et demanda après une demi-heure de route parmi les collines :

– On est bientôt arrivé ?

L'homme se contenta de la regarder, et haussa les épaules. Puis il désigna du doigt un groupe de maisons au loin, perché sur une colline, à moitié dissimulé par les arbres, et marmonna :

– Mussomeli.

Elle se renfonça précipitamment dans son siège pour mieux voir.

– Mussomeli ? C'est là ?

Il acquiesça, pas vraiment aussi enthousiaste qu'elle. Cette fois, elle colla son nez à la vitre. Bâtie en vieilles pierres grises, la ville s'élevait à flanc de colline, comme une montagne ; l'ensemble de bâtiments ressemblait à une sorte de forteresse médiévale.

– C'est incroyable, murmura-t-elle avec mélancolie, avant de réaliser que son rêve s'étalait désormais sous ses yeux.

C'était à elle. Elle avait une maison ici, dans cette ville, une vraie adresse. C'était sa maison.

Un léger sentiment de peur l'envahit. *Oh bon sang, c'est ma maison.* Elle se ressaisit. Ses mains tremblaient sur ses genoux, elle les posa donc à plat sur ses cuisses alors qu'ils se rapprochaient, gravissant les collines ; l'altitude lui boucha les oreilles, qui se mirent à bourdonner.

Il s'arrêta enfin au bord de la route et ouvrit la portière.

Audrey regarda autour d'elle. En dehors d'un terrain vague de l'autre côté de la route, qui avait l'air d'avoir subi des essais nucléaires, il n'y avait rien aux alentours. Rien, si ce n'est quelques vieilles marches abruptes et en ruines, taillées à flanc de colline.

Ce type avait peut-être besoin d'une pause pipi ?

Elle resta assise un moment à patienter, puis jeta un œil dans le rétroviseur quand il ouvrit le coffre. Elle aperçut le tissu fleuri de ses valises quand il les sortit, et entendit un bruit sourd quand il les jeta au sol.

Ouvrant la portière, elle fit le tour de la voiture pour se précipiter vers lui, ajustant au passage son confortable short de voyage – qui n'était rien d'autre qu'un short de sport amélioré.

– Je suis désolée. Pourquoi nous arrêtons-nous ?

– Mussomeli, répondit-il avec un signe de tête.

Audrey était maintenant convaincue que c'était sûrement le seul mot qu'il connaissait.

– Oui, mais je vous ai donné une adresse. Piazza 3. *Elle leva trois doigts. Tre?* Oui ?

Il acquiesça, et lui montra l'escalier.

– *Si. Piazza Tre.*

– Oh ? C'est là ?

Elle poussa un soupir de soulagement.

Son destin se trouvait au bout de ces marches.

– Cool.

Elle fouilla son sac à main pour en sortir sa carte de crédit, revint à la voiture, et l'inséra dans le lecteur. Quand elle ressortit, les marches lui semblèrent soudain un peu plus abruptes.

Elle grimaça à la vue de ses gros bagages.

– Si vous pouviez m'aider, à tout hasard …

Il la fixa, et pour la première fois, elle eut le sentiment qu'il comprenait *parfaitement* ce qu'elle racontait. Parce qu'il éclata de rire comme si elle venait de lui faire une bonne blague, l'écarta d'un geste, sauta dans sa voiture et fila à toute allure, faisant crisser les pneus et laissant Audrey s'étouffer dans un nuage de poussière.

Bon sang, mais qu'est-ce que j'ai fait ?

Elle minimisa encore une fois. Non, ce n'était pas le moment de jouer les rabat-joie. Elle agita la main devant elle, et évalua la hauteur des marches. De là où elle se trouvait, il y avait trois étages. C'était tout. Elle pouvait y arriver.

Elle traîna les deux valises jusqu'au pied de l'escalier, puis se rendit compte qu'elle ne pouvait pas monter les deux en même temps. Alors elle hissa la première, marche après marche, jusqu'au premier palier. À ce moment-là, il devait faire plus de vingt-six degrés, le soleil tapait fort, et elle avait la nette impression que son nez avait viré à l'écarlate. Son t-shirt était trempé de sueur.

Ce n'est pas un problème, songea-t-elle, redescendant en courant pour prendre la seconde valise. Elle répéta l'opération, et la hissa sur le premier palier, à côté de la première. Elle s'arrêta ensuite pour reprendre son souffle, évaluant le prochain obstacle. *Encore un petit effort.*

Malheureusement, quand elle parvint en haut du troisième palier, elle se rendit compte que trois autres volées de marches l'attendaient. Elle se sentait capable de tuer quelqu'un pour avoir une simple gorgée d'eau, et son nez se couvrait de cloques.

Elle dut s'interrompre et s'asseoir à plusieurs reprises pour reprendre des forces : elle y passa près d'une heure. Pendant ce temps, des voitures passaient dans la rue en dessous, et elle se demanda si elle passait pour l'Américaine idiote qui avait décidé d'escalader une montagne avec des valises au lieu de prendre un sac à dos. Mais elle ne se laisserait pas abattre. *Tout ira bien. Ce sera génial. Mon rêve se trouve en haut de cette colline.*

Quand elle finit de gravir la dernière volée de marches, elle regarda autour d'elle, à bout de souffle, cherchant sa maison, son adorable Piazza 3.

Mais il n'y avait rien.

Pas de bâtiments. Pas de maison, pas la moindre cabane. Juste une autre colline, et une allée de service gravillonnée, qui menait à une autre colline encore. Et à part ça ? Une haute clôture à maille de chaîne, fermée.

Elle serra les poings.

Tu n'as rien d'un artiste, Antonio Puglisi songea-t-elle amèrement. *Toi, mon gars, tu es un gros abruti.*

*

Elle arriva enfin en ville environ deux heures plus tard, après un aller-retour sur la colline, telle un bouquetin errant (mais en beaucoup moins gracieux). Elle faillit tomber à genoux et embrasser le sol, enfin, elle pourrait faire rouler facilement ses valises, dont les roues se grippaient sans cesse dans les graviers.

Un endroit absolument *adorable*. Exactement comme sur les photos. Elle passa devant une vieille église à la cloche rouillée au-dessus de la porte, et une statue de la Sainte Vierge à l'extérieur, bras ouverts. Elle le prit comme un signe de Bienvenue, et se dirigea vers une place agrémentée d'une petite fontaine en pierre, où un filet d'eau ruisselait entre les seins d'une femme cueillant du raisin. Certains bâtiments étaient assez modernes, et il y avait des voitures garées dans les rues. L'accord parfait entre le confort moderne et le charme du passé.

Elle arrêta la première personne qu'elle croisa, une femme sur un vélo avec un panier, et, à bout de souffle, et bien trop fatiguée pour sortir son dictionnaire, lui demanda :

– Je vous en prie, dites-moi que vous parlez anglais ?

La femme hocha la tête.

– Américaine ?

Audrey eut soudain envie d'embrasser cette cette rousse flamboyante d'âge moyen, et l'inviter à prendre le thé chez elle, si jamais elle parvenait à trouver où c'était. Mais pour l'instant, elle hocha simplement la tête.

– Je cherche une maison.

– Vous n'êtes pas la première Américaine dans ce cas, répondit-elle avec un fort accent. Notre ville s'est retrouvée – comment dites-vous ? – envahie d'étrangers, ces derniers temps. Vous avez acheté une maison à un euro ?

Audrey acquiesça.

– Enfin, un dollar.

– Ah. *Elle jeta un œil à l'adresse indiquée sur le téléphone d'Audrey, et sourit.* Vous avez de la chance. Votre maison est juste en bas de cette route. C'est près d'ici. Continuez jusqu'à ce que vous voyiez indiqué *Tre.*

– Oh. Merci ! s'exclama Audrey en scrutant la rue étroite.

Une vieille ruelle pittoresque pavée en descente disparaissait dans un virage bordé de maisons mitoyennes. Certaines étaient mieux entretenues que d'autres vues de l'extérieur, certaines avaient de petits balcons. Une corde à linge était tendue au travers de l'étroit passage, et du linge y était suspendu. Des oiseaux perchés sur des lampadaires modernes l'observaient.

– Bonne chance à vous, lui dit la femme avant de s'éloigner en pédalant.

– *Crepi*, marmonna Audrey, scrutant toujours la rue.

Elle empoigna ses deux valises qu'elle traîna dans la rue. La voie était à peine assez large pour passer avec ses deux valises sans les faire buter sur les perrons des maisons. La rue pavée formait un V au milieu, et un fin ruisselet s'écoulait dans la pente. Elle ne croisa personne en chemin, et observa donc les portes, tout en comptant les numéros jusqu'à *tre.* Il y avait des plantes dans des pots en terre cuite sur les pas de porte, des balcons ornés de volutes élaborées, et quelques bouteilles de lait posées sur certains perrons.

Si mignon ! Ils ont encore des livraisons de lait ?

Elle avait commencé à descendre la rue au numéro quatre-vingt-dix-sept et finit par apercevoir le numéro trois en bas de la colline : un carré gris anodin. Elle était tout en bas de la rue, logique d'après les souvenirs qu'elle avait du plan. Elle lâcha ses valises et s'en approcha, se plantant devant la porte d'entrée.

Chéri, je suis rentré !

D'accord, bon… Elle était vieille, mais elle avait vraiment du charme. Les murs gris et lisses en galets s'effritaient, quasiment rongés par le lierre. La porte d'entrée rustique en planches était trouée et fissurée, et ne semblait pas vraiment à sa place dans cette embrasure.

Mais elle était à elle. Le perron, la vieille porte pourrie, la propriété, les murs, toute cette maudite adresse. Tout. Elle lui appartenait. Et elle était tellement mignonne. Il y avait de petits volets aux fenêtres, et comme dans son rêve, une jolie boîte aux lettres était fixée à la porte, prête à recevoir tous les courriers que Brina lui enverrait. Avec quelques réparations, peut-être une bonne couche de peinture, elle pourrait devenir une vraie carte postale. Elle l'enverrait à Brina en guise de réponse, leur ferait regretter à tous de ne pas avoir investi dans l'immobilier en Sicile.

Elle applaudit, enthousiaste. Elle n'avait jamais possédé de bien immobilier jusqu'à présent. En location, elle avait craint de planter un clou pour accrocher un tableau sur le mur de son appartement de Southie. Dans cet endroit, elle pouvait faire ce que bon lui semblait ; si elle voulait repeindre la maison en rose bonbon, c'était son choix. Cela faisait deux semaines qu'elle s'y préparait, et elle était prête à se mettre au travail, se salir les mains pour en faire un foyer. *C'est parfait.*

Juste à ce moment, un vent fort souffla dans l'étroite ruelle, agitant les vêtements au-dessus de sa tête, lui plaquant les cheveux sur le visage. Une boîte de conserve roula bruyamment sur les pavés, dans sa direction. Elle la fixa, puis entendit un craquement violent en provenance de sa nouvelle maison.

La porte d'entrée s'écroula soudainement au sol avec un claquement terrifiant, à cinq centimètres de ses orteils.

CHAPITRE NEUF

Je suis au bon endroit ?

Cette question se mit à tourner en boucle dans la tête d'Audrey à la seconde où la porte tomba à ses pieds, et ne fit que s'accroître quand elle entra.

Elle enjamba des déchets, pour entrer dans le soi-disant « vestibule ». Il n'était pas plus grand qu'une cabine téléphonique. Une seconde plus tard, elle passa la tête au-dehors, et vérifia le numéro. 3. Ouais. Elle était au bon endroit. En face se trouvait le numéro 2, qui semblait remarquablement mieux assemblé.

Audrey retourna à l'intérieur. La cuisine se trouvait juste à côté de l'entrée, si on pouvait appeler *ça* une cuisine. Les murs et le sol de plâtre tombaient en ruine. On aurait dit l'épave d'un lieu ravagé par la guerre, où la poussière et les déchets régnaient en maîtres. Il régnait une odeur de moisissure et de crotte de chien fraîche. La cuisine était équipée d'un évier, une table, quelque chose qui avait dû servir de poêle à une époque révolue, et un énorme trou dans le plafond. Une lucarne ?

Comme la pièce ne comportait pas de fenêtre, Audrey, instinctivement, chercha l'interrupteur. Elle n'en trouva pas.

Mais attends, ils n'ont pas dit que la maison était raccordée à l'électricité ? se demanda-t-elle avant de fouiller son sac à la recherche de la brochure d'information que l'agent, Maria, lui avait envoyée. Elle la déplia avec précaution.

Effectivement, le document indiquait électricité, climatisation, balcon, meubles, télévision… ascenseur.

Son petit doigt lui dit qu'elle ne trouverait ni climatisation ni ascenseur. Elle pourrait s'estimer heureuse si la plomberie fonctionnait. Elle repéra alors une porte ouverte face à la minuscule cuisine. Elle monta une marche, toussant à cause de la poussière, et s'y rendit.

Elle se retint la poitrine pour éviter un haut-le-cœur. L'odeur était peut-être celle des toilettes, mais la pièce ne comportait ni cuvette ni lavabo. Rien qu'un trou dans le sol cette fois-ci.

Chancelant en arrière, elle s'empara de son téléphone et appela Maria. Celle-ci répondit après quelques sonneries, débitant quelque chose en italien qu'Audrey ne parvenait toujours pas à comprendre, même si elle l'avait entendu un bon millier de fois au cours des deux dernières semaines, à chaque fois qu'elle appelait pour régler un détail.

– Bonjour, Maria. C'est Audrey. Je suis là, à Mussomeli. À la propriété.

– Ah. Parfait. Il faudra qu'on s'arrange pour passer. Il y a beaucoup de paperasse.

Audrey s'éloigna de la salle de bain pestilentielle, *si on pouvait l'appeler comme ça,* et retourna dans le vestibule, dont elle avait déjà décidé qu'il ne méritait pas ce nom, vu qu'il était plus petit qu'une cabine téléphonique.

– Oui… euh. À ce sujet. Je m'attendais à ce que la maison soit en meilleur état.

– Oh, eh bien. Elle est à un dollar, rappela-t-elle à Audrey. *Elle avait l'impression que ce n'était pas la première fois que Maria avait cette conversation.* Mais elle a deux cents ans, elle est chargée d'histoire, et… vous avez remarqué la vue ?

– Non, mais…

Un étrange escalier était accroché sur la droite. Étrange, parce qu'il n'arrivait qu'à sa taille, et qu'il fallait escalader pour le gravir. Elle y passa la tête, mais ne vit qu'un autre mur en face, en piteux état, et peut-être une autre pièce.

– Une seconde.

Coinçant le téléphone entre sa joue et son épaule, elle se hissa sur le dos, et se mit à genoux, emportant une bonne couche de plâtre crayeux au passage. Elle s'épousseta et monta le petit escalier.

– Vous voyez, c'est sympa. La ville est vraiment mignonne. Mais la maison… Je la croyais équipée. La climatisation par exemple ?

Maria éclata de rire.

– Dans cette maison ? Oh, non. Non, non. Non. Jamais de la vie.

– Et pourtant, le descriptif disait qu'elle en était équipée.

– Ah oui ? *Elle s'interrompit, et Audrey entendit le bruit lointain d'un clavier.* Non. Il ne dit rien de tel.

Audrey grimpa les marches de pierre raides, se tenant aux murs, ce qui n'était pas difficile car la cage d'escalier était si étroite que ses épaules touchaient des deux côtés. Et elle devait être adaptée à des gens de moins d'un mètre vingt, car elle dut s'accroupir pour éviter de toucher le plafond taché d'humidité avec son front.

– Maria, dit-elle. J'ai le descriptif sous les yeux. Et il y est indiqué…

– Eh bien, toutes les listes *indiquent* ces choses. La propriété n'en est pas équipée à moins qu'il y ait une croix en face de l'équipement en question.

Audrey se figea sur sa marche, plissant les yeux dans l'obscurité pour relire la page. Elle fit défiler la liste. Il n'y avait qu'un seul X. En face de *Vue.*

Oh, bon sang. Quelle idiote.

– Ah, excusez-moi. Je vois, maintenant, dit-elle d'un air penaud. C'est ma faute.

Il y eut un silence.

– J'espère que vous n'êtes pas en train de changer d'avis ?

Audrey fronça les sourcils. Bien sûr que non, pour qui cette femme la prenait-elle ? Il lui en faudrait bien plus pour la renvoyer chez elle la queue entre les jambes. Elle était la digne fille de son père. Elle ne reculait jamais devant un défi. Elle avait la construction dans le sang. Enfin, en quelque sorte.

– Bien sûr que non. Vous pensez pouvoir passer cet après-midi avec les documents ?

– Bien sûr. Quatorze heures ? demanda Maria, tandis qu'Audrey tournait au coin du couloir, et arrivait dans la chambre. *Si tant est qu'on puisse appeler ça une chambre.* Elle était minuscule, encombrée d'ordures, et d'un matelas jauni informe.

Elle avança de deux pas et faillit passer au travers du trou dans le sol… direction la pseudo-cuisine.

– Oui. Quatorze heures, avec grand plaisir.

Elle enjamba le trou pour aller à la fenêtre, repoussant les antiques volets en bois vers l'extérieur.

À cet instant, une forme grise et floue s'envola vers elle, en laissant échapper un cri perçant.

– Ahhhh ! cria-t-elle, avant de laisser tomber son téléphone et d'agiter les bras dans tous les sens pour s'en débarrasser.

Qu'est-ce que c'était, une sorte de goule italienne ? Les esprits des anciens propriétaires, coincés dans la maison ?

La chose tomba au sol et se redressa, tandis qu'Audrey s'écartait de la fenêtre, recula jusqu'à se retrouver suspendue dans l'air pendant une fraction de seconde, avant de commencer à tomber.

L'une de ses jambes glissa dans le trou jusqu'au genou, et elle se rendit compte à ce moment qu'il ne s'agissait que d'un pigeon, qui, impassible, sauta sur le rebord de la fenêtre. Il la fixa pendant un bref instant, l'air de dire *T'es débile ou quoi ?* Et s'envola en passant devant son petit nid dans le coin.

Elle poussa un soupir de soulagement, reprit son souffle.

– Mademoiselle Smart ? Est-ce que tout va bien ?

La voix de Maria lui parvenait depuis son téléphone tombé au sol.

Coincée dans son trou, Audrey s'étira sur le plancher pour essayer de l'atteindre. Pas assez grande. En poussant sur le sol, elle parvint à extraire sa jambe du trou, et s'emparer du téléphone.

– À merveille. Est-ce que les pigeons… sont dangereux dans le coin ?

– *Scusi ?*

Il n'y avait pas de balcon, mais elle pourrait sûrement en mettre un si l'envie lui prenait. Une brise fraîche soufflait, emportant avec elle des parfums d'océan, d'agrumes et de basilic. Et la fenêtre donnait sur la plus magnifique des vues sur la vallée, les toits des bâtiments, les arbres, et, au loin, l'océan.

La publicité disait vrai. La vue était à tomber.

– Non rien. Vous savez où je peux trouver une quincaillerie dans les environs ? demanda-t-elle.

– Je vais vous transmettre tout de suite par mail les adresses d'endroits qui vous seront utiles.

– Merci.

Elle mit fin à l'appel avec Maria, et se frotta les mains.

– Ça va le faire, murmura-t-elle, en songeant à son père.

Miles Smart, son père avait été l'un des meilleurs entrepreneurs de la région, un pro de la rénovation de maison. Il les avait emmenées, elle et Brina, sur pas mal de chantiers pendant leur enfance. Même si la plupart du temps, il leur demandait de se tenir tranquilles pour ne pas se planter de clous dans les pieds, elle avait appris quelques trucs avec lui. Comment utiliser un pistolet à clous. Comment faire des réparations de base. Elle savait se servir d'un marteau. Elle s'y connaissait en plomberie. En électricité. Elle n'était pas experte en la matière, mais elle avait plus d'expérience que la plupart des femmes.

Elle s'en sortirait très bien. *Mais encore mieux s'il était là.*

Mais non… elle s'était juré de le faire seule. Elle n'avait pas besoin d'aide. Et elle y arriverait. Elle reprit son téléphone, et entreprit d'y noter la liste des choses qu'elle aurait besoin d'acheter pour démarrer. Quand elle eut terminé, le mail de Maria listant les quincailleries les plus proches était arrivé.

Elle fit rouler ses valises jusque dans le vestibule, replaça la porte du mieux qu'elle put, et sortit à l'aveuglette, à la recherche du magasin.

Elle rénoverait cet endroit et en ferait la plus jolie petite maison de Piazza... marche ou crève.

CHAPITRE DIX

Audrey descendit la rue qui croisait Piazza, suivant le plan affiché sur son téléphone. En marchant, elle dit *Ciao !* à tous ceux qu'elle croisait, incapable de se souvenir de ce que Gabriele lui avait appris dans l'avion. Certes, il n'y avait pas grand-monde – la ville était en grande partie déserte. Mais les gens qu'elle croisait étaient souriants, et certains lui adressaient quelques mots, mais Audrey se contentait de leur faire un signe de la main et de continuer son chemin, espérant qu'ils ne remarqueraient pas qu'elle ne comprenait pas un traître mot.

La femme qu'elle avait rencontrée à son arrivée avait dit que le village était envahi d'étrangers, mais Audrey ne croisa personne qui lui semblait aussi peu à sa place qu'elle. Ils avaient tous l'air très à l'aise à Mussomeli, comme s'ils avaient vécu ici toute leur vie.

Ce sont peut-être des étrangers, mais ils se sont rapidement adaptés à la vie locale. Je serai peut-être comme eux dans un an. Quand je rentrerai chez moi, je serai peut-être devenue une vraie Sicilienne. D'ailleurs, peut-être que je ne rentrerais jamais. Que j'y retournerais pour un court séjour, que je rentrerais parce que la Sicile me manque trop. Peut-être que ce sera ici, mon chez-moi.

Le mélange entre ancien et moderne était un véritable chef d'œuvre, unique en son genre. L'architecture médiévale de certains bâtiments était exquise, dans le style baroque, avec des éléments gothiques, des colonnes corinthiennes et du fer forgé. Des gargouilles grotesques l'observaient des deux côtés de la rue, dans l'ombre des oliviers en fleurs. Entre les bâtiments, elle aperçut une vue splendide sur la campagne, jalonnée de champs verdoyants et de montagnes. Au loin, un impressionnant château se dressait sur l'un des sommets, se fondant dans la paroi rocheuse, tout droit sorti d'un conte de fées.

En chemin, elle trébucha sur un tas de décombres, et se rendit compte qu'une maison venait de s'effondrer. Une parmi tant d'autres. Les maisons anciennes étaient *très* anciennes, certaines menaçaient de s'effondrer à flanc de montagne, et beaucoup semblaient abandonnées, leurs portes béantes semblables à des gueules ouvertes sur des grottes sombres.

De nombreux magasins étaient fermés. Elle passa devant des boutiques, jetant un œil aux vitrines poussiéreuses, pour voir si l'une d'entre elles vendait quelque chose semblable à de l'outillage. Il y avait un vieux magasin d'aspirateurs, et un autre qui ne vendait que des statuettes religieuses. Des chapelets de saucisses pendaient à la vitrine du boucher. Un primeur, avec des cageots d'oignons et de pommes à l'extérieur. Elle s'en souviendrait en temps voulu.

Il y avait peu de voitures dans les environs, car la plupart des routes étaient trop étroites. Les gens filaient à toute allure sur leurs vélos. Une âme courageuse passa près d'elle sur des rollers : suicidaire, avec tous ces pavés cassés. Mais tout le monde semblait en pleine forme, et heureux, aussi. Pas d'hommes d'affaires en costume, tête baissée, pressés d'arriver à leur prochaine réunion. L'atmosphère embaumait le basilic et le linge fraîchement lavé. Tout était si ravissant. Si reposant. Si accueillant.

Heureusement, la quincaillerie n'était pas loin. À seulement deux pâtés de maisons vers le sud, au-delà d'une route où les bâtiments modernes se mêlaient aux maisons rustiques comme la sienne, elle trouva les doubles portes grandes ouvertes. Il y avait des barils à l'extérieur, remplis de râteaux et de pelles, ainsi que quelques barbecues à charbon, et une tondeuse à gazon manuelle, à l'ancienne. Elle enjamba les fissures du trottoir et entra dans le magasin, avec la nette impression qu'elle deviendrait certainement leur meilleure cliente au cours des semaines à venir.

Cette idée en tête, elle sourit encore plus allègrement à toutes les personnes présentes, jusqu'à en avoir mal aux joues. Ils la prenaient certainement pour une folle. Surtout l'homme qui rangeait les rayons, et la femme qui tenait le comptoir des couleurs. Mais elle voulait être leur meilleure amie. Désespérément. C'était ce que son père lui avait enseigné : *la règle numéro un de toute rénovation : Sois gentille avec les gens de la quincaillerie la plus proche.*

Ustensiles de ménage, se dit-elle en sortant son téléphone de son short de voyage, pour consulter la liste qu'elle y avait notée. *Seau. Balai à franges. Éponges. Produits d'entretien. Marteau, tournevis, clé, perceuse, vis, et quelques charnières pour la porte d'entrée.*

Voilà pour commencer. Et, songea-t-elle, c'était à peu près tout ce qu'elle pourrait porter seule.

Les allées terriblement étroites étaient encombrées de marchandises diverses. Les panneaux en tête de gondole auraient sûrement été d'une grande aide si elle était parvenue à les comprendre. Après avoir parcouru les allées de long en large une bonne centaine de fois, elle rassembla la plupart de ses achats dans un grand seau rouge, cala le balai à franges, et le balai classique sous son bras, et prit prudemment le chemin de la sortie du magasin.

Quand elle y parvint, la femme du comptoir des peintures était appuyée contre la caisse, l'air désœuvrée. Elle avait une barrette rouge sur la tête, complètement perdue dans un fouillis de cheveux noirs et rebelles, et un nez long et pointu qui lui donnait l'air de la Méchante Sorcière de l'Ouest, sans la peau verte.

Audrey s'approcha du comptoir et dit « *Ciao* » au moment même où un fracas assourdissant se fit entendre derrière elle.

Elle se retourna, réalisant qu'elle avait renversé un présentoir de médailles pour chiens. Elle fit tomber deux bombes de peinture d'un rayon en voulant les ramasser, avec ses manches à balai encombrants. C'est alors qu'elle pivota de nouveau, manquant de peu un homme portant un t-shirt gris plein de graisse, qui l'évita à temps.

– Oups ! Désolée, dit-elle alors que la caissière lui débitait des phrases en italien à un rythme effréné, ponctuées de gestes brusques à son encontre.

Finalement elle inclina les balais en question pour les mettre à la verticale, et les appuya contre le comptoir.

– Je veux dire, *scusi*.

La femme lui jeta un regard dégoûté.

– Américaine ?

– Oui, admit Audrey, embarrassée par son regard. *Elle désigna ses achats alors que la femme les passait en bipant sur la caisse à l'ancienne.* Est-ce que par hasard vous livrez ?

La femme examina ses articles, et plissa les yeux.

– Non, pas ces trucs, de toute évidence. Évidemment, je peux porter ça moi-même. J'étais juste en train de penser à plus tard. Quand je reviendrai ?

Elle gloussa nerveusement, repensant à cette salle de bains, *si on pouvait lui donner ce nom.*

– Je rénove une maison dans le quartier, et je vais avoir besoin de pas mal de choses. Y compris des toilettes. Est-ce que vous pouvez livrer des toilettes ?

La femme leva les yeux de l'étiquette de prix du marteau sans rien dire.

– Eeeeet de toute évidence, je gaspille ma salive, parce que vous ne parlez pas anglais, dit Audrey en soupirant.

Quand la femme eut fini, Audrey plongea la main dans son sac et en sortit son portefeuille. Elle trouva sa carte de crédit dans la pochette, et était sur le point de la poser sur le comptoir quand la femme désigna un panneau décoloré et écaillé, à moitié caché sous une vitrine de cordons et de mousquetons. Il y était écrit *No carta di credito.*

Elle n'avait pas besoin de comprendre l'italien pour le comprendre.

– Oh, alors… *Elle fouilla dans son portefeuille, où elle trouva quelques billets de vingt dollars.* Vous ne prenez pas…

– Non.

Elle leva les yeux au ciel.

– Euh… *Elle hésita, s'agita.* Je n'ai rien d'autre. Vous voyez, j'ai oublié de changer des euros. Je pensais que je pouvais utiliser une carte partout.

La femme la fixa.

– Non.

J'aurais bien besoin d'un peu d'aide, songea-t-elle, rangeant sa carte dans son portefeuille.

Comme si elle lisait dans ses pensées, la femme toucha sa carte et pointa du doigt vers l'extérieur, avant de débiter quelque chose en italien qui donna le tournis à Audrey. Elle écouta, suivant la direction du doigt pointé, mais cela n'avait aucun sens pour elle, jusqu'à ce qu'elle pose un doigt sur la carte, et mime l'action de l'insérer dans une machine.

– Oh, un distributeur ? Je peux y retirer des euros ?

La caissière, qui, de toute évidence, en avait assez, se contenta de croiser les bras. Quelques personnes patientaient dans la queue derrière elle. Ils ne tapaient pas du pied ni ne poussaient des soupirs exaspérés comme des Américains à leur place, mais elle sentait leurs regards lui vriller le crâne.

– Le distributeur se trouve où, exactement ?

Encore de l'italien. C'était drôle, quand elle s'était décidée pour l'Italie, la langue lui avait paru si belle, si mélodieuse, elle comprenait parfaitement pourquoi elle était connue pour être romantique. À présent, elle lui donnait la migraine.

– Un instant. *Elle montra ses affaires du doigt et recula vers la porte, s'arrêtant brusquement en heurtant un présentoir de magazines de décoration.* Je cours, et je retire de l'argent. Est-ce que… vous pourriez me les garder ? S'il vous plaît ?

Audrey fonça à l'extérieur et trébucha un peu à l'aveuglette, jusqu'à trouver une banque et un distributeur. Évidemment, il y avait la queue.

La peur s'empara d'elle alors qu'elle attendait derrière un vieil homme, sentant les secondes s'écouler à mesure que la sueur lui ruisselait dans le dos. *Qu'est-ce que tu fais, Audrey ? Si avec ça tu n'as toujours pas compris que tu as fait la plus grosse erreur de ta vie...*

Enfin, ce fut son tour. Elle crut défaillir de soulagement en voyant un choix de langues sur le distributeur, qui incluait l'*anglais*. Après une minute ou deux, elle put retirer deux cents euros, même si elle n'était pas sûre du taux de change. Elle n'avait pas regardé le total à la caisse, et espérait que cela lui suffirait.

Elle fila à toute allure dans la rue, et fit irruption par les portes, mais quand elle arriva, c'était comme si le temps s'était figé. La caissière était toujours là, quasiment dans la même position qu'avant, tout comme le reste de la queue, où les gens attendaient patiemment qu'elle revienne. Quelques-unes des personnes derrière elle lui adressèrent même des sourires bienveillants. En Amérique, un magasinier aurait déjà rangé tous ses articles en rayon à présent, et quelqu'un aurait rayé sa voiture à coups de clé sur le parking.

Mais tu n'es plus en Amérique, tu te souviens, Aud ?

— Merci d'avoir attendu, leur dit-elle, ouvrant la main pour en tirer le billet froissé, qu'elle aplatit sur le comptoir.

La femme à la caisse lui rendit la monnaie et lui tendit quelques pièces et billets. La remerciant, Audrey empocha l'argent et ramassa ses achats. Les autres personnes dans la queue s'écartèrent de son chemin, lui laissant un large passage pour qu'elle ne les frappe pas en plein visage avec son balai.

— *Signorina*, dit la femme derrière la caisse quand Audrey se préparait à partir.

Elle dut répéter deux fois avant de comprendre que c'était bien à elle qu'elle s'adressait.

— Oui. Euh, Docteur, en fait.

— La livraison est gratuite dans le village, dit-elle dans un anglais parfait.

Audrey soupira.

— *Grazie*, marmonna-t-elle, avant de songer, *enfin je crois*.

C'était mal parti pour devenir la meilleure amie du gérant de la quincaillerie la plus proche. Elle n'était pas sûre de vouloir y remettre les pieds un jour.

CHAPITRE ONZE

— Victoire ! cria Audrey alors qu'elle achevait de visser la charnière sur l'encadrement de la porte.

Elle avait bataillé pour mettre en place la lourde porte, mais d'une manière ou d'une autre, elle avait réussi à la maintenir en place assez longtemps pour visser les charnières toutes neuves, et avoir une porte enfin fonctionnelle. Quand elle eut fini, elle passa les minutes suivantes à ouvrir et fermer la porte, à inspecter son travail. C'était une très belle porte, bien qu'un peu rustique, mais elle était géniale. Elle allait bien avec la maison. Elle était solide. On n'en faisait plus des comme ça de nos jours.

Regarde-moi ça, Papa, songea-t-elle avec un sourire.

Eh bien, une bonne chose de faite, et encore un millier à accomplir, mais au moins, sa maison était sûre à présent, protégée des intrus qui rôdaient dans cette ville.

Elle s'éloigna de quelques pas devant le perron, leva les mains, plaça les doigts de façon à former une cage de football, pouce contre pouce. Oui. Tout cadrait pile poil.

À ce moment, un garçon avec un chariot à roulettes grinçantes entra dans la rue, et s'arrêta devant elle. Il aurait pu passer pour un lycéen américain des années 1970, avec son t-shirt Pink Floyd délavé, son jean, et ses cheveux hirsutes. Audrey lui sourit.

Il lui sourit en retour.

— Audrey Smart ? demanda-t-il avec un anglais remarquablement dépourvu d'accent.

— Comment connais-tu mon nom ? s'enquit-elle, étonnée.

Il plongea la main dans son chariot et en souleva un sac à main Vera Bradley dont le motif cachemire lui était très familier. Et pour cause, c'était le sien. Ce qui la poussa à poser la question évidente : quand l'avait-elle vu la dernière fois ?

Il avait fouillé à l'intérieur ? Forcément, pour connaître son nom, mais tout de même, que des étrangers fouillent dans ses affaires lui faisait une drôle d'impression.

— Où l'as-tu trouvé ?

Il désigna du doigt le bas de la rue.

– Vous l'avez laissé au magasin de mes parents. Vous avez oublié ?

– Oh !

Il n'y avait rien de choquant pour elle. Elle était partie en courant pour retirer de l'argent, et puis elle avait été totalement déconcertée, alors rien d'étonnant à ce qu'elle l'ait laissé là. Ce qui la surprenait le plus, c'était le fait que quelqu'un le lui ramène, et à peu près dans le même état qu'avant. Elle l'ouvrit ; sa carte de crédit et tous les billets de vingt étaient toujours là. Certes, personne ne pourrait en tirer grand-chose ici à Mussomeli.

– Merci. Comment as-tu trouvé mon adresse ?

Il tendit la main vers l'ouverture de son sac pour lui montrer la brochure d'information de Maria, l'adresse de sa nouvelle maison était entourée en rouge.

– Oh. D'accord. Eh bien j'apprécie beaucoup que tu me l'aies rapporté.

Le beau garçon aux yeux bruns lui sourit malicieusement.

– J'ai quelque chose d'autre pour vous. *Il fit le tour de son chariot et sortit un sac en toile de jute d'une cuvette de toilette.* Ma maman a dit que vous en vouliez une. Nous avions celle-ci dans l'arrière-boutique. Elle a pensé qu'elle pourrait vous servir.

– Ah oui ?

Elle avait peut-être mal jugé cette femme. Audrey posa la main sur son cœur, touchée. C'était bien la première fois que des toilettes lui déclenchaient ce genre de réaction.

– C'est incroyable. Merci. Combien te dois-je pour ça ?

Il secoua la tête.

– C'est gratuit. Considérez que c'est… un cadeau de crémaillère. *Il fit un geste en direction de l'objet.* Ouvrez la porte, et je l'amène à l'intérieur pour vous si vous voulez ?

Elle se précipita vers la porte et la tint ouverte alors que le garçon soulevait la cuvette dans ses bras, et l'amenait dans la maison. Elle lui désigna la cuisine, et il posa la cuvette à terre devant la salle de bains, avant de jeter un œil autour de lui.

– Je crois que vous avez du pain sur la planche, dit-il, avant de siffler en apercevant le trou dans le plafond.

– Ça va. Je me suis bien préparée, et je suis prête à me mettre au travail, lui assura-t-elle en regardant autour d'elle. Je t'aurais bien offert quelque chose à boire ou à manger, mais en fait, je n'ai absolument rien, comme tu peux t'en douter.

Il éclata de rire.

– Ce n'est rien. Tout va bien. *Il tendit une main vers elle.* Je ne me suis pas présenté. Je m'appelle Luca.

Elle lui serra la main.

– Audrey. Mais évidemment, tu le sais déjà. Comment se fait-il que tu parles si bien anglais ?

– J'ai étudié aux Etats Unis pendant deux ans. Le voyage était offert. Je jouais au football américain mais j'ai été blessé et adieu ma bourse. Ils m'ont renvoyé ici. *Il haussa les épaules.* J'espère que Maman n'a pas été désagréable avec vous. Elle déteste les Américains.

Logique qu'elle reçoive une cuvette de toilettes en guise de cadeau de crémaillère. Enfin, c'était mieux que rien.

– Oh, wouah. Je suis désolée.

Il éclata de rire.

– Ce n'est rien. Et maintenant je peux réaliser mon rêve de livrer des toilettes à de belles américaines comme vous.

Il me fit un clin d'œil.

Audrey se raidit. Quel *latin lover* ! Est-ce qu'il livrait souvent des toilettes aux américaines ? Et si c'était le début d'un flirt, il fallait qu'elle y mette fin rapidement. Ils avaient peut-être l'air du même âge, mais elle devait avoir au moins dix ans de plus que lui. En plus, elle n'avait vraiment pas le temps de penser à sortir avec quelqu'un. Elle avait du travail.

– C'est très gentil.

Il s'essuya les mains sur son jean.

– Vous avez besoin d'aide ?

– Tu ferais ça ?

– Bien sûr.

Elle avait besoin de toute l'aide possible, surtout qu'elle n'était pas très douée en plomberie. En plus, elle n'était pas allée aux toilettes depuis l'aéroport, et ne tiendrait plus très longtemps. C'était sûrement mieux que de demander à un voisin, ou d'essayer d'en trouver des publiques.

– D'accord. Génial.

Luca écarta ses longs cheveux en bataille de son visage, et examina l'installation.

– J'ai vérifié, et apparemment, il y a un système de plomberie, et le raccordement semble plutôt correct, dit-elle pendant ce temps. Mais il me faut sûrement des boulons pour la bride et du calfeutrage, que je n'ai pas.

Il se rassit sur ses pieds avant de se mettre debout.

– C'est pour ça que je suis là.

Il dirigea ses deux pouces vers lui.

Il disparut, et revint un instant plus tard avec une boîte à outils. Ensemble, ils montèrent la cuvette, la fixèrent solidement sur la bride et connectèrent le raccordement. Cela leur prit moins de trente minutes, et c'était terminé. Elle tourna la vanne en position ouverte, et attendit que l'eau remplisse le réservoir. Elle sourit en l'entendant couler. Certes, l'eau était un peu brunâtre, mais il fallait s'y attendre. Et ce n'était pas si mal en fait.

Elle se leva et se frotta les mains.

– Maintenant, le test.

Elle se prépara, et appuya sur la poignée de la chasse d'eau, s'attendant à moitié à ce que l'eau lui jaillisse au visage comme un bidet. Mais l'eau forma un parfait petit tourbillon, avant d'émettre un *gloug gloug gloug* en quittant la cuvette. C'était un bruit agréable, comme le disait son père, c'était sain. Puis la cuvette commença à se remplir avec De l'eau légèrement moins brune.

– Ouiiii ! cria-t-elle, levant le poing en signe de victoire avant de donner une tape dans la main de Luca. Merci. Je n'aurais pas pu le faire sans toi.

Il repoussa le compliment d'un geste de la main.

– Avec plaisir.

– Reviens demain, et je te laisserai installer mon évier, plaisanta-t-elle en le raccompagnant à la porte.

Il éclata de rire.

– Bonne chance. Je suis sûr que je vous reverrai au magasin, n'est-ce pas ?

– Probablement si souvent que tu en auras marre de moi.

Il s'arrêta dans l'embrasure de la porte.

– Vous n'allez pas vraiment rester ici cette nuit ? Vous dormez à l'hôtel ?

Elle secoua la tête.

– C'est ma maison. Je serai bien ici.

– Courageuse femme américaine. *Il lui fit un clin d'œil.* Bonne chance.

Quand il partit, Audrey passa un certain temps à admirer la beauté de ses toilettes. C'était peut-être téméraire de sa part de penser qu'elle pouvait rester ici le temps de terminer la rénovation, mais c'était cela, l'aventure. Et puis elle n'avait pas vraiment les moyens de s'offrir une autre solution d'hébergement.

Elle inaugura ses toilettes, et n'ayant ni lavabo pour se laver les mains ni papier toilette d'ailleurs, elle trouva des lingettes humides dans son sac. Puis elle tira la chasse deux fois, pour le plaisir d'entendre le doux et mélodieux *gloug gloug gloug.*

Cette fois, c'était plutôt un gloug gloug *gllllaaaaaarrrrrgggggg.*

Les murs tremblèrent. Un tremblement de terre ? Pompéi, le Retour ? Un gémissement inhumain sembla sortir tout droit des tuyaux, tout autour d'elle.

Elle se tourna rapidement vers les canalisations derrière elle, là où le lavabo aurait dû se trouver, et une étrange substance noire et gluante, semblable à de la mélasse, commença à émerger lentement, atterrissant avec un *plouf* sur le sol. Avec une grimace, elle jeta un œil à la cabine de douche, cachée dans un coin derrière un rideau blanc moisi. Un gémissement sourd et menaçant émanait des profondeurs.

Elle referma la main sur le rideau, et prenant une grande inspiration, elle le tira brusquement, comme on arrache un pansement.

La même matière gluante noire tombait du robinet de la douche, s'amassant dans la vidange comme une créature vivante. Et il devait y avoir de l'air dans la canalisation, parce que soudain le robinet cracha. Comme du vomi. Un gros tas noir et chaud de cette matière gluante lui atterrit en plein sur la poitrine, giclant avec un atroce bruit humide.

Elle cria.

Marquée à vie, elle courut à la cuisine, regrettant qu'il n'y ait pas de porte à la salle de bain, parce qu'elle aurait bien voulu la claquer, et la garder fermée, sûrement pour le restant de… Pour l'éternité.

Au lieu de cela, elle sortit et s'arrêta sur son perron, où elle inspira de bonnes bouffées d'air. Elle baissa les yeux sur son t-shirt fichu, et soupira en voyant le truc dégouliner sur son vêtement. Elle le toucha, et il trembla, comme une limace effrayée. Et il dégageait une odeur d'ordures marinant dans les excréments.

Au moins, elle avait plein de vêtements de rechange. Elle n'aurait qu'à simplement changer de t-shirt. Non pas qu'elle ait eu particulièrement envie de retourner dans la maison à cet instant. Ni… jamais.

Les larmes menaçaient de lui monter aux yeux, mais elle les refoula. *Tu sais ce dont tu as besoin, Aud ? D'une pause.*

CHAPITRE DOUZE

Après qu'Audrey eut finalement rassemblé assez de courage pour rentrer dans la maison et changer de t-shirt, elle décida d'aller dans la direction opposée à la quincaillerie, à la recherche d'un endroit où déjeuner.

Elle suivit les instructions de son téléphone jusqu'à un café qui s'appelait la Mela Verde, disant toujours *Ciao* à tous les gens qu'elle croisait, même si l'enthousiasme n'était pas le même qu'avant. Elle ne pouvait s'empêcher de se demander si elle allait rentrer chez elle pour y découvrir sa maison changée en énorme chose noire gluante. À l'heure qu'il était, son cadeau de crémaillère tout neuf en était déjà probablement recouvert. Elle n'était pas certaine de pouvoir s'en servir à nouveau un jour.

Tout va parfaitement bien, Aud. C'était juste une réaction à la chasse d'eau. Les canalisations sont vieilles, et elles ont besoin d'être vidangées. Tu vas pouvoir y retourner, appeler un plombier, et tout sera réglé. Tout va bien.

Quand elle arriva à l'endroit indiqué sur son plan, elle leva les yeux et sourit.

C'était typiquement le café qu'elle avait vu sur les photos, orné d'un auvent jaune vif, d'une barrière, et de paniers de fruits dans les vitrines. Quelques Siciliens occupaient les tables en fer forgé, surmontées de parasol, à l'extérieur, sirotant leurs expressos tout en profitant du temps magnifique.

Elle sourit et entra, bien déterminée à remplir son estomac affamé avec quelque chose qu'elle achèterait avec le restant de ses euros. Dès qu'elle eut franchi le seuil, son regard se porta sur un chat aux yeux verts et au poil gris tacheté. Aussi sale qu'il en eût l'air, il se frotta contre elle comme si elle était la reine de son domaine, et enroula sa queue autour de sa cheville, réclamant des caresses.

Audrey n'avait jamais su résister à la tentation de caresser les animaux, alors elle s'accroupit et caressa le petit chat derrière les oreilles, ignorant les conversations qui se déroulaient autour d'elle en italien, car de toute manière, elle n'en comprenait pas un mot. Mais il y avait aussi d'autres langues. De l'allemand. De l'espagnol. Du chinois. Et quelques autres qu'elle ne parvenait pas à distinguer.

– Oh mais que voilà un joli chat, dit-elle en se baissant dans l'embrasure de la porte, avec cette voix de bébé qu'elle avait l'habitude de prendre quand elle s'adressait aux animaux, et seulement à eux.

Au moins, les animaux n'avaient qu'un seul langage. Ils voulaient simplement être aimés.

– Elle vous aime bien, lui lança une voix derrière le comptoir.

Audrey remonta le son jusqu'à un homme musclé avec un tablier et un bonnet. Audrey savait déjà qu'elle serait toujours incapable d'avoir une conversation normale avec lui sans glousser comme une imbécile. De nombreux tatouages ornaient ses biceps, mais en dépit de son apparence brute, il avait un sourire gentil, et des yeux bleus perçants et vifs.

– Euh. Elle est à vous ?

– Clio ? Non. Elle appartient à la rue. Comme la majorité des chats du coin. La plupart sont timides, mais pas Clio. Elle vient direct ici pour réclamer son déjeuner.

Clio se désintéressa rapidement d'Audrey et bondit vers la porte. Audrey s'avança jusqu'au comptoir, s'efforçant de ne rien faire de stupide, contrairement à ses habitudes quand elle se trouvait en présence de beaux garçons. Elle prit place sur l'un des cinq ou six tabourets vides. Elle s'essuya les mains avec l'une des lingettes humides de son sac.

– Cette pauvre bête a la gale. Il y a beaucoup de chats dans le coin ?

– Oui. Ils sont en train d'envahir l'île !

Il secoua la tête, tout en se déplaçant avec grâce entre le grill derrière lui, et un énorme four en briques, en retirant ce qui semblait être la plus délicieuse des pizzas margarita junior qu'Audrey eut jamais vue.

– La gale, vous dites ?

Elle acquiesça.

– Oui, une sorte d'acarien parasite. Et il y a de grandes chances que les autres chats l'aient attrapée aussi. Mais au cas où, vous ne devriez pas la laisser entrer ici. Les humains peuvent aussi l'attraper, et ce n'est pas beau à voir.

Il coupa la pizza et la déposa sur une assiette, puis la mit à disposition pour la serveuse.

– Vous êtes une maline. Et comment en savez-vous autant à ce sujet ?

– Oh. *Elle essaya de réfréner le rire qui montait dans sa gorge, mais en vain. Elle rougit.* Je suis vétérinaire.

– Ah oui ?

Il la scruta, puis éclata du rire le plus bruyant qu'Audrey ait jamais entendu.

Il donna une tape sur comptoir de verre.

– Vous me faites marcher. Vous êtes trop jeune.

Pour une raison qu'elle ne s'expliquait pas, la pique ne l'ennuya pas autant que d'ordinaire, venant d'un type aussi foutrement souriant.

– Non. Je vous jure. Et je ne suis pas *si jeune* que ça.

– Ah. Bon. Nous n'avons pas de vétérinaire en ville. Le plus proche est de l'autre côté de la montagne.

Elle haussa les épaules.

– Je suppose que c'est pour cette raison que je suis là. Je dois récupérer ma licence auprès de l'ordre ici en Sicile, mais une fois que ce sera fait, j'espère installer un cabinet. Peut-être même un refuge pour les sauvetages.

– Bien ! Cela fera de vous un atout bienvenu. Comment vous appelez-vous ?

– Audrey.

– Je m'appelle Giovanni. Mes amis m'appellent simplement G, et vous êtes mon amie, j'espère ?

Il remua les sourcils avec animation.

– Euh… oui. Ravie de vous rencontrer, dit-elle, surprise qu'il lui parle encore.

La plupart des beaux types perdaient tout intérêt pour elle après quelques minutes, probablement à cause de sa tendance à ricaner comme une idiote en leur présence.

– Hé, vous n'auriez pas entendu parler de bureaux libres, si ? Je songeais à installer le cabinet hors de chez moi. Mais c'est un peu en mauvais état pour le moment.

Il réfléchit un instant.

– C'est possible.

– Merci, j'apprécierais vraiment votre aide, dit-elle, simplement heureuse d'avoir quelqu'un à qui parler en anglais, et qui ne considérait pas ça comme la pire erreur de sa vie. *Elle se saisit d'un menu.* J'ai tellement faim.

– Alors, nourrissons la vétérinaire. Je suis le propriétaire de cet établissement, et c'est un honneur de vous servir, Dr Audrey. Que puis-je vous apporter ? C'est offert par la maison, comme on dit chez vous.

– Oh, non…

– J'insiste ! répondit-il, donnant un coup sur le comptoir pour couper court à toute argumentation. *Il remua sa spatule dans sa direction.* Vous n'avez qu'un mot à dire, et c'est à vous, Docteur.

– Eh bien, c'est mon premier repas en Sicile. Pouvez-vous me donner le plat que vous réussissez le mieux ? Quelque chose dont je me souviendrai pour le restant de mes jours ?

Il haussa un sourcil.

– Vous en êtes sûre ?

Elle hocha la tête, se demandant si elle ne faisait pas une erreur. Et si elle venait de commander de la cervelle de chèvre ?

– D'accord. Vous l'aurez voulu. *Ses yeux brillèrent.* Alors comme ça vous venez d'Amérique, hein ? Vous avez acheté l'une de ces maisons à un euro ?

– En effet, répondit-elle. Piazza Tre.

Il siffla.

– Ah oui ? Elle est vraiment en sale état. *Elle grimaça alors qu'il souriait et se frappait le genou.* Mais non, elles sont toutes bien. Elles ont juste besoin d'un peu d'amour. Est-ce que vous êtes douée pour réparer les choses ?

– Je sais me débrouiller dans une quincaillerie, ouais, dit-elle en ajoutant mentalement, *À peine.*

– Bon, eh bien, bonne chance à vous. Je sais ce qu'il vous faut, annonça-t-il en disparaissant hors de sa vue pendant un moment, avant de revenir avec un bol de légumes flottant dans une sauce orange, avec un morceau de pain croustillant.

Il les lui fit glisser sur le comptoir.

– C'est ma recette spéciale de *ciambotta.* Les gens disent qu'elle fait des miracles. Je pense que vous allez l'aimer.

De la vapeur s'échappait du bol peu profond, alors elle n'en prit qu'un petit peu sur le bord, souffla dessus, et en but doucement une gorgée. Giovanni l'observait, attendant son verdict. Mais à la seconde où la saveur avait atteint sa langue, elle savait déjà qu'elle n'avait jamais goûté quelque chose d'aussi bon de toute sa vie. Les légumes – pommes de terre, courgettes, tomates, et oignons – se mêlaient à la perfection dans un ragoût qui était million de fois meilleur que chaque légume pris à part. Elle reprit rapidement une autre cuillérée.

– Je n'ai jamais rien goûté de tel.

Il hocha la tête, comme s'il le savait déjà.

– Vous savez ce que vous devriez faire ?

En reprendre, songea-t-elle en versant plus encore du délice liquide au fond de sa gorge. *Peut-être même deux fois.*

– Je ne sais pas. Quoi ?

– Vous n'avez pas besoin d'un bureau. Quand vous aurez votre licence, allez leur rendre visite là où ils vivent. *Il asséna une nouvelle tape sur le comptoir. Puis la pointa du doigt énergiquement.* Vous voyez ? C'est une bonne manière d'exercer. De devenir très populaire.

Elle leva les yeux de son bol.

– En fait, c'est… une bonne idée.

Soudain, les rouages de son cerveau se mirent en marche. C'était complètement logique. C'était une petite communauté, étroitement soudée. Des visites à domicile, ce serait parfait.

– Je le sais bien ! répondit-il. J'ai toujours de bonnes idées. Et en voilà une autre.

Elle essaya de prendre une autre cuillère de *ciambotta* mais elle avait atteint le fond du bol. Elle espérait bien que sa nouvelle idée impliquait plus de *ciambotta*, mais au lieu de cela, il lui dit :

– Vous êtes nouvelle ici. J'ai vécu ici à Mussomeli toute ma vie. Je vous sors. Je vous fais visiter. Non ?

Elle sourit, espérant que ce n'était pas un rencard qu'il lui proposait. Puis elle leva les mains. Son enthousiasme était contagieux.

– D'accord, pourquoi p…

Elle s'interrompit en voyant les yeux de G s'éclairer à la vue de quelqu'un derrière elle. Elle se tourna pour le voir se précipiter et étreindre comme un vieil ami un homme chauve et plus âgé, après quoi ils se mirent à discuter en italien. Audrey ne distingua qu'un mot ou deux, mais au ton de leurs voix, et à la manière dont l'homme secouait la tête et fronçait les sourcils, elle devina que quelque chose le préoccupait.

Soudain, G tourna les yeux vers elle, et ses yeux s'illuminèrent. Il la présenta à son ami, et elle parvint à distinguer son propre prénom, et le mot « *veterinaria* ». Les yeux de l'ami s'écarquillèrent aussi, et il la regarda impatiemment, comme s'il attendait qu'elle réponde à une question.

Elle le regarda, plus curieuse que jamais.

– Qu'est-ce qui se passe ?

– Euh, commença G à voix basse. Mon ami ici présent. Francisco. Son chiot ne va pas bien. Il agit bizarrement.

– Oh. Bizarrement comment ?

– Il ne mange pas. Il vomit. Il est fatigué. Il ne fait que dormir toute la journée.

Audrey regarda l'ami.

– *Signore*... Est-ce que je peux le voir ? Votre chien ?

G sourit et lui tapota l'épaule.

– C'est ce que nous espérions vous entendre dire.

CHAPITRE TREIZE

La maison de Francisco se trouvait juste au coin de la rue du restaurant de G. Il vivait dans une petite maison, à laquelle Audrey était certaine que la sienne pourrait ressembler, avec un peu de temps, de soins et d'amour, et une chance insolente. Après être passée chez elle récupérer sa trousse médicale, elle retrouva les deux hommes à la maison, et entra.

Le pauvre chiot, un bâtard tacheté qui avait l'air d'avoir un peu de sang berger, était couché sur le flanc dans son panier au coin de la cuisine, le regard dans le vague. Il y avait une casserole sur la cuisinière, d'où sortait une odeur délicieuse, mais même ça ne semblait lui faire aucun effet. Il ne releva même pas la tête pour regarder les nouveaux venus.

Francisco murmura quelque chose et se mit à gesticuler. G traduisit.

– Il dit que si Dante était dans son état normal, il serait en train d'aboyer à tout va. Il n'aime pas les étrangers.

– Hum… Audrey posa sa trousse et s'agenouilla devant la pauvre créature.

Quand elle lui tendit la main, il la renifla sans grand intérêt.

Elle lui caressa le flanc.

– Tout va bien, mon garçon. On va s'occuper de toi.

Elle sortit son stéthoscope et mesura ses constantes vitales. Son cœur battait lentement, et il avait la respiration laborieuse. D'après l'état de ses gamelles d'eau et de nourriture, toutes les deux pleines près de la machine à laver, il ne s'y était pas intéressé. Audrey fouilla dans sa trousse et en sortit une paire de gants en latex, qu'elle enfila avec un claquement.

– Depuis combien de temps est-ce que ça dure ?

G relaya la question à Francisco, et traduisit sa réponse.

– Deux jours.

Audrey lui caressa de nouveau le pelage. Le Dr Ferris insisterait probablement pour que Francisco fonce à la ville voisine pour trouver un vétérinaire qui avait sa licence. Mais heureusement, le Dr Ferris ne se trouvait pas sur ce continent. Et même si elle savait qu'il était risqué pour elle de pratiquer sans licence, elle voulait se rendre utile.

– Ce pourrait être quelque chose qu'il a mangé, ou une infection virale. Je ne peux pas le savoir sans des analyses de sang et des tests un peu plus poussés, ce que malheureusement je ne suis pas en mesure de faire ici, leur dit-elle à tous les deux.

G traduisit, et Francisco secoua la tête, répondant d'un air paniqué.

– Il me dit qu'il n'a pas les moyens de payer une consultation chez le vétérinaire.

Audrey hocha la tête, compréhensive, et retira le stéthoscope de ses oreilles.

– Si vous voulez mon opinion, complètement honnête et à titre officieux, car sans licence… accordez-lui un jour. Il a l'air bien hydraté, et même s'il est apathique, ce qu'il a ingurgité a besoin d'un peu plus de temps pour être évacué. Continuez à le faire boire de l'eau, et tentez de l'appâter avec de la nourriture sans trop de saveur, des pommes de terre bouillies, du riz, du poulet. S'il ne va pas mieux d'ici vingt-quatre heures, je vous en prie, venez me le dire.

– *Grazie*, lui dit Francisco après que G lui ait traduit l'information.

– Il le fera, merci, répondit G alors qu'il la raccompagnait à la porte. Vous avez été fantastique. De toute évidence, vous êtes une femme intelligente.

– Oh, eh bien…

Audrey rougit.

Francisco arriva derrière elle avec un panier énorme, rempli de tomates de toutes les couleurs et de toutes les formes.

– Pour vous.

Audrey essaya de lui dire qu'elle n'avait besoin de rien, mais G la poussa vers l'extérieur avant qu'elle n'ait l'occasion de refuser une deuxième fois.

– Ne refusez jamais de la nourriture offerte par un sicilien. Nous essaierons toujours de vous nourrir. Mais ne soyez pas avare de remerciements.

Audrey se retourna vers Francisco sur le perron de sa maison, et lui adressa un signe de la main.

– Magnifique ! Les tomates ? *Bellisimo !*

Elle regarda G et murmura « C'était bien ? »

Il sourit.

– Vous serez bientôt une vraie Sicilienne.

CHAPITRE QUATORZE

De retour de chez Francisco, Audrey fit un détour pour rentrer chez elle, espérant d'une part visiter un peu le village, et d'autre part éviter de gérer le problème de sa douche possédée le plus longtemps possible. Elle se promena dans une rue tout aussi étroite que la sienne, et trouva plusieurs maisons en chantier. L'une d'elles, cachée derrière un échafaudage, était particulièrement impressionnante. Un homme au premier étage repeignait la brique terne et grise d'une jolie teinte vert d'eau.

Elle s'arrêta pour la contempler. De toute évidence, les propriétaires étaient là depuis un moment. Peut-être que d'ici quelques mois, sa maison serait aussi belle. C'était peu probable, mais il y avait toujours de l'espoir.

– Prenez une photo, ça durera plus longtemps.

Elle leva le nez, se protégeant les yeux de l'éclat du soleil, et réalisa que le type sur l'échafaudage la regardait. Il avait des cheveux un peu longs, et une mâchoire couverte d'une barbe naissante, à la limite de la vraie barbe. Un bel homme, définitivement… et qui tenait aussi son pinceau comme une arche, sourcils froncés d'un air supérieur.

– Quoi ? Je suis…

Elle s'interrompit, se repassant ses paroles dans sa tête. Il avait le léger accent nasillard du sud.

– Attendez. Vous êtes américain ?

Il coinça son pinceau dans sa ceinture à outils, l'ôta de ses hanches, et descendit de l'échafaudage avec une certaine grâce. Il était mince, portait un short cargo, des chaussures de chantier, et un t-shirt éclaboussé de peinture.

– Jolies tomates.

– Oh, euh… *Eh bien, c'était le type de compliment auquel elle s'attendait.* Merci.

Il essuya la sueur de son front, plongeant ses yeux verts dans les siens.

– Boston, hein ?

Elle hocha la tête, rougissant.

– Comment le savez-vous ?

Il pointa du doigt le t-shirt qu'elle avait enfilé. Boston College. Sans blague.

– Il n'y avait qu'une Américaine pour être assez sans-gêne pour me reluquer le derrière aussi ouvertement. *Il examina sa trousse.* Vous êtes quoi, médecin ?

Elle éclata de rire.

– Je suis vétérinaire. Et je ne vous reluquais pas le derrière. Je contemplais votre maison. Je me demandais pour quelle raison vous aviez choisi de la repeindre de cette couleur. C'est joli.

– *D'accoooord. Il haussa les épaules.* J'aime cette couleur. C'est tout. Je me suis dit que la rue avait bien besoin d'un peu de gaieté.

– Vous l'avez achetée pour un dollar ? Sur un site internet ?

Il s'empara d'une bonbonne d'eau qu'il descendit avidement. Audrey observa sa pomme d'Adam remuer dans sa gorge épaisse. Elle essaya de s'empêcher de le fixer, mais sa manière de le faire était un vrai régal pour les yeux. Il n'était pas simplement beau. Il était *magnifique.* Pas étonnant qu'il s'imagine que les gens lui reluquaient le derrière. C'était probablement le cas. Souvent.

– Ouais. Il y a quelques semaines.

– Moi aussi ! *Même si, pour quelqu'un qui n'avait emménagé ici qu'il y a quelques semaines, sa maison était en bien meilleur état que la sienne.* Qu'est-ce qui vous a poussé à quitter… euh, d'où avez-vous dit que vous veniez ?

– Je n'ai rien dit.

Il n'avait pas l'air aussi ravie de lui parler, qu'elle l'était d'avoir enfin trouvé un Américain. En fait, il avait l'air d'un abruti égoïste.

– Je ferais mieux de me remettre au travail.

– Oh. D'accord. Désolée. Moi aussi.

Il tendit la main vers l'échafaudage pour se hisser.

Puis baissa les yeux et dit :

– Je viens de Charleston. Il fallait que je m'en aille.

Elle sourit. Eh bien, c'était déjà ça.

– Moi aussi. Enfin, je veux dire, pas pour Charleston. Je parle de m'en aller. *Son rire idiot menaçait de refaire son apparition, mais elle le réfréna rapidement.* Et vous devez être bricoleur. Votre maison a l'air en bien meilleur état que la mienne.

Il y jeta un œil.

– C'était bien pire quand je suis arrivé. Mais je ne l'aurais pas acheté si je n'avais pas été entrepreneur de métier. Ç'aurait été idiot.

Le sourire d'Audrey s'estompa.

Il le remarqua. Pour la première fois, il sourit, dévoilant des dents parfaitement blanches.

– Vous plaisantez, n'est-ce pas ? J'en connais un rayon. Mon père était entrepreneur. C'est juste que… c'est différent, quand tout repose sur vous. *Elle déglutit.* Et j'ai été un peu dupée. Mais c'est ma faute, vraiment. Je pensais que la maison était équipée en plomberie, électricité, climatisation… bien plus que ce qu'elle n'a en vérité. Alors je pense que je vais en avoir par-dessus la tête.

– Vous pensiez que la maison avait la clim ?

Il lui décocha un regard qui disait, *Vous devez être sacrément idiote.*

Son cœur se serra. Oui, elle était probablement idiote. Quelque part, au-delà des toits des autres maisons, sa douche fantôme l'appelait.

– Ma douche est possédée, marmonna-t-elle d'une fois si basse qu'elle n'était pas sûre qu'il l'ait entendue. Et je n'y connais pas grand-chose en électricité. Mon père m'a toujours dit d'embaucher un expert pour ça, il sous-traitait ces tâches.

Il ôta la main de l'échafaudage et jeta un œil à sa maison.

– Qu'êtes-vous en train de me dire ? Vous avez besoin d'aide ?

Elle fronça les sourcils.

– Non. Je n'étais pas en train de vous demander…

– Si, vous l'étiez. Avec ces petits yeux de biche que vous faites ? *Il sourit, et cette fois son sourire était sincère.* C'est bon. Jamais je ne pourrais laisser une demoiselle en détresse. Je suis bien trop gentleman.

– Je ne suis pas en…

– D'accord. Vous ne l'êtes pas. *Il retira ses gants de travail.* Où habitez-vous ? Je serai là d'ici une heure, quand j'aurai terminé la première couche.

– Piazza Tre, dit-elle. Mais vous n'avez vraiment pas besoin de…

Il marmonna quelque chose avant de siroter encore un peu d'eau. Et en fait, ce serait fantastique d'avoir son aide. Peut-être n'aurait-elle pas à passer la soirée à essayer de rassembler un tas de bougies pour distinguer sa main devant son visage ce soir.

Elle lui tendit la main.

– Merci. J'apprécie. Je m'appelle Audrey Smart.

Il la regarda et éclata de rire.

– Smart.

Il n'ajouta rien à cela, autrement elle aurait pu être tentée de lui balancer un coup de genou dans sa précieuse entrejambe. Au lieu de cela, il lui serra la main ; il avait la paume calleuse et rugueuse.

–Mason.

La relâchant, et sans prévenir, il agrippa l'ourlet de son t-shirt et d'un mouvement fluide, le passa par-dessus sa tête, révélant bien trop de peau nue pour ne pas embarrasser Audrey. Elle se raidit et tenta de détourner le regard, mais ses yeux avaient leur propre volonté. Ils étaient scotchés à lui tandis qu'il se hissait aisément sur l'échafaudage et se remettait au travail, son dos nu et bronzé brillant au soleil.

Elle obligea physiquement ses pieds à se mettre en mouvement, pour lui faire remonter la rue. Cette fois, elle devait bien l'admettre, elle était bel et bien en train de le reluquer.

*

– En fait, ce n'est pas si mal, dit Mason une heure plus tard, en remplaçant quelques fusibles au compteur. Les branchements sont plutôt bons. Il faudra sûrement les changer à un moment, mais ce pourrait être pire.

– Vraiment ? demanda Audrey, pleine d'espoir.

De toute la journée, c'était la première bonne nouvelle qu'elle avait entendue au sujet de cette maison.

L'espace d'un instant, juste avant de rentrer à la maison, elle avait envisagé de dire à Maria de jeter ces papiers. Mais en suite elle y était retournée, avait osé regarder dans la salle de bain, et réalisé que le fantôme de la douche avait quitté les lieux. Elle tira la chasse d'eau, qui gargouilla sans encombre. Elle testa la douche, et après avoir tourné quelques minutes, l'eau semblait quasi normale. Toujours un peu brune, mais définitivement un cran au-dessus de la vase.

Mason se dirigea vers l'interrupteur qu'il actionna. Immédiatement, une chaude lumière emplit la cuisine.

– Et voilà !

Audrey tapa des mains.

– Merci ! Je n'arrive pas à y croire. Je pensais que je devrais utiliser des bougies pendant les prochains mois.

Il secoua la tête.

– Non. Mais si ma maison valait un dollar, cet endroit aurait dû vous coûter cinquante cents. Où est le reste ?

Elle fronça les sourcils.

– Je sais. Elle est petite.

85

– Petite ? C'est un placard. Et assurez-vous de vous occuper de ce trou, dit-il en étudiant la « lucarne ». Vous ne voudriez pas tomber devant par accident.

Elle leva les yeux et dit « Quel trou ? » parce qu'elle pensait que c'était mignon. Bien plus que : *en fait, je suis déjà tombée dedans.*

Il laissa échapper un petit rire, au moment où un tapage émergeait dans la rue. Ils sortirent tous deux sur le perron, où un camion s'était garé, déchargeant un certain nombre d'hommes avec des échelles et des outils. Il était garé si près de la porte d'entrée d'Audrey que Mason dut se serrer entre lui et le perron.

– Apparemment, vous allez avoir un voisin, dit-il.

Audrey regarda les hommes entrer et sortir de Piazza Due, en face de chez elle.

– Apparemment.

Maison lui fit un signe de la main.

– À bientôt. Si vous avez encore besoin d'aide, vous savez où me trouver.

Il disparut au coin de la rue au moment où une petite Fiat s'arrêtait. Une femme aux cheveux blonds raides comme des baguettes et portant des lunettes de soleil en sortit. Elle avait l'air d'être vêtue pour une journée à la plage, avec une petite robe d'été moulante, et un chapeau souple à la main. Elle glissa un peu sur les pavés avec ses kitten heels[4] mais se redressa en ôtant ses lunettes de soleil, pour observer la maison.

Un ouvrier âgé lui posa une question en italien, et elle s'agita avec force, en lui criant quelque chose. Puis elle leva les yeux au ciel, avant de les poser sur Audrey.

Celle-ci lui sourit. La femme fronça les sourcils. Elle aboya quelque chose en italien à un autre ouvrier, agitant avec force une main ornée d'ongles rouge sang semblables à des griffes. Elle leva son téléphone et commença à parler dans un anglais américain parfait. – Oh, je suis là. La maison est une véritable épave. Une vraie pagaille. Mais je vais en tirer le meilleur. Tu sais que j'y arrive toujours ! Non, non, je ne reste pas dans la maison, bien sûr, pendant la rénovation, avec tous ces Siciliens en sueur dans les parages. Je me suis réservé une chambre dans un bed-and-breakfast. Ce n'est pas le Ritz, mais il faudra bien que ça fasse l'affaire… Elle s'interrompit, leva le menton de son téléphone et cria : *Attento, stupido !*

---

[4] Style de talon, mesurant habituellement entre 3,5 et 5 centimètres.

Elle grogna, chancela jusqu'à l'avant de sa Fiat, donc elle frotta le capot, avant de marmonner quelque chose dans sa barbe en mettant fin à la conversation.

Audrey sortit et lui fit un signe de la main.

– Vous êtes américaine ? Moi aussi. Je m'appelle Audrey. J'habite ici au Tre. Nous sommes voisines.

La femme inclina la tête vers elle et repoussa une boucle de cheveux derrière son oreille. Elle serra la main d'Audrey du bout de ses fins doigts froids.

– Je m'appelle Nessa. De Los Angeles. Mais je ne suis pas ici pour de bon. Je suis là pour la rénovation.

– Oh, alors vous ne resterez pas une fois la maison terminée ? demanda Audrey, perplexe.

– Bon sang, non. Vous pensez que je vivrais dans ce trou paumé définitivement ? *Elle leva les yeux vers les toits, et reposa ses lunettes de soleil sur ses yeux.* J'ai de meilleures choses à faire.

Elle tourna les talons, remua ses cheveux, et trotta jusque dans la maison de l'autre côté de la rue, faisant un rapide pas de côté pour éviter un ouvrier sicilien qui avait de toute évidence envahi son espace personnel.

Audrey jeta un œil à sa propre maison. Son père avait l'habitude de dire que les maisons ressemblaient beaucoup aux gens ; elles avaient des souvenirs, des cœurs, et des sentiments aussi. Il était primordial de les nourrir, de ne convier que le meilleur à l'intérieur, de les aimer.

Elle posa la main sur le mur de pierre. *No. Tu n'es pas un trou perdu. Tu m'appartiens. Et je vais prendre soin de toi. Moi-même.*

Puis elle entra attendre que Maria arrive avec ses papiers. Bien sûr, il y avait eu des difficultés, mais elle les surmonterait. Et elle trouverait un moyen de contourner le reste des obstacles aussi. Elle en était persuadée. Elle était prête à signer sur la ligne en pointillés.

CHAPITRE QUINZE

– C'est parfait !

Audrey enfonça le dernier clou dans la dernière planche qui scellerait sa « lucarne » entre la chambre et la cuisine, souffla sur ses ongles, et les essuya sur sa chemise de flanelle.

En fait, ce n'était absolument pas parfait. Ce n'était qu'une simple mesure de pis-aller qu'elle avait l'intention d'utiliser jusqu'à ce qu'elle puisse trouver un vrai charpentier pour créer le sous-plancher, étant donné que tous les planchers qu'elle avait trouvés à l'étage, sous la moquette usée jusqu'à la corde, étaient pourris, et devaient être remplacés. À présent, au lieu de s'inquiéter de tomber dans le trou, elle devrait faire attention de ne pas se fracasser l'orteil sur les planches qui dépassaient. Mais au moins, personne au rez-de-chaussée ne pourrait voir dans sa chambre.

Contente de ce qu'elle avait accompli, elle fit glisser un rouleau de vieille moquette moisie au bas des escaliers, puis descendit à son tour pour boire un verre d'eau. Elle enjamba le rouleau pour atteindre le rez-de-chaussée, prit un pichet dans le mini frigo, et se servit un verre. Alors qu'elle descendait son verre, elle l'entendit.

Le bruit assourdissant d'une scie électrique. Ce bruit, combiné au rugissement d'une perceuse, d'un tas de voix qui hurlaient à pleins poumons en italien, et le rythme d'un morceau de pop italienne qui jouait sur une radio… lui vrillait le crâne. Autant pour le calme des rues d'un village de Sicile.

Audrey regarda au travers d'une fissure dans la fenêtre. Fidèle à sa promesse, la « voisine », qui était visiblement trop bien pour Audrey, n'était pas en vue. Contrairement aux ouvriers. Des dizaines et des dizaines d'entre eux. Ils avaient envahi l'endroit comme des fourmis sur un cookie aux pépites de chocolat, faisant autant de bruit qu'il était possible d'en faire, et commençaient à l'aube.

Sa tête la lançait. Elle aurait bien fermé les fenêtres, mais l'atmosphère était trop étouffante dans la maison. En plus, les fenêtres étaient de vrais gruyères. Elle termina son verre d'eau et ouvrit la porte, juste au moment où un grand type baraqué criait quelque chose à un de ses équipiers suspendu au toit, qui tapait au marteau. L'équipier lui cria quelque chose en retour, assorti d'un geste grossier. Génial. Tellement gentleman.

– Est-ce que vous pourriez au moins essayer de baisser le volume ?

L'homme tourna les yeux vers elle. Il lui jeta un rapide coup d'œil puis éclata de rire, planta un cigare dans sa bouche, et s'éloigna en se pavanant. Il était totalement imberbe, et avait un ventre et des biceps de la taille du Vésuve.

Serrant les dents, elle claqua la porte. Parfait. S'ils voulaient faire du bruit, alors elle en ferait aussi.

Sauf qu'à moins de taper des pieds dans toute la maison, et de grogner vraiment très fort, elle ne savait pas quoi faire d'autre. Si seulement elle avait des outils électriques.

Elle se prépara à déjeuner, songeant à ce pauvre petit chiot qu'elle avait vu hier. Le petit Dante. C'était bon signe que Francisco ne soit pas venu la voir. Cela signifiait probablement que le chiot allait bien. Elle irait le voir un peu plus tard, son seul patient. C'était drôle de voir, à présent qu'elle n'avait pas pratiqué depuis quelques semaines, à quel point cela lui manquait.

Dix minutes plus tard, elle était tirée de ses pensées par le même type, qui grognait quelque chose en italien à pleins poumons.

Elle fonça vers la porte et l'ouvrit à la volée.

– Est-ce que vous allez fermer vos…

Elle s'interrompit en voyant Mason sur le pas de la porte, main levée, sur le point de frapper.

– Oh, salut, dit-elle pour finir. *Mais apparemment, elle n'avait pas vraiment fini, puis qu'elle continua de parler.* Euh, salut. Désolée. Salut.

– J'arrive au mauvais moment ?

En tout cas, ce n'était pas le mauvais moment pour Mason. Il avait l'air de sortir d'une séance photo pour *Charpentier Magazine*, avec son jean et ses bras bronzés tachés de peinture, de la sciure dans les cheveux, et une barbe naissante juste assez épaisse pour lui donner l'air sauvage sans faire homme des cavernes. Elle resta bouche bée, comme d'habitude, et bien sûr, ricana comme une idiote.

– Non. Non. Non, pas du tout.

– Bien. *Il lui jeta un regard soupçonneux, comme s'il réalisait soudain ce qui rebutait tant les hommes chez elle.* Vous avez dit que vous étiez vétérinaire ?

Elle cligna des yeux.

– Oui, je l'ai dit. Je veux dire, oui, j'en suis une. Est-ce que vous… Est-ce que vous avez un animal ?

– Non, mais j'ai un problème. *Il lui fit signe de le suivre.* Vous avez une minute ?

Elle ne l'aurait pas suivi avec plus de bonne volonté s'il l'avait attachée au bout d'une corde, à tel point qu'elle en oublia presque de fermer la porte. Elle n'y retourna que parce qu'il s'arrêta brusquement, et qu'elle manqua de percuter sa poitrine ferme.

– Emportez votre… sac de médecin, ou je ne sais quoi.

Intrigant. Elle s'en empara, ferma la maison, et le suivit dans la rue, jusqu'à chez lui.

En chemin, il lui demanda :

– Vous faites déjà fait des amis, hein, Boston ?

– La femme en face de chez moi pourrait tout aussi bien être en train de rénover le Ritz Carlton, marmonna-t-elle. Elle a embauché genre la moitié de la ville pour réparer la maison.

– Vous avez l'air jalouse.

– Je… le suis totalement, acquiesça-t-elle. *Puis elle haussa les épaules.* Parfois. Mais on a beaucoup de choses à dire en faisant les choses par nous-mêmes. À la dure. Ça rend la récompense encore plus douce.

Il acquiesça.

– C'est une manière de voir les choses.

– Du moment que je ne m'électrocute pas, ou que je ne vends pas sans le savoir mon âme au démon qui hante ma douche, je crois que ça en vaudra le coup.

Ils marchèrent encore un peu en silence. En toute honnêteté, à la seconde où elle l'avait rencontré, elle s'était attendue à l'appeler à la rescousse environ un million de fois par jour. Elle n'aurait jamais imaginé que *lui* l'appellerait.

– Quel est le problème ?

– J'ai trouvé quelque chose dans mon jardin.

Elle s'arrêta pour le fixer, bouche bée.

– Vous avez un jardin ? Sérieusement ?

Quand elle le vit hausser les épaules, elle ajouta :

– *Maintenant*, je suis jalouse.

Au lieu de la guider vers la porte de sa petite maison bleu vif, il la fit passer par un petit portail en bois vers un adorable patio extérieur, complété d'un petit jardin potager, et d'un ensemble de table et de chaises bistro, très italien. Elle ne l'en envia que plus encore.

Mais quand elle entendit les petits cris angoissés d'un animal, en provenance de la grille en fer forgé, ce sentiment s'estompa.

– Qu'est-ce que c'est ?

– C'est mon problème.

Il écarta la végétation un peu trop abondante, pour révéler un petit renard roux, roulé en boule. Ce n'était qu'un bébé, à peine plus gros qu'un chat de gouttière. Il ne cessait de pousser de petits cris qui brisaient le cœur d'Audrey.

– Oh !

– J'imaginais bien que vous diriez ça. Donc, vous pouvez m'en débarrasser ?

Elle le regarda.

– Je ne suis pas la fourrière. Il s'agit d'un animal sauvage... *Elle l'examina d'un peu plus près, et repéra un peu de sang sur sa fourrure.* Oh, cette pauvre bête s'est blessée à la patte.

Elle tendit la main, prenant garde d'éviter les dents pointues de la créature. L'animal était étonnamment docile, sûrement parce qu'il souffrait beaucoup. Grâce à cela, elle put s'approcher de sa queue, et examiner la blessure.

Étudiant la zone tout autour, elle sortit un antiseptique, de la gaze, et du sparadrap.

– On dirait qu'il s'est blessé sur cette clôture. Vous voyez comme les pointes sont aiguisées, là ?

Il en toucha une, et quand il retira la main, ses doigts étaient couverts du sang rouge du pauvre renard, comme elle l'avait pensé.

– De toute manière, j'avais l'intention de changer cette clôture. Avec ça, mon jardin ressemble à une cour de prison.

– Au moins vous avez un jardin, marmonna-t-elle en enroulant la gaze autour de la petite patte du renard. *Elle déchira le sparadrap avec ses dents, et le posa sur le bandage pour le bloquer.* Voilà. Il est comme neuf.

Elle referma sa trousse, se leva et épousseta ses genoux.

– Je vous enverrai ma facture.

– Attendez, dit-il alors qu'elle commençait à se diriger vers la porte. Vous n'allez pas l'emmener avec vous ?

Elle se figea.

– Vous êtes sérieux ?

Il croisa les bras et s'appuya contre le mur.

– Vous étiez sérieuse pour la facture ?

Elle secoua la tête. C'était probablement le moins qu'elle pouvait faire, étant donné toutes les tâches qu'elle aurait besoin de lui faire accomplir au cours des prochaines semaines.

– Mais moi, *j'étais sérieux* à propos de la bête. Vous êtes vétérinaire. Vous aimez les choses poilues et blessées comme celle-là. N'est-ce pas ?

Il regarda l'animal d'un air encore plus dégoûté.

Il avait cessé de crier, mais il se contentait de rester allonger là, donnant de petits coups méfiants au bandage sur son pied.

– En plus, je *déteste* les animaux.

– Vous détestez les animaux, répéta-t-elle lentement, essayant d'intégrer ces mots dans son esprit, mais elle avait beau essayer, cela ne marchait pas.

Mais comment était-ce possible ? Surtout quand on voyait à quel point ce renard était mignon.

Il hocha la tête comme s'il ne venait pas de commettre le pire péché envers l'humanité que l'Homme ait jamais connu.

Brina s'était moquée de certains matches Tinder d'Audrey, comme Bruce, alias le type flippant du *Silence des Agneaux.* Oui, il y avait eu un sacré paquet de pauvres types. Elle avait dû gérer des types qui sentaient mauvais, qui se nettoyaient les dents avec leur fourchette en plein milieu du repas, qui rotaient bruyamment, qui pensaient qu'un marcel était une tenue correcte pour un premier rencard, qui la qualifiaient de *chaude,* lui pinçaient les fesses, passaient la chercher dans la voiture de leur mère... Et pourtant, alors qu'elle était là, à regarder ce spécimen d'humain parfait, elle se rendit compte d'une chose.

Elle n'avait jamais connu pire tue-l'amour.

Audrey écarta quelques plantes grimpantes et s'accroupit devant le pauvre animal blessé. Elle ne pouvait pas le laisser là, sur la propriété de quelqu'un qui, de toute évidence, n'avait pas d'âme. Elle retira la chemise en flanelle dont elle se servait comme d'une veste, et la posa au col, et y déposa doucement le renard, l'installant confortablement, comme dans un petit nid.

– Très bien, je vais le prendre, dit-elle en le soulevant dans ses bras. Seulement *si* vous acceptez de m'aider pour mon sous-plancher.

Il haussa un sourcil, prêt à argumenter, puis jeta un regard au renard, sa mâchoire se serrant de dégoût.

– D'accord. Marché conclu. *Mason lui tint la porte ouverte quand elle quitta le jardin.* Merci pour votre aide, Dr Doolittle.

Elle lui adressa un signe de ma main avec le majeur légèrement relevé, sans un regard en arrière. Elle était concentrée sur le renard, maintenant recroquevillé bien au chaud, qui se blottissait contre sa poitrine. Il ouvrit la gueule et bâilla, et n'était-ce pas un sourire ? C'était tellement mignon.

Carrément tue-l'amour.

Mais au moins, dans l'histoire, elle avait gagné un nouveau sous-plancher.

*

– D'accord. Un… deux… trois… *on soulève !*

Elle usa de toutes ses forces pour dégager le vieux tapis enroulé moisi de la cage d'escalier. Avec un dernier effort, il glissa finalement dans le pseudo-vestibule dans un énorme nuage de poussière.

Audrey toussa et prit son verre d'eau. Ce faisant, elle faillit trébucher sur le renard, qui était sorti de son nid dans la cuisine pour voir ce qu'elle fabriquait. Elle dut faire une petite danse pour éviter de lui faire plus de mal.

– Que dit le renard[5] ? marmonna-t-elle en s'effondrant sur la seule chaise de la maison, un truc en plastique vert avocat style seventies, près de la table de la cuisine. En tout cas, quoi qu'il dise, j'aimerais que tu le dises plus fort, parce que j'ai failli t'aplatir. Tu es sournois, Nick Wilde[6].

Il leva les yeux vers elle, inclinant la tête comme s'il essayait de comprendre.

– Laisse tomber. Au moins, tu as l'air d'aller mieux, dit-elle en versant un peu d'eau dans l'assiette qu'elle lui avait dégotée. *Elle n'avait que des petits gâteaux salés qu'elle avait piqués chez G. Elle lui en donna donc quelques-uns avec.* Ou alors tu jouais le gars en détresse pour qu'une jolie fille vienne à ta rescousse ?

Il renifla les gâteaux, et sortit lentement la langue pour les goûter.

Ses yeux se posèrent sur cette misérable chose qu'on appelait tapis. Maintenant, elle n'avait plus qu'à le traîner par la porte et au bout de la rue sur quatre cents mètres, jusqu'à la benne au bout de la route. Ses

---

[5] *The Fox (What Does the Fox Say?)*, « *Le Renard (Que dit le Renard ?)* » est une chanson dance, et une vidéo virale du duo humoristique norvégien Ylvis.

[6] Un des personnages principaux du film d'animation Zootopie, c'est un renard mâle à la fourrure rousse

muscles déjà douloureux protestèrent rien qu'à cette idée. Peut-être pourrait-elle demander à Luca de passer avec son chariot pour l'aider.

Non. Elle était venue ici pour tout faire elle-même, pas pour dépendre d'un tas d'hommes pour faire son sale boulot. En plus, elle aurait sûrement besoin de leur expertise pour d'autres choses, plus tard. Même de… Beurk. Même de celui qui détestait les animaux.

– Ne me regarde pas comme ça, dit-elle au renard, qui semblait lui demander *Pourquoi perdre ton temps avec lui alors que tu as toute cette mignonnerie ?* C'est vrai. Mais c'est grâce à lui que j'ai de la lumière dans cette maison. Je vois bien avouer qu'il avait fait un sacré boulot.

Essayant de se préparer à ce qui l'attendait, elle se leva et ouvrit la porte, et trouva une pile de déchets de construction sur son perron. Elle avait déjà bien assez à faire des siens… Mais elle était certaine que ceux-ci ne lui appartenaient pas, surtout que parmi les déchets se trouvait une cuvette de toilette qui avait l'air encore plus sympa que celle, toute neuve, qu'elle venait d'installer. Alors qu'elle passait la tête dehors pour enquêter, d'autres déchets atterrirent à ses pieds dans un nuage de poussière marron, manquant de peu de la heurter entre les deux yeux.

Elle recula et repéra M. Muscle au milieu du brouillard.

– Hé. Qu'est-ce que vous faites ?

Il avait un autre cigare coincé entre les lèvres, et tirait dessus, l'ignorant tout en débitant d'autres instructions en italien aux ouvriers au-dessus. Des morceaux de bois pourri, du plâtre usé, des clous, et tout un assortiment de déchets divers continuaient de pleuvoir sur son perron. Un vieux morceau de canalisation particulièrement énorme tomba comme un boulet, à quelques centimètres de ses pieds. Le renard avait passé le bout de sa truffe entre ses jambes, mais cria quand la chose atterrit, secouant les fondations de la maison.

L'homme – qui était sûrement le contremaître, étant donné qu'il ne faisait quasiment que superviser, et pas grand-chose d'autre, se tourna vers elle, mais sembla plus intéressé par le renard que par elle.

Elle lui fit un signe de la main.

– Salut ? Faites gaffe ! Vous pourriez blesser quelqu'un avec ces trucs ! Et j'espère que vous n'avez pas l'intention de laisser ça là ?

Il s'approcha plus près d'elle, trop près, et retira le cigare de sa bouche avec un « pop » sonore.

– C'est votre animal sauvage ?

Surprise à la fois qu'il parle anglais, et par sa question, elle fut un peu déstabilisée. Elle baissa les yeux.

– Non. Je suis vétérinaire. Je viens de le trouver. Il n'est…

– Pas censé se trouver chez vous, *si ?*

– Quoi ?

Elle leva les yeux sur les silhouettes des ouvriers qui étaient enfin silencieux, à regarder leur échange. En bas de la rue, des gens avaient commencé à sortir la tête par la porte, comme s'ils se préparaient à l'animation du jour.

– Eh bien, c'est…

– Si vous continuez à harceler mon équipe, je vous signale à la mairie. C'est illégal de garder des animaux sauvages par ici.

Audrey le fixa, médusée. Alors il voulait vraiment jouer à ça ?

– *Moi ? Moi,* je les harcèle ? Indignée, elle en resta bouche bée. C'est vous qui balancez vos déchets sur ma propriété et ne nettoyez rien. C'est vous qui faites du bruit du matin au soir sans montrer aucun respect pour quiconque.

D'autres volets s'ouvraient autour d'eux, et un couple s'arrêta dans la rue pour les observer.

Le contremaître tira sur son cigare, s'approcha, et lui souffla un nuage de fumée odorante en plein visage.

– Ce n'est pas vous qui me payez, *signorina.* Alors je n'ai pas à écouter ce que vous me dites.

Elle resta là, les joues en feu les mains tremblantes, l'estomac noué. Elle usa de toute sa volonté pour que le volcan en elle n'explose pas, mais même comme ça, elle le sentait bouillonner en elle, dangereusement près du point de non-retour. Il lui fallut toutes ses forces pour reculer, s'emparer de la porte, et la lui claquer au visage.

Le renard la regarda d'un air interrogateur, mais elle se traîna en haut de l'escalier. Peut-être allait-elle décider qu'elle en avait assez, et se coucher tôt, si les abrutis d'en face ne la tenaient pas éveillée toute la nuit.

Elle s'occuperait de se débarrasser de ce maudit tapis pourri demain. Pour l'instant, tout ce dont elle avait envie, c'était de rêver de sa vengeance. Il fallait qu'elle fasse *quelque chose.* Elle ne pouvait pas laisser les choses telles quelles.

CHAPITRE SEIZE

Audrey ne put pas fermer l'œil.

Comme elle s'y était attendue, l'équipe construction de l'autre côté de la rue continua son boucan bien après minuit. Audrey s'assit sur son matelas bosselé, à bâiller et s'énerver, s'énerver et bâiller. Certes, ils avaient fait ça toutes les nuits depuis leur arrivée, mais à présent, Audrey ne cessait de penser qu'ils le faisaient *à cause* de son petit accès de colère. Rien que pour la punir.

Et elle avait eu parfaitement raison de faire acte d'autorité ! Était-ce un tel crime de vouloir un peu de paix et de tranquillité ? C'étaient eux qui étaient en tort. Carrément.

Allongée là dans sa maison plongée dans la pénombre, à écouter la scie électrique plonger jusque dans son crâne, des plans de sabotage de leur rénovation se firent jour dans son esprit. Elle se rendit compte qu'elle grinçait des dents, et détendit sa mâchoire. Elle prit son téléphone et appela Brina.

Sa sœur l'accueillit avec un :

— Attends. Pourquoi m'appelles-tu à une heure normale ? Ça ne te ressemble tellement pas.

Audrey bâilla.

— Il est quelle heure chez toi ?

— Sept heures du soir. Je viens juste de poser Byron dans son lit. Ça veut donc dire qu'il est… attends. Pourquoi es-tu debout à une heure du matin ?

— À cause de ça. *Elle leva le téléphone en l'air pour faire écouter le bruit à sa sœur.* Tu as entendu ça ?

— Bien sûr que j'ai entendu. Qu'est-ce que c'est ? Tu te fais attaquer par des abeilles ?

— Non. Apparemment, la rénovation de la maison d'en face, c'est du vingt-quatre heures sur vingt-quatre. Ils ne font que bosser. Ça fait des jours que je n'ai pas dormi.

— Oh, mon Dieu. C'est horrible, ma chérie. Je suis désolée.

— Le câblage électrique de leur maison est relié à la mienne. Je pourrais sortir la main par la fenêtre de ma chambre et le couper. Je l'envisage sérieusement. Alors je t'appelle pour me dissuader de franchir le pas.

— Non. Non, non, non, répondit immédiatement Brina. Te connaissant, tu vas tomber du haut de ta fenêtre, ou t'électrocuter, et on te jettera dans une prison italienne. Et j'ai entendu dire que dans ces endroits, ils ne nourrissaient pas les étrangers.

Elle grimaça. Mais comme à son habitude, Brina balança une bombe de vérité.

— Sérieusement. Trouve-toi un casque réducteur de bruit, et lâche l'affaire. À part ça, comment ça se passe là-bas ?

— Ça va. J'ai des toilettes. Et l'électricité maintenant.

Il y eut un silence.

— Euh, Audrey ? On dirait que tu vis dans un pays du Tiers Monde. Il n'y a pas de quoi se réjouir de trucs pareils. Ce sont des choses que la plupart des gens sur terre se contentent de tenir pour acquises.

— Eh bien, c'est un progrès. Tu sais ce que disait Papa. Rome ne s'est pas faite en un jour. J'y arrive. Et si on ne tient pas compte des voisins pénibles, c'est vraiment sympa. La plupart des gens sont gentils. Non mais tu le crois, toi, que cette ordure a dit qu'il me balancerait parce que j'abrite un animal sauvage ?

— Oh oh. Quel animal pauvre-et-abandonné as-tu décidé d'adopter cette fois ?

Audrey pinça les lèvres. Effectivement, elle avait une légère tendance à accueillir des animaux errants, depuis la chenille qu'elle avait baptisée « Doudou » en CP. Elle avait vidé sa maison de rêve de Barbie pour lui donner un endroit où vivre. Et alors ?

— Un renard. Je l'appelle Nick.

— Oh, bon sang, tu l'as déjà baptisé ?

— Oui. D'après le renard dans *Zootopie*, le meilleur film sur…

— Aud. J'ai des enfants. Ces derniers temps, je connais tout le catalogue Disney mieux que je ne connais les dernières couleurs de chez Sephora. Malheureusement. Le problème, c'est que tu as baptisé cette créature. C'est comme dire qu'il t'appartient.

— C'est juste que je n'ai pas pu m'en débarrasser. Il était blessé.

— Bah. Tu n'as pas besoin de responsabilités supplémentaires alors que tu as une maison à remettre en ordre. Je sais ce qui arrangerait *vraiment* les choses pour toi. Un homme. Aucun type sicilien mignon ne t'a fait tourner la tête ?

Elle songea à G.

– Eh bien… il y en a un. C'est un chef. Et puis il y a un voisin, mais il vient d'Amérique. Et il déteste les animaux. En plus, il est tellement imbu de lui-même, c'en est ridicule.

– C'est très américain. Dis-m 'en plus sur le chef. Ça m'a l'air prometteur.

– Je ne sais pas. Il a parlé de me sortir pour voir les différents sites mais c'est tout.

– Tu ne dois pas avoir beaucoup de temps pour ça, n'est-ce pas ?

Audrey soupira.

– C'est vrai. Il y a beaucoup de jeunes étrangers qui viennent ici, réparent des trucs. Jusqu'ici, je crois avoir rencontré plus d'expatriés que de vrais Siciliens. Ce n'est pas vraiment ce que je m'étais imaginé… d'une certaine manière, c'est comme une fraternité. Je suppose que je ne pourrais pas échapper à l'Amérique même si j'essayais.

– Je suis sûre que ça ira mieux quand tu auras remis l'endroit en état, et que tu te seras faite à la ville. Peut-être avec l'aide de ce chef sicilien sexy ?

– Qui sait ? Mais je ne m'attends à rien. En fait, la dernière chose à laquelle je songe, c'est de nouer des liens amoureux. *Elle sombra de nouveau dans ses oreillers, et jeta un œil au clair de lune par les volets ouverts.* Je suis juste malheureuse parce que je suis très fatiguée.

– Alors, va dormir.

Elle se rendit compte que la scie électrique avait cessé le feu, et enfin, la nuit fut paisible, troublée seulement par le chant des criquets et du vent, qui sifflait dans les rues désertes. C'était agréable. Oui, s'il n'y avait les voisins, il y avait de quoi aimer cet endroit. Elle avait simplement besoin de se concentrer là-dessus.

– Très bien. Bonne nuit.

Mettant fin à l'appel, Audrey se pencha pour poser son téléphone au sol à côté d'elle, quand elle vit une forme remuer dans l'obscurité. Avant qu'elle ne puisse libérer le cri qui s'était logé dans sa gorge, une grosse masse poilue se jeta sur son ventre. Elle laissa échapper un son moitié – « ouf ! », moitié gémissement, et faillit balancer la chose par la fenêtre, jusqu'à ce qu'elle réalise ce que c'était.

– Oh. Nick, murmura-t-elle en se calmant.

Le renard, comme s'il avait été son animal de compagnie depuis des années, se recroquevilla sur l'oreiller à côté d'elle. Elle tendit la main pour caresser sa fourrure.

– Que penserais-tu de dormir un peu ?

Il ne répondit pas, et de toute manière, elle ne l'attendit pas. Elle s'endormit presque instantanément.

*

Audrey était dans une immense maison qui dominait la baie couronnée de blanc, par une grise et morne journée de janvier. Il neigeait, et la maison n'avait pas encore de chauffage, mais son père avait amené un radiateur d'appoint, devant lequel elle ne cessait de retourner pour se réchauffer les doigts.

— Très bien, gamine. Encore un peu de ponçage, et ce mur sera lisse comme des fesses de bébé.

Elle rit. Son père l'avait peut-être appelée « gamine », mais il ne la traitait pas comme telle. Il lui avait offert sa propre ceinture de bricolage avec ses propres outils, pas des trucs de princesse faits pour les « filles », des vrais, pour les entrepreneurs, comme les siens. Et chaque fois qu'elle rentrait de l'école et que les membres de son équipe devaient rentrer chez eux auprès de leurs familles, il restait tard, à vérifier leur travail, et enseigner à Audrey les leçons qu'elle n'avait pas apprises en classe.

Brina gémit depuis l'arrière du chauffage d'appoint alors qu'elle terminait son algèbre.

— Il fait presque nuit. Est-ce que ce n'est pas l'heure de rentrer à la maison ?

Miles Smart éclata de rire.

— Dans un instant, Bri. Il alluma une lampe, et décala Audrey sur le côté du banc. On va bouger l'établi par là. Prête ?

Elle hocha la tête avec enthousiasme, et ils le soulevèrent à deux. Elle avait peut-être tenu un côté, en quelque sorte, mais c'était lui qui avait fait le plus gros du travail.

Il lui tendit le papier de verre.

— Très bien. Tu fais ce côté. Comme je t'ai montré.

Elle prit le papier de verre et le passa d'avant en arrière sur le plâtre.

— Comme ça ?

— Ouep. Bon boulot. Continue. Mets-y un peu de muscle.

Elle lui sourit et il la regarda, avec tant d'amour et d'admiration dans le regard.

Mais soudain, il écarquilla les yeux. Il semblait se concentrer sur quelque chose derrière elle, et son visage se tordit dans une expression d'horreur et de surprise. Sa bouche forma un O et il cria son nom, mais c'était comme s'il était sous l'eau, à des kilomètres de là. Elle tendit la main vers lui, mais il recula, puis, en un clin d'œil, il explosa en un million de petits morceaux sous ses yeux.

Audrey se redressa dans son lit, le cœur battant à tout rompre.

Le renard leva les yeux devant ce mouvement soudain, mais se retourna rapidement, et se rendormit. Elle contempla le ciel qui s'éclaircissait au-dehors, où ne subsistaient que quelques rares étoiles, songeant à son père. Elle avait beaucoup pensé à lui pendant toutes ces années après son départ sans explication, mais au bout d'un moment, elle avait refoulé ces souvenirs douloureux. Ils ne servaient qu'à lui rappeler qu'elle avait été abandonnée. À présent, avec la rénovation, ils semblaient tous revenir sur le devant de la scène.

À présent, plus que jamais, elle voulait savoir où il était parti, et pour quelle raison.

CHAPITRE DIX-SEPT

Le lendemain matin, Audrey était debout avant l'aube. Le fantôme de sa douche devait avoir subi un exorcisme, parce qu'il se comporta bien suffisamment longtemps pour qu'elle puisse se laver à fond, et vers six heures du matin, elle était habillée et se préparait un café fort. Elle en emporta une tasse à l'extérieur, pour inspecter les dommages causés par la rénovation de sa voisine, et fut heureusement surprise de constater qu'ils avaient tout nettoyé. Et le contremaître était visiblement un travailleur acharné : son camion était déjà garé au coin de la rue.

Audrey but une gorgée de café, et laissa la chaleur amère lui brûler la langue. Elle avait été dure. C'était peut-être un type bien, après tout. Il devait y avoir eu un malentendu. Un fossé culturel.

Elle avait déjà prévu d'essayer d'apaiser les choses avec lui, même avant d'aller se coucher la veille au soir. Elle ne pouvait pas laisser les choses en l'état ou s'envenimer. Elle était allée au marché hier, et avait acheté une bouteille d'huile d'olive artisanale très chère, qui lui avait coûté vingt-cinq euros. Elle le lui donnerait. Une offrande de paix.

Tenant la minuscule bouteille en verre enveloppée d'osier, elle fit un pas vers le perron, et se prit les pieds dans la longue queue touffue de Nick.

– Wouah, wouah, wouah. *Elle lui fit un signe du doigt.* Retourne à l'intérieur. C'est toi qui m'as causé des ennuis au départ.

Le renard, obéissant, fit demi-tour et rentra, et elle se sentit coupable de l'avoir grondé. Ce n'était pas sa faute non plus. Après ce que le contremaître avait dit, pourtant, elle était terriblement nerveuse à l'idée que quiconque le voie dans sa maison.

Alors qu'elle refermait la porte derrière elle, celle d'en face s'ouvrit. C'était la blonde américaine, Nessa, vêtue d'un short de jogging moulant et d'une brassière, les cheveux relevés en une longue et fine queue de cheval.

Audrey lui adressa un signe de la main.

– Salut, Nessa. Belle matinée !

Elle lança un regard dans la direction d'Audrey tout en essayant de caler des écouteurs dans ses oreilles, et soupira.

– Sûrement.

– Alors vous vivez dans la maison maintenant ?

– Pour le moment. Ernesto et son équipe ont quasiment terminé la nuit dernière.

Ernesto. Alors c'était le nom du gros et costaud.

– En parlant d'Ernesto… J'ai vu son camion. Est-ce qu'il est dans les parages ? Je voulais discuter de quelque chose avec lui.

Elle fronça les sourcils.

– J'en suis sûre. Mais ne pensez pas me le voler. La dernière chose que je veux, c'est que toutes les autres maisons du quartier ressemblent à la mienne. Ça réduirait à néant les taux de revente.

– Je n'y songeais même pas. Je veux juste…

Elle fit un geste de la main.

– Je n'en ai aucune idée. Je ne prête pas attention à leurs allées et venues, du moment que le travail est fait. Il n'est pas dans ma maison. S'il est quelque part, c'est sûrement dans le jardin. Je lui ai dit qu'il fallait qu'il soit nettoyé.

Alors elle avait un jardin, elle aussi. La vie était injuste.

– Est-ce qu'ils ont fait du bon boulot à l'intérieur ?

– Passable. Quelqu'un voudra sûrement de ce désastre. En ce qui me concerne, moins je reste, mieux je me porte. Une fois que j'aurais fini d'y apporter ma touche magique, je m'en vais.

– Oh. Vous êtes décoratrice d'intérieur ?

Elle se tapota la poitrine, visiblement offensée.

– Vous ne savez pas qui je suis ? Je suis Nessa Goodroe.

Elle prononça son nom comme si j'étais censée le connaître. Audrey la regarda sans rien dire.

– Allô ? L'une des meilleures. J'ai près de deux millions de followers sur Instagram. Je suis en pourparlers avec HGTV[7] pour avoir ma propre émission.

– Ohhh… D'accord. Désolée. Je ne fais pas vraiment attention à…

– Je dois y aller !

Elle s'élança vers le bas de la rue, sa queue de cheval remuant dans son dos.

Tenant toujours son offrande de paix contre sa poitrine, Audrey traversa la rue jusqu'au petit portail entre les maisons. Il grinça en s'ouvrant, laissant un passage terriblement étroit entre les deux murs qui s'effritaient. Elle s'y glissa et ressortit dans une petite cour à flanc de falaise. Audrey en resta bouche bée, avec une fois encore la nette

---

[7] Chaîne de télévision américaine spécialisée dans la décoration, l'agencement et la rénovation de la maison et du jardin.

impression d'avoir tiré le mauvais numéro à la loterie de l'immobilier. Certes, sa propre vue depuis le premier étage était magnifique, mais la vue depuis ce patio envahi de végétation était spectaculaire.

Spectaculaire, mais un peu… dangereuse. Il ne lui fallut s'avancer que de quelques pas avant d'avoir le vertige, parce qu'au-delà d'un mur bas en pierres se trouvait un précipice qui lui donnait la nausée.

Elle étudia le patio de briques rouges. Une chose était sûre, cette partie de la maison n'avait pas encore fait l'objet de travaux. Les herbes avaient poussé en un enchevêtrement terrible, que même une machette ne parviendrait pas à en venir à bout. Et pas d'Ernesto.

Audrey était sur le point de tourner les talons et retourner d'où elle venait, quand elle remarqua quelque chose de coincé dans les ronces brunes qui bordaient le mur de pierres.

Un bottillon. Le gros et lourd bottillon de travail d'un homme.

Une sensation de malaise submergea l'estomac d'Audrey. Oubliant l'huile d'olive qu'elle tenait à la main, elle se précipita vers le mur de pierres. Elle prit le bottillon et jeta un œil par-dessus le bord de la falaise, luttant contre son vertige.

Là, sur un rocher affleurant à une douzaine de mètres en contrebas, se trouvait le corps étendu de M. Muscle lui-même, un halo de sang noir autour de la tête.

CHAPITRE DIX-HUIT

Au départ, elle crut qu'elle avait des visions. C'était peut-être ces nuits sans sommeil qui lui tapaient sur le système. Elle cligna des yeux et y regarda de plus près. L'image ne changea pas.

– Oh, bon sang, dit-elle à haute voix, étouffant un cri.

La chaleur lui picotait la peau en dépit de la fraîcheur de l'air. Le vertige menaçait de prendre le dessus.

– Oh mon Dieu oh mon Dieu oh mon Dieu.

Tenant toujours le bottillon, et contemplant la macabre vue devant elle (qui serait sûrement gravée dans son esprit pour le restant de ses jours), elle mit la main dans la poche de son jean et en sortit son téléphone portable. Par réflexe, elle composa le 911, puis écouta bêtement pendant trente secondes le vide lui répondre.

Tu n'es pas en Amérique, tu te souviens ? lui rappela la partie toujours saine d'esprit de son cerveau. C'est vrai. Maria lui avait donné tout un tas de brochures avec des informations utiles, et elle les avait parcourues, mais elle n'aurait en fait jamais imaginé devoir appeler les secours. Il y avait un « un » dans le numéro. Peut-être deux. Et un... trois ?

Frénétiquement, elle essaya toutes les combinaisons possibles de ces chiffres, criant de frustration à chaque vaine tentative. Elle était sur le point d'abandonner quand elle tapa 113 et que quelqu'un lui répondit :

– *Qual è la sua emergenza ?*

Urgence. Elle agrippa le téléphone plus fort.

– Anglais ? Dites-moi que vous parlez anglais ? Il y a un type mort ici. Du moins, je pense qu'il est mort. Il est tombé du bord de la falaise.

Il y eut un silence. Puis l'opératrice dit :

– *Cosa è successo ?*

Audrey poussa un cri de frustration.

– Je ne vous comprends pas !

Elle regarda par-dessus le bord de la falaise l'espace d'une seconde, espérant que la vue lui prouverait que tout ceci n'avait été que le fruit de son imagination. Erreur. Plus elle regardait, plus la nausée montait. Le goût amer du café lui remontait dans le fond de la gorge, menaçant de faire son grand retour. Pendant ce temps, la femme à l'autre bout de la ligne continuait de parler italien si vite qu'Audrey en eut le tournis.

– Je ne comprends pas, gémit-elle en reculant. Piazza Due. Ambulance-o. *Por favor. Gracias.*

Soudain, une ombre tomba sur elle et quelqu'un lui retira son téléphone de la main. Paniquée, Audrey se retourna, sûre d'être sur le point de se faire pousser, et vit Nessa à peine essoufflée, rayonnant de l'éclat typique du coureur en bonne santé. Elle sauta sur le dessus du mur de pierre et jeta un œil par-dessus, sans crainte, puis parla italien dans le téléphone. Puis elle mit fin à l'appeler, et adressa un sourire suffisant à Audrey.

– Sicile, dit-elle avec un geste du doigt. L'Espagne, c'est un peu plus loin par là.

Elle jeta son téléphone à Audrey. Toujours tremblante, le bottillon d'Ernesto à la main, elle essaya de l'attraper, et réalisa qu'elle avait lâché la bouteille d'huile d'olive sur le sol. De l'huile et du verre s'étaient répandus partout sur la pierre rougeâtre.

Nessa observa le bottillon dans la main tremblante d'Audrey, puis la regarda droit dans les yeux.

– Aloooooors, mon amie… qu'est-ce que *tu* as fait ?

*

La *Polizia* arriva sur place peu après, gyrophares en marche, sirènes hurlantes. Audrey ignorait jusqu'à cet instant que Mussomeli disposait d'autant de policiers. Plusieurs hommes en uniforme envahirent la zone, parlant rapidement en italien.

Abasourdie, en proie à une violente migraine, Audrey tenta de s'éloigner du chaos qui régnait maintenant sur la petite maison au bord de la falaise, mais un grand officier bloquait l'étroit passage. Il commença à lui crier des directives, ajoutant à ses maux de tête.

– Quoi ? Je suis désolée. Je ne parle pas italien.

Il dit :

– Encore une Américaine, hein ? Et leva les yeux au ciel. Vous avez découvert le corps, n'est-ce pas ?

Elle acquiesça.

– Alors il faut que vous restiez ici. L'inspecteur en charge de l'enquête, Eduardo DiNardo, voudra vous interroger.

– Euh. D'accord.

Elle recula, essaya de ne pas gêner les nombreux officiers, mais à chaque fois qu'elle trouvait un endroit où se poser, il y en avait d'autres. Elle tourna en rond jusqu'à repérer un coin au milieu de la végétation, dans un endroit sûr, à l'écart de la falaise, afin ne pas connaître le même sort qu'Ernesto.

Pendant ce temps, Nessa se tenait au centre du patio, tel un soleil, les policiers figurant les planètes en orbite. s'adressait à son auditoire dans un italien fluide, semblable à une célébrité donnant une conférence plus qu'à un témoin interrogé au sujet d'un accident. Tout en parlant, elle faisait de grands gestes en direction d'Audrey, disant *assassina*.

Il ne fallut que quelques secondes à cette dernière pour faire la traduction. Ce n'était pas difficile, étant donné la manière dont la police avait commencé à la regarder, comme un chewing-gum collé à leur semelle. *Soit elle est en train de leur dire que je suis assommante, ce qui… bien, en fait, je préférerais, pour l'instant… ou… elle est en train de leur dire que je suis… je suis un…*

Audrey se redressa et s'approcha de la mêlée.

— Attendez, attendez, attendez… Qu'est-ce qu'elle raconte là ?

L'un des hommes s'avança vers elle. Contrairement aux autres, en costume - cravate, il ressemblait plus à un banquier d'affaires qu'à un policier, à l'exception de la bosse caractéristique de l'arme sous sa veste.

— Quel est votre nom, s'il vous plaît ?

— Audrey. Audrey Smart. J'habite en face. *Elle serra fort ses bras autour d'elle.* Je vais avoir des ennuis ?

— Je suis l'inspecteur DiNardo. Puis-je vous poser quelques questions ? demanda-t-il dans un anglais plutôt correct.

Elle acquiesça.

— Oui, mais je ne comprends pas. Il s'agit bien d'un horrible accident ?

— C'est possible, *signorina*.

— Docteur, en fait.

Il la regarda d'un air dubitatif.

— Docteur. Mais le fait est que le bottillon est suspect, et qu'il y a des marques dans la poussière près du mur qui suggèrent qu'il pourrait y avoir eu lutte. Nous en saurons plus, bien entendu, quand nous aurons jeté un œil au corps. *Il inclina la tête et fit défiler les pages d'un petit carnet.* Vous avez découvert le corps, c'est exact ?

Elle approuva d'un signe de tête en se tordant les mains.

– Euh, oui. C'est… vous voyez… mon premier cadavre.

Elle se mit à hyperventiler.

L'inspecteur ignora son désarroi.

– Et la Signorina Goodroe dit qu'elle vous a trouvée, tenant le bottillon ?

– Eh bien, oui. Je l'ai ramassé quand je l'ai vu, mais… *Son sang se figea. Elle secoua la tête.* Je ne l'ai pas poussé, si c'est ce que vous… oh, oh, bon sang. Quoiqu'elle dise, et quoi que vous pensiez, vous avez tort tous les deux. Je ne suis pas une… Je n'ai aucune raison de…

Elle agita une main devant son visage, en panique, incapable de reprendre son souffle ; ses poumons ne répondaient plus.

Sans se soucier du fait qu'elle semblait sur le point de s'évanouir, il jeta un regard dubitatif à Audrey.

– Vous vivez de l'autre côté de la rue. Et qu'est-ce qui vous a poussée à venir ici aussi tôt ?

– Eh bien, je, euh, j'étais à la recherche du contremaître. Ernesto. Je voulais juste lui parler.

Il inscrivit quelque chose sur son carnet.

– De quoi ?

– Nous nous sommes disputés hier soir, et…

Audrey laissa sa phrase en suspens, et se mordit la langue. La dernière chose dont elle avait besoin, c'était de lui donner une raison de plus de la suspecter.

Trop tard pour rétropédaler.

– Une dispute, hein ? À quel sujet ?

– Une broutille, à vrai dire. Ils étaient bruyants et désordonnés, et ils avaient laissé des ordures sur le pas de ma porte. Je voulais calmer le jeu. Voilà tout. Je vous le jure.

– Calmer le jeu ? répéta-t-il.

Peut-être qu'il n'avait aucun soupçon sur elle, peut-être était-ce normal pour un policier de se méfier de tout ce qu'on lui disait, mais Audrey ne parvenait pas à s'ôter de l'idée qu'il voulait la voir pourrir dans une prison italienne pour le restant de ses jours.

Bon sang, c'était tellement surréaliste, elle avait du mal à croire que ce n'était pas la continuation de ce rêve intense qu'elle avait fait un peu plus tôt au sujet de son père.

– Oui ! Et pas en le poussant du bord d'une falaise. Qui ferait un truc pareil ? En fait, je voulais le remercier d'avoir nettoyé. *Il ne lui répondit pas, trop occupé qu'il était à écrire sur son bloc-notes, et elle ressentit le besoin de combler le silence.* Je veux dire, vraiment. J'ai, euh, appelé la police, n'est-ce pas ? Je suis restée ici jusqu'à ce que vous arriviez. Si je l'avais poussé, est-ce que je ne m'enfuirais pas d'ici aussi vite que possible ?

– Vous avez peut-être essayé, dit Nessa depuis l'autre bout du patio.

Audrey et toutes les autres personnes présentes se tournèrent pour regarder Nessa, lézardant sur le bord du mur de pierre, comme si elle essayait de bronzer. Apparemment, quand elle parlait, tout le monde l'écoutait.

– Elle reculait vers la sortie. C'est peut-être uniquement parce que je suis arrivée qu'elle n'a pas pu s'enfuir. Je suis revenue pour mes lunettes de soleil, c'est pour ça. Je l'ai surprise la main dans le sac. Avec le bottillon.

Audrey en resta bouche bée.

– Quoi ? Non, c'est…

– La vérité, c'est que le corps n'était pas là depuis bien longtemps, expliqua DiNardo. De toute évidence, nous en saurons plus avec le rapport du légiste. Avez-vous vu quelqu'un d'autre pendant que vous étiez dehors ? Quelqu'un qui aurait eu un comportement suspect ?

Audrey aurait bien voulu que ce soit le cas. Mais elle n'avait vu strictement personne. Pendant un moment, elle se demanda si elle pouvait mentir, imaginer une silhouette fantôme vêtue de noir, juste pour qu'on ne la soupçonne plus, mais ensuite elle se dit qu'elle avait déjà bien assez d'ennuis comme ça.

– Non. Personne.

– Moi non plus ! dit Nessa. Pas âme qui vive.

Audrey la fixa.

– Je vais avoir besoin de votre passeport, dit DiNardo.

– Il est chez moi, expliqua-t-elle.

Elle avait la chair de poule.

Il fit un pas de côté, signifiant qu'il allait l'accompagner, comme si elle était une prisonnière et qu'il ne pouvait pas la quitter des yeux. Elle répéta :

– Est-ce que j'ai des ennuis ?

Elle espérait un *bien sûr que non, de toute évidence, vous êtes innocente.*

Mais il lui répondit :

– Je me contente de suivre la procédure, *signorina.*

Tous les officiers la regardèrent tandis qu'elle empruntait l'étroit passage, et traversait la rue pour se rendre chez elle, DiNardo sur les talons. *Oh, bon sang, je suis dans la panade. Prison italienne, me voilà.*

Elle s'arrêta la main sur la porte de sa maison, quand une pensée lui traversa soudain l'esprit. Nick. *Ils vont m'arrêter parce que j'abrite un animal sauvage, et me garder en prison pendant qu'ils monteraient leur affaire de meurtre contre moi. Je suis complètement foutue.*

Nessa fit soudain irruption par le portail en criant et en agitant ses bras comme une possédée.

– Je m'en fiche ! Vous êtes vraiment sérieux ? Vraiment ? Fermer mon chantier ? C'est des conneries !

DiNardo se tourna pour désamorcer la situation, mains levées.

– Juste le temps que nous puissions conclure notre enquête. C'est une scène de crime.

– Eh bien, combien de temps cela prendra-t-il ? demanda sèchement Nessa.

Sans faire de mouvements brusques, Audrey ouvrit rapidement sa porte. Évidemment, Nick sortit son museau. Elle le repoussa gentiment, attrapa son sac à main au crochet près de la porte d'entrée, et réapparut sur le perron en moins de quelques secondes, avant même que DiNardo ne puisse remarquer qu'elle s'était absentée.

Elle fouilla dans son sac et en sortie le petit livret bleu, avec le seul visa italien à l'intérieur.

– Le voilà !

DiNardo le lui prit.

– Il va sans dire que jusqu'à la fin de notre enquête, nous n'allez nulle part.

Elle acquiesça.

– Je comprends. Je ne quitte pas le pays.

– Non. Vous ne quittez pas Mussomeli.

– Oh. D'accord.

Elle eut du mal à respirer, comme si les murs de la ville se refermaient sur elle. De l'autre côté de la rue, Nessa lui jeta un regard noir et mima les mots *Bien fait pour toi, assassina.*

De toute sa vie, Audrey n'avait eu autant envie de faire un doigt d'honneur à quelqu'un. Elle était au bout de sa vie à cause d'un retard dans sa rénovation ? Elle aurait aimé n'avoir que ce genre de problème. Mais c'était la *vie* d'Audrey qui était en jeu. Sa carrière. Sa famille. Sa maudite *vie* toute entière.

À supposer qu'Audrey ait une folle envie de rentrer chez elle… elle ne pouvait pas. Elle ne pouvait même pas se balader hors de la ville. Elle était prisonnière.

Mais elle sut que c'était loin d'être le pire de ce qui pouvait lui arriver quand elle remarqua les regards soupçonneux venus de toutes parts.

CHAPITRE DIX-NEUF

– Je suis désolée, qui est-ce ? demanda Audrey, collant le téléphone à son oreille tandis qu'elle arpentait sa maison, jetant un œil à chaque fenêtre pour essayer de voir comment les choses avançaient du côté de l'enquête.

Une voix à l'accent très prononcé lui répondit :

– J'ai un bouc malade. Mon ami Francisco, il dit vous aider ?

Oh. Une visite à domicile. Oui. C'était probablement ce dont elle avait besoin pour se changer les idées. Même si, techniquement, elle n'avait pas encore sa licence, elle pouvait quand même aider un bouc malade.

– Oui. Je peux. Quel semble être le problème ?

– Bouc, lui pas manger. Lui très vieux.

– Très bien. Eh bien, je peux venir tout de suite, lui répondit-elle. *C'était mieux que de devenir folle à petit feu, et tourner en rond dans sa maison.* Vous êtes dans quelle rue ?

– Pas de rue. Je suis à Polizzelo. Vous venez ?

– Bien sûr. Si je peux trouver le… *Elle laissa les mots en suspens alors qu'elle comprenait.* Attendez. Où est-ce… Est-ce que c'est une autre… Une autre ville ?

– Si. Pas loin de Mussomeli. Vous venez ?

Elle fronça les sourcils, se remémorant les paroles de DiNardo.

– En fait. Je ne crois pas pouvoir. Je… n'ai aucun moyen de me rendre là-bas.

Au moins, ça sonnait mieux que *je suis la principale suspecte dans une enquête pour meurtre.*

– Je suis désolée.

Elle mit fin à l'appel et soupira. C'était probablement mieux qu'elle reste sur le droit chemin, de toute manière. Elle ne voulait pas donner de raisons supplémentaires à la police de la suspecter.

Elle posa le regard sur Nick. Elle devrait probablement aussi se débarrasser de lui.

Si seulement il n'était pas si mignon ! Elle aurait préféré se couper un bras plutôt que de le laisser partir. Avec son léger boitement, il se ferait probablement dévorer par un faucon à la seconde où elle le laisserait sortir.

Alors elle passa la plus grande partie de l'après-midi à espionner le travail de la police, avec l'impression de devenir folle.

C'était peut-être à cause de ce sentiment de claustrophobie, mais Audrey ne pouvait pas rester une seconde de plus dans sa maison. À l'instant où la dernière voiture de police s'en alla, elle sortit en trombe et courut presque jusqu'à la Mela Verde. Elle se dit qu'elle avait envie d'une tasse de la *ciambotta* de G, mais en réalité, tout ce qu'elle voulait, c'était pouvoir de nouveau respirer normalement.

Mais le visage qui se trouvait derrière le comptoir n'était pas celui de G. Une jeune femme avec des créoles aux oreilles, et un bandeau rose dans les cheveux occupait son poste. C'était peut-être l'imagination d'Audrey qui lui jouait des tours, mais quand la femme la regarda, elle aurait pu jurer y voir la même suspicion que dans les regards que les policiers lui avaient jetés.

Elle sortit, et déambula au hasard vers la seule autre personne à laquelle elle songeait.

Malheureusement, il s'agissait de Mason, Monsieur *Est-ce que tu me mates, je hais les animaux.*

Lorsqu'elle se présenta sur le pas de sa porte, avec l'air d'un agneau égaré, il afficha un sourire comme si elle passait avec l'intention de coucher avec lui.

– Tu n'as pas pu résister, hein, Boston ?

Elle lui jeta un regard noir.

Il vérifia derrière elle.

– Où est ton acolyte tellement-trop-mignon ? Ne me dis pas que tu t'es débarrassée de lui ?

– J'ai d'autres soucis en tête.

Il arqua un sourcil.

– Quoi ? Ton père t'a aussi dit qu'il fallait que tu sous-traites la plomberie ?

– Contente-toi de me laisser entrer, marmonna-t-elle en passant devant lui pour entrer dans sa maison.

Il se retourna vers elle.

– Inutile de coucher avec moi. Dis-moi juste ce dont tu as besoin. Un nouvel évier ?

– Ne commence pas.

Elle lui décocha un regard dégoûté, avant d'examiner la maison. Il manquait une touche féminine, mais tout était neuf. Les pièces étaient plus grandes. Plus agréables. Mieux agencées. Et, cerise sur le gâteau, il avait un super jardin. Elle n'aurait pas dû se préoccuper de quelque chose d'aussi superficiel, étant donné que *La Polizia* voulait sa tête sur un plateau, mais d'une certaine manière, cela ajoutait à son malheur.

– Tu as quelque chose à boire ?

– Ouais. *Il se dirigea vers le minuscule frigo sous le comptoir.* De l'eau ? San Pellegrino ? Du jus d'or…

– Tu n'as pas quelque chose de plus costaud ?

Il referma le frigo, et écarta un rideau qui laissa apparaître un garde-manger bien fourni, d'où il sortit une bouteille de vin rouge, et peut-être de sa production. Elle s'en fichait. Elle avait besoin de quelque chose pour se détendre. Il en versa un peu – trop peu, aux yeux d'Audrey – dans deux verres à vin sans pied, et lui en tendit un.

Elle le descendit avant même qu'il ait fini de dire « *Salud.* »

Le verre vide tremblait dans sa main. Il la regardait avec l'air à peu près aussi soupçonneux que les officiers de police. Il ne lui en proposa pas d'autres. Au lieu de ça, il lui désigna une petite chaise dans sa cuisine. Elle s'y affala.

– Alors… c'est quoi le problème, Boston ? Tu as passé bien trop de temps à discuter avec ta douche hantée ?

Elle secoua misérablement la tête.

– Le truc, c'est que je crois que je suis le suspect *numero uno* dans une enquête pour meurtre.

Elle lut de l'intérêt dans son regard, mais pas celui qu'elle espérait. Elle avait besoin de compassion. Elle voulait qu'on s'inquiète pour elle. Elle voulait que Perry Mason débarque et lui dise que tout irait bien. Mais *ce* Mason, le Mason avec qui elle était coincée, se pencha en avant comme l'un de ces charognards de l'autoroute devant un carambolage mortel.

– Sans blague ? Qui tu as descendu ?

Elle lui jeta un regard encore plus noir.

Il leva les deux mains pour s'excuser.

– Désolé. Je plaisante. *Il vida son propre verre et sourit, dévoilant deux adorables fossettes – comment le haïr avec un tel charme ?* Mais sincèrement, maintenant, ma belle… qui est mort, et comment peuvent-ils imaginer qu'un petit gabarit comme toi est coupable ?

Elle n'était pas certaine que ce soit un compliment. Elle ne le connaissait pas beaucoup, mais venant de lui, c'était peu probable. Il semblait tellement imbu de sa propre personne.

– Le contremaître qui travaillait sur la maison en face de la mienne. Il est tombé de la falaise derrière la maison, et il est mort.

– Ah oui ? Il y avait beaucoup de sang ?

Elle ignora sa question, parce que oui, il y avait beaucoup de sang, mais elle aurait de nouveau la nausée si elle y repensait.

– Je me suis disputée avec lui la veille, parce qu'il faisait énormément de bruit, et qu'il balançait un tas de déchets devant ma maison, alors j'en avais eu assez. Je lui suis rentrée dedans, et tout le monde dans la rue nous a vus. Alors j'ai un mobile. Et ensuite, je suis sortie pour avoir une conversation avec lui, et j'ai trouvé son cadavre. Apparemment, il serait mort à peine quelques minutes avant que j'arrive. Alors je n'ai pas d'alibi. Un mobile, et pas d'alibi ? Boum. Le suspect idéal.

Elle s'effondra sur la chaise, au plus mal.

– Vraiment ? C'est dingue.

Il secoua la tête, se servit un autre verre de vin.

Ce n'est que quand il la surprit à faire la moue devant son verre plein, comme un chiot errant devant la vitrine d'un boucher, qu'il lui en servit un.

– Qu'est-ce qui leur fait penser qu'il ne s'agit pas d'un accident ?

– Je ne sais pas. Je suppose qu'il devait y avoir des traces de lutte.

Elle passa sous silence le moment où elle s'était fait surprendre avec le bottillon du mort à la main.

– Ah oui ? Mauvais plan.

Elle attendit qu'il lui adresse quelques paroles d'encouragement, ou au moins qu'il établisse la liste des raisons pour lesquelles il était impossible qu'elle ait commis ce crime. Mais il se gratta simplement la mâchoire, et s'avança vers sa poubelle qui débordait.

– Est-ce que par hasard tu saurais quand passe le camion de ramassage des ordures ? Parfois les types viennent le mardi. Parfois c'est le mercredi. Je n'arrive pas à savoir.

Elle le fixa, espérant qu'il n'était pas sérieux. Mais il la fixa à son tour, attendant sa réponse avec impatience.

Vraiment ? Sa vie était en jeu. Mais qu'est-ce qu'elle s'en balançait, du ramassage des ordures ?

Elle se leva.

– Tu sais quoi. Je crois que je vais partir…

Son estomac protesta. Comme si elle voulait retourner sur la scène de crime. Enfin, pas loin. Il ne l'arrêta pas.

Il se contenta d'un :

– À bientôt, Boston. Ou sinon, je partirai du principe que tu es en taule.

Audrey soupira.

– Merci pour tes encouragements. J'apprécie.

– Hé, dit-il alors qu'elle sortait, les mains dans les poches de sa veste, tête baissée.

Rentrer chez elle, dans la réalité, à l'endroit où un homme venait juste de perdre la vie.

Elle leva les yeux.

Il lui fit signe d'avancer.

– Donne-moi ton téléphone.

Elle le lui tendit sans poser de question. Il s'en empara et commença à pianoter sur l'écran. Ce n'est qu'au bout de quelques secondes de son manège qu'elle se posa la question de savoir ce qu'il faisait.

– Qu'est-ce que tu... ?

– Je te donne mon numéro.

– Comme ça tu pourras être mon seul appel quand je croupirai en prison ?

Il lui rendit l'appareil.

– Non. Juste au cas où tu aurais besoin de moi. Pour quoi que ce soit.

Eh bien... c'était plutôt gentil.

– Tu ne l'as pas tué, n'est-ce pas ? Alors de quoi tu t'inquiètes ? Tu vas t'en sortir.

Elle hocha la tête et laissa échapper le soupir qu'elle retenait. Si seulement elle pouvait se sentir aussi confiante.

Sur le trajet du retour cependant, elle eut l'impression que tout le monde la fixait. Avant, elle se sentait étrangère. À présent, criminelle.

Elle ne pouvait pas rester assise sans rien faire, attendre qu'ils l'innocentent, si elle ne voulait pas passer le restant de ses jours dans cette prison italienne. Elle devait faire en sorte de laver son honneur.

CHAPITRE VINGT

Audrey tenta d'ignorer le ruban jaune de scène de crime de l'autre côté de la rue alors qu'elle remontait vers sa maison. Une voiture de police était garée dehors, mais il n'y avait personne d'autre dans la rue pour la regarder d'un sale œil, ou la traiter d'*assassina*.

Elle n'arrivait pas à se défaire de l'impression d'être suivie.

Après quelques mètres, elle s'arrêta et resta sur place, figée, quand elle entendit quelqu'un marcher dans la rue pavée.

Elle se retourna rapidement, et jeta un œil. Rien.

Elle soupira. Grâce à son amicale voisine, elle était devenue parano.

Sincèrement, Nessa était un sacré numéro. Elle avait dorénavant abandonné tout espoir qu'elles deviennent le genre de voisines à échanger ragots et bonnes recettes sur le pas de leur porte. Plus vite Nessa céderait sa maison à de véritables voisins, des voisins *attentionnés* qui ne l'accuseraient pas de crimes qu'elle n'avait pas commis, mieux ce serait.

Le bruit reprit. Elle était désormais *certaine* que quelqu'un la suivait. Elle en eut la chair de poule.

Elle inspira profondément et pivota rapidement, apercevant une tache rousse du coin de l'œil qui fonça derrière une plante en pot sur le perron d'un voisin.

Nick.

– Sors de là, dit-elle en croisant les bras. Comme s'il la comprenait parfaitement, il sortit la tête de derrière le pot, et avança prudemment vers elle. Elle claqua la langue. – Mais je ne t'avais pas enfermé dans la maison ? Comment es-tu sorti ?

Il se glissa entre ses jambes pour toute réponse, enroula sa queue touffue autour de son mollet, tel un chat quémandant des caresses. Audrey inspecta la rue. La dernière chose dont elle avait besoin, c'est que la police la surprenne à abriter un animal sauvage. Puis elle le prit dans ses bras, et le ramena rapidement jusqu'à sa porte d'entrée.

Un sentiment de malaise envahit Audrey quand elle rentra dans sa petite maison, libéra Nick pour qu'il gambade dans la cuisine, et regarda autour d'elle. Certes, ce n'était pas grand-chose. Mais c'était tout de même mieux que la prison.

Elle n'était pas d'humeur à s'attaquer à la prochaine tâche sur sa liste de rénovation. Au lieu de cela, son esprit ne cessait de revenir à Ernesto. Qui pouvait avoir fait une chose pareille ? Avait-il des ennemis ? Sûrement. Ce n'était pas gentil de mal parler des morts, mais ce type s'était comporté comme une véritable ordure avec elle. Il avait sûrement des *tas* d'ennemis. Il avait peut-être été impliqué dans des affaires louches. Ou peut-être était-il mal vu de quelqu'un.

Elle repensa à cet incident quelques jours auparavant, quand elle avait surpris l'un des ouvriers en train de lui crier dessus, avant de lui faire un doigt d'honneur.

Bien sûr !

Elle s'empara de sa bouilloire et la posa sur le brûleur. Quand elle siffla, elle se versa une tasse de thé, prit son bloc-notes dans son sac à main, et s'assit, en pleine réflexion.

Le fait que ni Nessa ni elle n'avaient vu qui que ce soit d'autre ne voulait rien dire. Le tueur pouvait être entré dans le jardin et avoir poussé Ernesto en l'espace de quelques secondes à peine. Quiconque avait tué Ernesto s'attendait sûrement à ce qu'il soit là-bas seul. Il ne savait probablement pas que Nessa avait emménagé. Ou peut-être savait-il qu'elle faisait son jogging de bon matin, et qu'elle serait absente.

Et un meurtre pareil pouvait aussi ne pas avoir été prémédité. Ernesto et le tueur, quel qu'il soit, pouvaient s'être disputés et battus, ou c'était peut-être tout simplement un accident. Il était tombé, et la personne avec qui il était avait pris peur et s'était enfuie.

Mais Audrey ou Nessa auraient entendu quelque chose s'ils s'étaient disputés ? Elle l'aurait entendu crier ? De plus, Audrey était attentive et surprise de ne pas entendre de bruit provenir de l'endroit en question. Sa maison était une vraie passoire, alors le moindre petit bruit parvenait jusqu'à ses fenêtres.

Audrey était donc persuadée que, quoi qu'il se soit passé, ce n'était pas une dispute normale, comme celle qu'ils avaient eue, et qui avait attiré l'attention des gens. Peut-être que tout était allé très vite, et que le véritable tueur était chez lui à présent, se sentant de plus en plus coupable chaque seconde. Ce n'était peut-être qu'une question de temps avant qu'il ne se rende.

Mais ça n'aidait pas Audrey à se sentir mieux. Elle termina son thé et griffonna quelques notes supplémentaires.

Elle inscrivit le mot OUVRIERS sur le bloc, et l'entoura en gras. Elle devrait aller les interroger l'un après l'autre pour réduire la liste des suspects. Comme un véritable Sherlock.

À ce moment précis, quelqu'un frappa à sa porte.

Elle repoussa Nick dans la salle de bains, et alla ouvrir la porte, devant laquelle se tenait un officier de police, ressemblant à s'y méprendre à un balai à franges : une touffe de cheveux bruns sur un grand corps maigre. A peine sorti de l'adolescence, vu ses joues acnéiques.

– Signorina Smart ?

Elle ouvrit un peu plus grand la porte, mais pas trop.

– Oui ?

Il se mit à parler en italien, et elle leva les mains.

– Attendez. Je suis désolée. Je débute en italien. Je ne comprends pas.

Il lui adressa un grand sourire, affichant deux rangées de dents blanches parfaitement alignées, qui contrastaient avec sa peau bronzée.

– Ah, *scusi. Il pointa du doigt la brillante plaque dorée à son nom sur sa large poitrine.* Je suis l'Officier Ricci. L'inspecteur DiNardo ? Il veut moi venir. Pour voir… pour vous surveiller. De temps en temps. *Si ?*

Audrey lui sourit, parce qu'il donnait vraiment l'impression de vouloir épater son patron. Cela ne devait pas faire plus d'un an qu'il était dans la police. Pendant un moment, elle se demanda si elle ne devrait pas l'inviter à venir prendre un thé, mais se souvint de l'existence de Nick.

– Oh, c'est très gentil à lui, mais vous n'avez vraiment pas besoin de…

Elle s'interrompit. Il n'était pas ici pour vérifier qu'elle allait bien, pour s'assurer que son cœur battait toujours après le choc d'avoir vu un cadavre. Il était là pour s'assurer qu'elle n'avait pas quitté le pays. La ville.

Parce qu'elle était leur suspecte principale, cela ne faisait aucun doute.

Son sourire s'évanouit.

– Je ne bouge pas, marmonna-t-elle. Merci.

Elle claqua la porte et s'y jeta de tout son poids. Nick sortit et gémit près d'elle, tandis qu'elle contemplait le plafond taché d'humidité qui avait terriblement besoin d'un bon coup de peinture. Coup de peinture qui devrait attendre, surtout avec la police à sa porte.

Si elle voulait continuer les rénovations de sa maison, elle devrait de toute évidence d'abord prouver son innocence.

Et elle savait exactement par où commencer.

CHAPITRE VINGT-ET-UN

Le matin suivant, enthousiaste à l'idée de commencer son enquête, elle sortit en trombe de la maison à la seconde où elle entendit la scie électrique. Audrey se dit qu'elle avait de la chance que des ouvriers se soient montrés, surtout que la police avait pris un moratoire sur les travaux de rénovation autour de la scène de crime.

Armée de son bloc-notes, elle fila vers la porte, sous le regard de Nick, plein d'espoir, qui l'observait depuis le vestibule.

Elle leva un doigt.

– Une seconde ! Reste ici. Je te promets de te ramener un petit déjeuner en un rien de temps.

Elle entrouvrit la porte, et se glissa dehors, et faillit s'écraser le nez sur la poitrine de l'officier de la veille. Avec sa plaque nominative plantée juste devant ses yeux, elle était certaine de retenir son nom.

– Officier Ricci, bonjour, marmonna-t-elle. Vous êtes bien matinal.

Ou alors il avait passé la nuit sous sa fenêtre ? C'était même fort probable, à en juger par son regard morose. Il aplatit un épi, et s'écarta.

– *Signorina. Buongiorno.*

Elle regarda vers la maison de Nessa, où la scie œuvrait toujours quelque part à l'intérieur. Mais aucun véhicule aux alentours ne semblait appartenir à l'un des ouvriers. Elle regarda l'officier.

– Je croyais que vous aviez ordonné qu'il n'y ait plus de rénovations dans cette maison jusqu'à la fin de l'enquête ?

Il détourna le regard vers la maison. Puis s'éclaircit la gorge, hésitant.

– *Si. Il leva sa radio et la montra d'un geste.* Je devrais voir…

Audrey avait fait un pas en direction de Piazza Due, mais s'interrompit quand la voix caractéristique de Nessa s'éleva par-dessus le boucan.

– Par tous les saints ! Comment est-ce qu'on éteint ce truc ?

La porte s'ouvrit à la volée, et Nessa apparut dans sa tenue de jogging, encore plus rouge que la veille. Elle plissa les yeux en direction d'Audrey, puis ouvrit la bouche, sur le point de cracher son venin, quand elle aperçut le jeune officier.

Son expression s'adoucit.

– Officier, dit-elle de sa voix la plus mielleuse, à la recherche de son nom. Ricci ?

Elle entreprit de lui dire quelque chose en italien qui le fit déglutir à de nombreuses reprises, à tel point qu'on eut dit un yo-yo. Il hocha la tête et la suivit comme un chiot en laisse.

– *Si. Nessun problema.*

Il franchit la porte d'entrée de sa maison derrière elle. Audrey les suivit aussi, simplement parce qu'elle était curieuse de voir le résultat de ce travail de rénovation massif, mais Nessa l'en empêcha.

– Désolée. Je ne tiens pas à faire entrer une meurtrière chez moi. Tu as conscience de l'impact de ce que tu as fait sur la valeur de revente ? S'ils découvrent qu'il y a eu un meurtre ici, je parie que je ne pourrais jamais vendre cette maison. Même si c'est une rénovation Nessa Goodroe. Je devrai *m'asseoir* dessus.

Audrey serra les dents pour s'empêcher de dire quelle chose qu'elle risquerait de regretter. Et répondit calmement:

– Je n'ai tué p…

À cet instant, le vacarme de la scie cessa. Nessa tapa des mains.

– Oh, vous avez réussi ! Vous êtes un ange. Je n'arrivais pas à distinguer les différentes prises. Cette barrette compte douze éléments au bas mot.

Pendant que Nessa avait le dos tourné, Audrey jeta un œil à l'intérieur. L'endroit était décoré de tonalités pastel et d'osier. Même avec des bâches plastiques au sol, l'ensemble ressemblait plus à l'appartement des Craquantes qu'à une bicoque en ruine du dix-neuvième siècle.

Audrey détourna rapidement le regard quand Nessa se tourna vers elle. Cette dernière retroussa la lèvre supérieure dans un grognement de dégoût, et la chassa d'un mouvement de main, comme un insecte. *Dégage, paysanne !*

L'officier Ricci apparut, s'inclinant modestement devant elle, les joues rouges. Même si Audrey ne comprenait pas un traître mot de ce qu'il disait, d'une certaine manière, elle savait qu'il bredouillait. Il sortit de la maison au moment où un camion de chantier avec une échelle à l'arrière s'arrêtait.

Nessa gémit.

– Oh, génial. J'ai appelé l'entreprise de bâtiment pour leur demander de passer et réparer ce maudit truc juste avant que l'Officier Ricci n'intervienne.

Elle se servit de la même main pour chasser le camion aussi, et cria :

– Je n'ai plus besoin de vous. Passez votre chemin !

L'homme au volant ne l'écouta pas. Il coupa le moteur et sortit. C'était un petit homme frêle, avec des cheveux noirs hirsutes, et une moustache broussailleuse. Audrey avait l'impression de l'avoir déjà vu, sur le chantier, quelques jours auparavant, mais elle était quasi sûre que ce n'était pas le type avec qui Ernesto s'était disputé. Le type en question était plus grand, presque aussi costaud que M. Muscle.

Une chose dont Audrey était sûre ? Jamais ce petit homme n'aurait été capable de pousser un costaud comme Ernesto vers sa mort.

Nessa posa les poings sur les hanches alors qu'il pointait la porte du doigt et lui disait quelque chose en italien.

– Maintenant ?

Elle secoua la tête et dit à Audrey :

– Il doit reprendre des outils pour un autre chantier. Un autre chantier, tu y crois ? Alors que ma rénovation est à l'arrêt, grâce à toi.

L'ouvrier de construction entra pour rassembler ses outils.

Nessa se renfrogna.

– Génial. Je viens de passer la nuit à tout javelliser pour me débarrasser l'odeur des siciliens en sueur. On dirait que je vais devoir recommencer. *Elle entra, et regarda l'officier. Sa voix se fit mielleuse.* Pourrais-je vous proposer une tasse d'expresso, Officier Ricci ?

– *Grazie, si,* répondit-il avant de la suivre à l'intérieur.

Eh bien, elle était plutôt douée pour caresser la police locale dans le sens du poil. À présent, ils pensaient tous que Nessa était une sainte, et que la fille de l'autre côté de la rue était un démon. Elle soupira quand l'ouvrier sortit, une échelle sous le bras, et un établi replié sous l'autre.

Alors qu'il commençait à les déposer à l'arrière du camion, marmonnant quelque chose dans sa barbe, Audrey s'approcha de lui.

– Excusez-moi. Monsieur ? Je m'appelle Audrey, et je vis de l'autre côté de la rue. Est-ce que vous parlez anglais ?

Il hocha la tête avec méfiance.

– Pensez-vous que je pourrais vous poser quelques…

Il reculait déjà, l'air d'avoir vu un fantôme.

– Oh, non. Non non non. Plus d'Américaines. J'en ai eu assez, avec cette *diavola* ici. Terminé.

Au moins, *quelqu'un d'autre* voyait clair dans le jeu de Nessa.

– Je suis désolée. Je comprends. Mais je cherche juste à comprendre ce qui est arrivé au contremaître de ce chantier. Sa disparition me désole.

Les yeux de l'homme s'embuèrent.

– Ernesto. *Il baissa la tête.* Oui. C'était vraiment un homme bien.

– Oh, alors vous étiez amis ?

Il acquiesça.

– Les meilleurs amis. Nous avons grandi ensemble. Nous avons passé du bon temps. *Il s'agrippa la poitrine.* J'ai dû annoncer à la pauvre Mariana qu'il était mort.

Audrey haussa un sourcil, surprise. Alors il y avait vraiment des gens qui appréciaient M. Muscle ? Intéressant.

– Il avait une femme ?

– Ex-femme. Oh, cela remonte à dix ans. Elle habite Chaos.

– Pardon ?

– *Scusi. Cavusu.* Chaos. Près d'Agrigento. Sur la côte.

Il avait l'air dévasté, il n'était plus que l'ombre de l'homme qui avait transporté ces équipements lourds à l'extérieur. Audrey ne lui laissa pas l'occasion d'éclater en sanglots ici, dans la rue. Elle tira sur sa manche.

– Hé. Entrez. Je suis juste là. Je vais vous faire du thé. Moi c'est Audrey .

– Berto.

Il la laissa l'entraîner de l'autre côté de la rue, jusqu'à chez elle. Quand ils furent à l'intérieur, il s'assit sur l'une des chaises en plastique, tandis qu'elle préparait le thé. Nick arriva et renifla ses bottillons de chantier.

– Oh, qui est-ce ? demanda-t-il.

Audrey se mordit la langue, espérant que ne serait pas lui aussi un abruti qui menacerait de la dénoncer, comme Ernesto l'avait fait.

– C'est Nick. Il était blessé dans le jardin de quelqu'un. Je suis v…

– Ooh, dit-il alors que Nick lui léchait la main. Qu'est-ce qu'il est mignon.

Audrey se détendit.

– Oui. Je le soigne, après je le laisserai…

– Comment s'appelle-t-il ?

Elle hésita.

–Nick.

– Ah.

L'animal sauta sur les genoux de l'homme, et il éclata de rire, tant il fut surpris. Nick s'installa confortablement alors que l'homme le caressait, roulant sur le flanc, ronronnant comme un chaton.

– Très mignon.

Audrey apporta les tasses de thé.

– Donc… au sujet d'Ernesto. Je suis certaine qu'apprendre sa mort a été un grand choc ?

Il acquiesça. À la seconde où il se désintéressa de Nick pour verser du lait dans son thé, Nick sauta au bas de ses genoux, et fila vers le petit tas de chiffons qu'Audrey lui avait installé dans un coin.

– Oui. C'était très choquant.

– Vous savez que la police pense à un meurtre.

Il porta la tasse à ses lèvres mais ne dit rien.

– Cela ne fait que quelques semaines que je vis ici, mais ça m'a tout l'air d'un endroit charmant. Qui aurait bien pu faire une chose pareille, à votre avis ?

Il secoua la tête.

– Personne.

– Vous croyez qu'il avait des ennemis ? Comme quelqu'un de son équipe ?

– Ernesto ? Non.

Audrey s'assit près de lui, et se versa du lait. Elle espérait qu'il mentionnerait le type qu'elle avait vu se battre avec Ernesto un peu plus tôt.

– Vous en êtes sûr ? Parce qu'il y a quelques jours, je pensais que lui et quelqu'un de son équipe s'étaient disputés. Le type semblait vraiment en colère. Il a un bonnet ? Une barbe ? Il portait un t-shirt avec un genre de chemise en flanelle par-dessus ?

Berto éclata de rire.

– Vous voulez parler de Peppe ? *Audrey haussa les épaules.* Non. Ils sont cousins. C'est ce que j'aime dans cette équipe. J'ai grandi avec la plupart d'entre eux.

– Mais il y a quelques jours, je suis pratiquement certaine d'avoir entendu…

– Non. Je vois de quelle dispute vous voulez parler. La femme de Peppe, Carmen, lui fait des *sfogliatelle* pour lui faire plaisir au déjeuner. Ernesto adore les lui piquer, et les manger avant que Peppe ne puisse mettre la main dessus. C'est une blague entre eux. On se chamaille comme chien et chat, mais à la fin de la journée, tout va bien entre nous. Un meurtre ? Impossible. Pas avec ces gens-là.

124

Cela ne l'aidait pas. Au lieu d'avoir une liste de personnes qui pouvaient avoir assassiné Ernesto, elle avait à présent une liste de personnes qui ne *pouvaient pas* l'avoir tué.

– Vous en êtes sûr ? Je veux dire, les humains nous surprendront toujours. Et je ne crois pas que la police pense que c'était prémédité. Peut-être qu'il s'est disputé, sur un coup de tête, et…

– Non. En plus, quand c'est arrivé, la plus grosse partie de l'équipe était au sud de la ville, avec moi. On préparait notre nouveau chantier.

– Oh.

Ses yeux se posèrent sur le carnet sur la table, où elle avait entouré deux fois le mot ÉQUIPIERS. Sur ce papier ne figurait aucune autre possibilité, parce que, bêtement, elle avait pensé qu'à coup sûr cette manière de penser la mènerait quelque part. Soudain, quelque chose lui vint à l'esprit.

– Si tout le monde était en train d'installer le nouveau chantier, pourquoi Ernesto n'était-il pas là ?

– Ernesto est retourné à la maison de l'Américaine parce que… *Il s'interrompit. Et fronça ses sourcils broussailleux.* Quand j'y pense, je ne sais pas pourquoi. Il avait prévu de nous retrouver tous sur le nouveau chantier. Il a dû vouloir vérifier quelque chose. Nous venions tout juste de faire le plâtre sur les murs. Peut-être qu'il voulait s'assurer que tout allait bien.

– Une habitude peut-être ?

Berto haussa une épaule.

– Ouais. Bien sûr. *Il scruta attentivement Audrey.* Mais… vous n'êtes pas de la police. Pourquoi vous vous intéressez autant à Ernesto ?

– Oh… Je suis juste une détective amateur, je crois. Et j'ai trouvé le corps, alors j'ai l'impression que je ne serai pas tranquille tant que je ne saurais pas ce qui lui est arrivé. Je suis sûre que vous aussi, étant donné que tout le monde l'appréciait en ville.

– Ah. Eh bien. *Il s'écarta de la table.* Merci pour le thé. Mais il faut que je retourne sur le nouveau chantier. C'est *moi* le contremaître, à présent.

Audrey ne prit pas la peine de se lever. Elle se demandait toujours dans quelle direction aller maintenant. Elle avait l'impression d'être dans une impasse.

Berto se dirigea vers la porte, et hésita avant de l'ouvrir. Puis il se tourna vers elle.

– Ernesto n'était pas apprécié de tout le monde.

Audrey tendit l'oreille.

– Ah bon ?

– Non. Lui et son entreprise, Fabri Fratelli, commençaient à se faire une réputation en ville. Il avait l'habitude de gonfler le coût des matériaux, et de surfacturer les gens qu'il n'aimait pas. Et ceux qu'il appréciait aussi. À plusieurs reprises, des gens ont dénoncé ses pratiques, mais il a étouffé l'affaire. Nous avons tenté de le persuader d'arrêter, de lui dire qu'il tentait le diable et qu'un jour il aurait des ennuis. *Il fronça les sourcils.* Quand nous avons appris la nouvelle, je crois bien que nous avons tous pensé ce que c'était ce qui s'était passé.

Audrey ouvrit la bouche, avant même de pouvoir mettre dans l'ordre dans la multitude de questions qui se formait dans sa tête. Là, ça devenait vraiment intéressant.

– Euh… Vraiment ? Donc vous pensez qu'il a pu avoir une altercation avec un ancien client ?

Il haussa les épaules.

– C'est possible.

Elle s'avança jusqu'au bord de son siège et attrapa son bloc.

– Seriez-vous en mesure de me donner les noms des clients pour qui vous avez travaillé, durant les derniers mois ?

– Eh bien, voyons voir. Il y avait la vieille madame Bianco, et le nouvel entrepôt que nous avons construit près de l'église, et…

Audrey griffonna les noms aussi vite qu'il les énonçait, même si aucun de ces projets n'avait de signification à ses yeux. Ce n'est qu'au moment où il mentionna La Mela Verde qu'elle tendit l'oreille plus attentivement.

– La Mela Verde ? Vous voulez parler de ce petit café au coin de la rue ?

Il acquiesça.

– Le propriétaire voulait abattre un mur, et agrandir la salle de restaurant. Il s'attendait à faire son beurre avec tous les nouveaux étrangers qui arrivaient en ville. Je sais qu'Ernesto et le propriétaire se sont battus le dernier jour du projet.

– Le propriétaire… vous parlez de G ? demanda-t-elle, se rappelant de l'homme au sourire contagieux qui lui avait proposé de l'emmener se balader.

Elle était passée le voir hier, mais il n'était pas là.

Il haussa les épaules.

– Je n'y ai pas vraiment pensé. Cela ressemblait à tous les chantiers que nous avons faits ces derniers temps, quelqu'un n'était pas content à la fin. Mais c'était une bagarre plutôt vilaine. D'après ce que j'ai entendu, le propriétaire refusait de payer. Je ne suis pas sûr qu'il ait fini par le faire. *Il lui adressa un signe de la main.* Prenez soin de vous, Audrey. Merci pour le thé.

Audrey lui sourit à son tour et le regarda partir. Elle se mit à songer à G. Il avait un sourire contagieux, une personnalité avenante, et n'avait pas l'air du genre à se mettre en colère à tout bout de champ. Et encore une fois, il lui avait proposé de sortir. Étant donné les autres types qui lui avaient montré de l'intérêt, il pouvait tout aussi bien être un meurtrier.

Mais au moins, elle avait une piste. Elle griffonna son nom sur le bloc, et plissa le front. G était un type sympa. Du moins, il l'avait été, avec elle. Mais peut-être qu'il était capable de plus que de faire une *ciambotta* fabuleuse.

CHAPITRE VINGT-DEUX

À présent qu'elle avait une piste, Audrey ne voulait pas perdre de temps, et fila à La Mela Verde. Elle enferma Nick dans la maison avant de partir, et lui lança un « Sois un bon garçon », comme si c'était vraiment son animal de compagnie.

La pluie menaçait de tomber, et le tonnerre grondait au loin alors qu'elle descendait la rue. Une fois encore, elle eut l'impression que les gens dans la rue changeaient de trottoir pour éviter d'avoir à lui parler. Ce devait être son imagination, car elle n'était pas certaine d'avoir déjà croisé la plupart de ces personnes. À moins que les rumeurs ne se répandent vraiment très vite ?

Un vent étonnamment frais soufflait, se faufilant le long de sa colonne, agitant les franges de l'auvent et des parasols du café, soulevant les feuilles des oliviers de la rue. Audrey releva le col de sa veste sur son cou alors qu'elle passait devant les tables vides du café. Bien qu'il soit presque l'heure du déjeuner, personne n'oserait manger dehors avec la tempête qui s'annonçait. Alors qu'elle zigzaguait entre les tables, le vent renversa une chaise et secoua la vitre des devantures.

Elle entra au moment où les premières grosses gouttes de pluie commençaient à tomber.

G, qui était en train de parler à un homme mince vêtu d'un jean sombre et d'une veste de pluie orange-cône-de-chantier au bout du bar, la salua chaleureusement.

– Et revoilà *mi piccola Americana!* cria-t-il depuis l'arrière du comptoir, sa voix portant par-dessus le brouhaha de la salle de restaurant.

C'était une bonne chose qu'elle ait été rénovée et agrandie récemment, parce qu'une fois de plus, toutes les tables étaient prises. Elle se dirigea vers le comptoir et s'assit sur un tabouret de bar.

– Salut, G.

– Salut, toi-même. Tu viens aujourd'hui pour une nouvelle tournée de ma *ciambotta,* n'est-ce pas ?

Ce n'était pas ce qu'elle avait prévu, mais elle eut l'eau à la bouche quand il en parla. Cela faisait un moment qu'elle n'avait pas fait de courses, et la seule nourriture qui l'attendait chez elle, c'était un peu de pain italien rassis, et de l'huile d'olive. Elle acquiesça.

– Bien sûr.

– J'arrive tout de suite, pour ma cliente préférée. *Il fit un geste en direction du jeune homme à la parka orange.* Discute avec Liam, que voici. C'est un étranger, comme toi.

Avachi au-dessus de son café comme un homme au bar après une dure journée de labeur, Liam l'observa prudemment de derrière une paire de lunettes de hipster à la monture noire, presque aussi sombres que les cernes autour de ses yeux. Il semblait ne pas s'être rasé, et ne pas avoir dormi, depuis des semaines. Il ne lui tendit pas la main, mais la salua brièvement.

– De Londres, marmonna-t-il avec un accent anglais.

– Ravie de vous rencontrer. Est-ce que vous avez acheté une maison à un euro, vous aussi ?

Il grimaça, comme s'il préférait qu'on ne le lui rappelle pas. Maison, c'est un bien grand mot. Ça ressemble plus à un merdier.

Aussi désolée qu'elle soit d'être dans la même galère, elle était ravie de savoir que toutes les rénovations ne se passaient pas aussi bien que celles de Mason et Nessa.

– Qu'est-ce qui ne va pas ?

– Qu'est-ce qui va, plutôt ? Ce truc est une foutue épave, voilà ce qui ne va pas, grogna-t-il, sur un tel ton qu'Audrey regretta d'avoir posé la question. Je suis arrivé il y a quinze jours. Je pensais que je pourrais attaquer les rénovations avant que mon petit ami n'arrive, mais je ne fais que bâcler les choses. C'est en train de me rendre timbré. Hier, je suis monté sur le toit pour réparer un bardeau, et je suis passé à travers ce maudit truc. Il était pourri, il y a des termites, ça va coûter une fortune pour le réparer. Je crois que j'ai fait une mauvaise affaire.

Audrey écarquilla les yeux en regardant G virevolter devant les soupières, semblant tout à fait dans son élément alors qu'il s'emparait sens effort d'un bol pour y verser la soupe.

– Je suis tellement désolée. Est-ce que vous êtes entrepreneur ?

Il secoua la tête.

– Cal, mon petit ami, l'est, mais il y est en train de terminer un chantier. Je l'ai appelé pour lui dire que je veux laisser tomber. Je lui ai dit que ça n'en valait pas la peine.

Audrey se tapota la poitrine, compatissante.

– Je suis tellement désolée. Mais vous n'allez pas abandonner comme ça ? Si facilement ?

– Facilement ? *Il ricana et repoussa sa tasse de café.* Aucune foutue étape ne s'est déroulée facilement.

G glissa gracieusement la *ciambotta* sous son nez avec l'énorme morceau de pain italien croustillant habituel.

– Mais tout ce qui vaut le coup est difficile ! Tu n'abandonnes pas ! N'est-ce pas, Audrey ? Tu continues. Ça fait partie du jeu de la vie.

On pouvait compter sur G pour débarquer avec sa chorégraphie de pompom girl. Audrey répondit « C'est vrai », et baissa la tête pour humer l'assiette. L'odeur du ragoût faisait encore plus saliver Audrey.

– Mmmh.

Il éclata de rire.

– C'est bon, hein, un jour comme celui-là ?

Audrey tourna les yeux vers la devanture, où les gouttes de pluie frappaient maintenant la vitrine, créant un brouillard gris sombre à l'extérieur. Elle frissonna en prenant sa cuillère.

– On dirait que je suis arrivée juste à temps.

Liam jeta quelques dollars sur le comptoir et grommela « On dirait que j'ai terminé juste au mauvais moment », enfila sa capuche, et sortit.

Audrey le regarda partir, tête baissée, comme s'il portait le poids du monde sur ses épaules. En parlant de Johnny Raincloud[8]. Mais elle se sentait mal pour ce type. Elle savait exactement ce qu'il traversait. En fait elle pourrait très bien *être* lui, d'ici quelques jours.

Comme s'il suivait le fil de ses pensées, G lui dit :

– Comment se passent tes rénovations, petite américaine ?

Audrey détestait devoir admettre qu'elle n'avait même pas songé à ses rénovations depuis la mort du pauvre Ernesto.

– Pour être honnête, un peu lentement. J'ai rencontré un petit obstacle. Il faut que je m'y remette.

Il lui jeta un regard perplexe.

– Est-ce que ce petit obstacle a quelque chose à voir avec le meurtre dont tu es accusée ?

Audrey était en train de souffler sur une cuillère pleine du ragoût fumant, mais elle la laissa retomber dans le bol. Il n'avait pas vraiment dit ce qu'elle pensait qu'il avait dit, si ?

– Euh, quoi ?

Il lui fit un large sourire.

– Oh, tu crois que je ne suis pas au courant ? Les nouvelles vont vite par ici.

---

[8] Jeu de mots : « raincloud » signifie « nuage de pluie ». Référence au chanteur américain du même nom.

Elle plongea le regard dans son bol, ayant soudain perdu l'appétit.

– Qu'as-tu entendu, exactement ?

– Ernesto Fabri s'est finalement fait rattraper, dit-il avec un tel enthousiasme qu'il était évident que ce n'était pas une grosse perte pour lui. Quelqu'un s'est débarrassé de la grosse araignée. C'est ce qu'il est, à tisser sa toile… Mais j'ai du mal à comprendre pourquoi ils penseraient que c'était toi ? Pour quelle raison ? Juste parce que tu vis là où le corps a été retrouvé ?

Elle poussa un gros soupir.

– C'est plus que ça. J'ai trouvé le corps, et j'ai fait l'erreur de ramasser son bottillon. *Elle grimaça en y repensant.* Laisse tomber.

– Une petite chose comme toi, contre une masse comme ça ? Jamais.

Il marquait un point.

– Malheureusement, ce n'est pas comme ça que la police voit les choses. Je pense qu'ils croient que ce pourrait être moi parce que je me suis disputée avec lui la veille.

Il éclata de rire.

– C'est tout ? Si c'est tout ce qu'ils ont, alors il aurait pu tout aussi bien être assassiné par la moitié de la ville. Mussomeli est assez petite. Et les gens du coin se connaissent tous.

Elle fit par avaler une gorgée du ragoût. C'était chaud et délicieux, le liquide lui tapissa le ventre ; elle se sentit tout de suite mieux.

– J'ai entendu dire que son entreprise de bâtiment avait fait un chantier pour toi, et que tu n'étais pas content ?

Il hocha la tête et pointa vers la salle de restaurant.

– J'ai hérité au décès de ma mère, alors j'ai investi l'argent dans mon affaire. Les gens de chez Fabri Fratelli Construction ont agrandi la salle. Elle était trop petite. Mais ils ont rogné sur les coûts, ont utilisé des matériaux de mauvaise qualité, et le chantier a duré le double de ce qui était prévu. Et c'était bâclé. Aucune fierté dans le travail.

Audrey se souvient de la tonne de déchets et de bric-à-brac qu'ils avaient entassés devant sa porte.

– Je comprends. Ça n'a pas l'air terrible.

– Effectivement, ça ne l'était pas. Et ensuite il m'a dit qu'il avait eu des dépenses imprévues, et qu'il voulait me facturer le double de l'estimation. Je lui ai dit d'aller en enfer. Et je l'ai chassé de chez moi. *Il rit à ce souvenir.* Je pourrais être suspect aussi, non ? Avec tout le monde. Je te parie qu'il a escroqué la moitié des gens de cette ville. *Bastardo.*

– Vraiment ?

Tous ces ennemis potentiels. Et le problème dans l'histoire, c'était qu'*elle* avait fini par devenir la principale suspecte de la police.

– *Si.* Ce n'est pas un homme bien. Il est aussi bien là où il est.

– Ne te fais pas surprendre par la police à dire ce genre de choses. Tu finiras sur la liste des suspects avec moi. Et je ne faisais que tenir un bottillon.

Il haussa les épaules.

– Alors soit. Qu'ils viennent me chercher. Je n'ai pas peur d'eux.

Quelque chose vint à l'esprit d'Audrey à ce moment.

– Attends. Tu es en train de me dire que la police ne t'a pas encore interrogé ?

– Non. Mais je suis prêt, s'ils veulent. *Il fléchit les muscles, qui tressautèrent sous son t-shirt trop serré. Elle en voyait la courbe, même sous son tablier blanc.* Je leur dirais juste ce qu'ils ont besoin de savoir.

– Tu t'es battu avec lui ? Tu ne l'as jamais payé pour son travail ?

– Non, effectivement. Et je n'en avais pas l'intention non plus. Il n'arrêtait pas de revenir pour me menacer. *Il planta son poing sur le comptoir.* C'était un mauvais. Pas étonnant qu'il soit mort.

Elle pinça les lèvres, songeuse.

– Je ne saisis pas. Je veux dire, tu es le suspect idéal. Tu t'es battu avec lui *et* tu es assez costaud pour l'avoir poussé du haut de la falaise.

Il baissa la voix.

– Je suis sûre qu'on est nombreux dans ce cas.

– Pourquoi ne sont-ils pas au moins venus te poser des questions ? À mes yeux, c'est du très mauvais travail d'enquête.

– Peut-être qu'ils passent en revue toute la liste.

– Ou peut-être qu'ils étaient trop occupés à traîner autour de chez moi en pensant que *je* l'ai fait, marmonna-t-elle d'un ton amer. Ce qui est totalement injuste, étant donné qu'il y a de *véritables* suspects dans les environs.

Son sourire s'évanouit. Il la regarda, et sa voix prit un ton sérieux qui ne lui était pas habituel.

– C'est quoi ça ? Tu crois que c'est moi qui l'ai fait, Audrey ?

– Oh ! Non ! s'exclama-t-elle, faisant machine arrière. Bien sûr que non. C'est juste que j'aurais pensé qu'ils t'auraient interrogé en premier. De toute évidence, tu as pas mal d'informations qui pourraient leur être utiles.

Quelque chose dans son attitude lui disait qu'il ne la croyait pas. Il s'écarta du comptoir et alla remplir la tasse de café d'un autre client, et après ça, il ne revint pas lui parler, même au moment où elle s'apprêtait à payer. *Génial. À présent, non seulement la plupart des gens dans cette ville pensent que tu es une meurtrière, mais tu viens de te mettre à dos le seul ami que tu avais ici. Bien joué, Audrey.*

Elle avait prévu de rester à l'intérieur et d'engloutir un deuxième, et un troisième bol de *ciambotta*, jusqu'à ce que la pluie cesse, mais au bout d'un moment, en pivotant sur son tabouret, elle réalisa que tous les yeux des clients semblaient rivés sur elle.

À la regarder. La juger.

Ce n'était que son imagination, une fois de plus. Ou peut-être pas…

Quoi qu'il en soit, la solitude de sa petite maison lui manquait. Jetant quelques euros sur le comptoir, elle glissa au bas du tabouret, et sortit sous la pluie battante.

Alors qu'elle marchait entre les flaques, elle songea à G. Est-ce que c'était elle, ou il s'était mis sur la défensive sans aucune raison ?

Elle n'était pas attentive, et finit par marcher dans une flaque qui engloutit et remplit totalement sa chaussure. Elle grimaça quand l'eau froide trempa sa chaussette.

Puis elle se figea, toutes ses terminaisons nerveuses en alerte, et tendit l'oreille. Elle aurait pu jurer avoir entendu quelque chose d'autre que le son de la pluie. Elle avait la nette impression, une fois encore, d'être suivie.

Elle pivota, les gouttes de pluie détrempant son visage lui brouillant la vue.

–Nick. Viens là, grommela-t-elle, sa voix résonnant dans la rue déserte.

Mais cette fois-ci, Nick ne se montra pas.

Elle inspecta la rue de haut en bas, essuyant la pluie de ses yeux, puis pivota de nouveau et se hâta de rentrer chez elle. Quand elle y parvint, la magie de la *ciambotta* s'était dissipée, et elle frissonnait de nouveau.

CHAPITRE VINGT-TROIS

Audrey inclina la tête en se mettant à quatre pattes dans la salle de bains. Elle la redressa. L'inclina de nouveau. Plissa les yeux.

C'était bizarre.

Même si elle avait mesuré avec précision, et qu'elle avait utilisé un niveau, elle ne pouvait se débarrasser de l'impression que les carreaux de son nouveau sol n'étaient pas de niveau. En fait, ils semblaient plonger vers le bas, tout comme son humeur.

Depuis qu'elle avait emménagé, elle avait eu hâte de connaître la sensation de beaux carreaux de travertin sous ses pieds. Contrairement à la grande majorité des tâches qui lui avaient donné des palpitations, c'en était une qu'elle avait pensé pouvoir gérer sans problèmes. En grandissant, elle avait aidé son père à poser du carrelage dans les dizaines de salles de bains et de cuisines des manoirs à plusieurs millions de dollars de Back Bay qu'il rénovait.

Elle sourit, songeant à la manière dont elle arborait fièrement sa ceinture à outils taille enfant, en le suivant partout. Elle se demanda une nouvelle fois s'il était là, quelque part, à carreler des salles de bains aussi. Si avoir sa fille comme petite assistante lui manquait. Il avait toujours tellement adoré son travail, et les maisons sur lesquelles il travaillait.

Bien sûr, elles avaient eu l'avantage d'être détruites jusqu'à la carcasse, et reconstruites de zéro, et elles avaient des angles parfaits, et des murs lisses.

Elle s'empara du niveau, et vérifia encore. Ses carreaux étaient parfaitement de niveau.

Ce qui signifiait que le pignon de la maison était sûrement en train de s'enfoncer. Ça ne sentait pas bon.

Accroupie, elle fouilla dans sa trousse à outils et en tira une vis, qu'elle posa sur le côté. Effectivement, elle roula jusque dans ce coin sombre de la salle de bains, derrière les toilettes.

Heureusement qu'elle avait appelé pour louer le coupe-carreaux à la quincaillerie, et qu'elle avait commandé un autre paquet de carrelage, et plus de joint. Elle allait sûrement avoir besoin de ce matériel supplémentaire, surtout qu'elle était presque sûre de commettre d'autres erreurs.

– Peu importe, dit-elle, lissant le joint pour attaquer le morceau suivant avec la truelle.

Alors qu'elle travaillait, Nick passa, essayant d'être discret, lui jetant un coup d'œil curieux au passage.

Son attention fut attirée par la fourrure de sa queue. Elle n'était pas touffue et rousse, comme d'habitude, mais feutrée, et grise. Elle le contempla.

– Qu'est-ce que tu… ?

Elle regarda autour d'elle et remarqua de petites empreintes grises partout sur le sol de la cuisine.

– Pouah. Non ! Tu as vraiment marché dedans ! gémit-elle en le prenant dans ses bras. *Elle l'amena au grand évier de porcelaine de la cuisine, et l'assit dedans.* Ne t'agite pas. Il faut que je te retire ça avant que ça durcisse, sinon je devrais le couper.

Il gémit et la griffa alors qu'elle ouvrait l'eau. Elle tenta de le nettoyer, mais il agitait ses membres, sa queue, et son corps, alternant rapidement entre complètement mou et totalement raide, faisant gicler de l'eau partout, continuant comme si elle était en train de le torturer.

– Calme-toi ! lui cria-t-elle alors qu'il lui donnait un coup au poignet. Aïe !

Elle recula et contempla les quatre lignes droites sur la peau pâle et tendre de l'intérieur de son poignet. Il en profita pour s'échapper, l'éclaboussant avec sa queue, sur le visage et la poitrine, avec une petite vague d'eau quand il sauta hors de l'évier, jusqu'au comptoir, et enfin au sol. Le sol autour de l'évier était trempé, et les vêtements d'Audrey n'auraient pas été plus humides si elle avait plongé dans le lac le plus proche.

– Pouah. Génial, dit-elle.

De l'eau lui coulait le long du nez alors qu'elle examinait son poignet. La blessure était peu profonde, mais malgré tout, le sang commençait à perler.

Elle allait chercher sa trousse de soins quand quelqu'un frappa doucement à la porte.

C'était sûrement Luca, de la quincaillerie.

– Entrez !

Il n'en fit rien.

Il ne pouvait sûrement pas l'entendre, ou peut-être était-ce une coutume sicilienne de ne pas entrer sans que l'on vous ouvre la porte.

Ou peut-être se montrait-il tout simplement poli. Elle attrapa quelques serviettes sur la table et les plaqua sur la blessure en allant dans le vestibule.

Mais le sang s'en écoula presque aussitôt, coulant entre ses doigts, lui recouvrant la main. C'était drôle de voir comment quelque chose qui faisait à peine mal pouvait saigner autant. *C'est dégoûtant. J'espère que je n'ai pas besoin de points. Merci, Nick.*

— Salut, dit-elle en ouvrant la porte sur Luca, dont le visage était à moitié dissimulé par une capuche large, son fidèle chariot à proximité.

Elle jeta un œil prudent des deux côtés de la rue. Au moins, l'Officier Ricci n'était pas là. Il n'était pas revenu « vérifier » depuis ce matin. Il pleuvait toujours dehors, et Luca avait l'air un peu malheureux d'être dehors dans l'air frais.

Bien qu'il ait marqué un temps d'arrêt en voyant qu'elle ressemblait autant à un rat mouillé que lui, il ne dit rien. Ses yeux se posèrent sur ses mains ensanglantées. Il recula, paniqué.

— Pardon.

Elle baissa les yeux. Wouah, ça saignait tant que ça, une petite blessure ? Le sang se mélangeait à l'eau qui l'avait aspergée, et à présent, le devant de son t-shirt blanc en était imprégné.

— J'ai eu une petite mésaventure. Avec mon…

Elle s'interrompit net avant de dire *animal domestique*, même si cela la démangeait, au cas où Luca serait aussi intransigeant au sujet des lois sur le contrôle des animaux dans la vie que l'était Ernesto.

Détournant rapidement le regard, il sortit le carton de carreaux de son chariot, et le fit glisser sur le sol du vestibule. Il posa le coupe-carreaux à côté, et le pot de joint par-dessus.

Elle tamponna sa blessure, tout en contrôlant la livraison. Il n'y avait rien d'écrit sur le carton ; elle devrait l'ouvrir pour s'assurer que les carreaux étaient de la bonne couleur.

— Génial. Merci. À combien s'élève la douloureuse ?

Il fouilla dans sa poche et en sortit un morceau de papier froissé, les mains tremblantes. Le pauvre gosse devait être gelé.

— Deux-vingt.

Elle essaya de ne pas laisser paraître que c'était le double du montant qu'elle pensait qu'il lui annoncerait. Depuis le début, tout dans cette rénovation lui avait coûté le double de ce qu'elle avait espéré, et encore, son petit nid était presque microscopique.

– Laisse-moi aller chercher mon sac pour que je puisse te payer, dit-elle du ton le plus joyeux possible, pour cacher sa déception. Tu veux entrer ? Je peux te faire du thé. Tu as l'air gelé jusqu'aux os.

Il secoua résolument la tête.

Étrange, songea-t-elle en attrapant son sac sur la table de la cuisine. Elle n'avait pas de ciseaux, elle prit donc le couteau le plus proche, un couteau de boucher avec une large lame argentée. *C'était un vrai moulin à paroles l'autre jour. Un vrai homme à femmes.*

Heureusement, elle avait assez d'euros cette fois pour payer en liquide, et lui donner un petit pourboire pour la livraison. Mais quand elle revint à la porte, Luca faisait face à la maison de l'autre côté de la rue, la scrutant attentivement, ainsi que le ruban de police qui avait été étiré en travers du portail menant à l'arrière de la maison. Il avait entendu les nouvelles, pas de doute.

Au moment où elle revint près de la porte, il sursauta comme un diable dans sa boîte, et sa pomme d'Adam s'agita. Il fixa le couteau. Elle lui tendit les billets avec ses doigts ensanglantés, qu'il prit rapidement, murmurant un *Grazie.*

Elle se baissa pour ouvrir le carton avec le couteau.

– Laisse-moi juste vérifier…

Elle s'interrompit en réalisant qu'elle était seule. Il était déjà presque au bout de la rue avant même qu'elle ait eu le temps de lui dire *Ciao.*

Bizarre, songea-t-elle, mais seulement l'espace d'une seconde. Parce qu'à cet instant, elle comprit.

Elle pensa un instant le rappeler pour lui expliquer, mais à ce moment-là, lui et son chariot grinçant étaient partis depuis longtemps. En plus, le carrelage était de la bonne couleur, le blanc cassé qu'elle avait commandé.

Génial. Luca pense que tu es une meurtrière de masse. À présent, tu es vraiment dans les petits papiers des propriétaires de la quincaillerie, Aud. Tu pourrais tout aussi bien envisager de tapisser tes murs de feuilles, et fabriquer tes propres outils avec de branches, et des matériaux recyclés. Et ceci, avant qu'ils ne te chassent de la ville à coups de fourches et de pelles.

Non pas qu'elle ait le *droit* de quitter la ville. Mais peut-être qu'ils feraient une exception pour une folle comme elle.

Alors qu'elle était sur le point de fermer la porte, Nessa apparut sur son perron de l'autre côté de la rue étroite. Faisant tout son possible pour ne pas regarder vers Audrey, elle sortit la main pour vérifier s'il pleuvait. Satisfaite, elle entreprit de caler ses écouteurs dans ses oreilles, avant de finalement regarder Audrey.

– Juste pour que tu saches, lui dit-elle d'une voix haut-perchée. Tu vas avoir pas mal d'ennuis si quelqu'un découvre que tu abrites un animal sauvage.

Audrey en resta bouche bée. Alors comme ça, la fille qui semblait l'ignorer en permanence ne la remarquait que lorsqu'elle faisait quelque chose de potentiellement illégal. Super.

– Qu'est-ce qu'il t'a fait ? *Elle désigna son bras.* Il t'a griffée ? Mordue ? Sans blague. Ce n'est pas pour rien qu'on les appelle des animaux *sauvages*. Tu devrais te faire faire un rappel antirabique.

– Il s'est juste énervé. Il n'a pas la rage. Je le saurais. Je suis v…

– Peu importe, marmonna-t-elle. Mais ne reviens plus fouiner chez moi, d'accord ? J'ai vu cet ouvrier sortir de chez toi. Je ne sais pas ce que tu penses faire, mais ce sont *mes* designs. J'ai travaillé dur dessus. Alors, reste en dehors de mes affaires. Je ne voudrais pas avoir à mettre mon équipe d'avocats sur ton dos.

Elle se mit à courir dans son petit short de course et sa brassière, avant qu'Audrey ne puisse réfléchir à une réponse. Ses designs ? Fouiner chez elle ? Tout était tellement faux qu'Audrey ne savait pas par quel bout commencer.

Audrey la regarda partir, sa queue de cheval se balançant derrière elle, et elle réalisa qu'elle grimaçait. *Elle n'est pas gentille. En fait, c'est un vrai cauchemar. Si Luca devait avoir peur de quelqu'un c'est elle.*

Audrey referma la porte et surprit Nicky en train de la regarder… avec un air d'excuse ?

– Je m'en fiche, renard. Tu n'es pas en odeur de sainteté, dit-elle, même si elle avait déjà commencé à lui pardonner.

Elle s'assit sur une chaise dans la cuisine et examina la blessure. Le flux de sang s'était tari. Elle appliqua un antibiotique et enveloppa son poignet de gaze, avant de la fixer avec du sparadrap.

Est-ce que Nessa s'inquiétait vraiment plus qu'on lui vole ses designs d'intérieur que du fait que quelqu'un avait perdu la vie sur sa propriété ?

Ça devait être agréable, d'être capable d'aller courir et profiter de la vie malgré cela. Audrey n'avait pas ce luxe de pouvoir faire l'impasse dans sa tête et d'oublier. Elle n'était pas comme ça. En fait, depuis que c'était arrivé, elle n'avait jamais pu songer à autre chose, même l'espace d'une seconde. Quand elle fermait les yeux, elle voyait le corps d'Ernesto, baignant dans une mare de sang en bas de la falaise.

Un seul évènement, et toute sa vie en avait été complètement bouleversée. Et elle n'avait même pas commis ce crime. Elle en avait juste été accusée, grâce à Nessa.

Elle attrapa des serviettes en papier et se baissa au sol pour nettoyer la petite mare dans sa cuisine, regrettant de ne pas être plus comme sa voisine, complètement inconsciente, comme si absolument rien ne s'était passé. Nessa, qui avait efficacement détourné tous les soupçons sur la mauvaise personne, laissant le véritable coupable s'en sortir indemne. Est-ce qu'elle se sentirait au moins un peu coupable si l'innocence d'Audrey était démontrée ? Ou était-elle tellement au-dessus de ça qu'elle ne se préoccupait vraiment que d'elle-même ?

J'espère qu'Ernesto a gonflé sa facture de matériaux avant d'être tué. Et même carrément abusé.

Un déclic se fit dans un recoin du cerveau d'Audrey. Elle se figea.

Si Ernesto l'avait *effectivement* surfacturée, et que Nessa l'avait découvert, elle avait un motif pour commettre un meurtre, elle aussi. Comme G l'avait dit. *La moitié de la ville a des raisons de l'assassiner.*

Audrey se redressa quand une idée lui vint. Quel meilleur moyen de détourner les soupçons de soi, que de semer le doute au sujet de quelqu'un d'autre ?

Nessa avait un mobile. Mais avait-elle un alibi.

En quelque sort. Audrey l'avait vue partir courir.

Mais ce n'était pas un alibi en béton. Nessa s'était trouvée dans les parages. Il ne lui aurait pas fallu longtemps pour commettre un meurtre… quelques secondes tout au plus. Que faisait-elle avant qu'Audrey ne la voie ? Elle lutta pour s'en rappeler. Est-ce qu'elle sortait de sa maison, ou venait-elle du jardin ?

Et oui, Nessa avait *dit* qu'elle allait courir, et qu'elle était revenue parce qu'elle avait oublié ses lunettes de soleil.

Vraiment ?

Elle avait peut-être inventé cette excuse d'aller courir pour pouvoir revenir au bon moment, et rejeter la faute sur Audrey.

Cette dernière frissonna à alors que l'idée germait dans sa tête.

Nessa n'est pas une gentille, mais… est-elle pour autant une meurtrière ?

CHAPITRE VINGT-QUATRE

– Hé. Regarde-toi. Tu es toujours libre.

Audrey n'avait pas eu l'intention de passer devant la porte de Mason, mais après les commentaires de Nessa, et le comportement de Luca envers elle, sans parler de son expérience complètement frustrante avec la pose de ses carreaux de travertin, elle avait besoin de sortir. Elle se fichait de l'averse, parce qu'il n'y avait personne ici pour lui jeter un regard de travers. Mais maintenant que la pluie avait cessé, et que le temps était juste gris, alors que ses cheveux trempés lui tombaient sur le visage, et que ses vêtements gorgés d'eau lui collaient au corps, elle devait admettre qu'elle avait un peu honte.

Pourquoi Mason avait-il toujours l'air aussi beau, sans effort ? Ses vêtements étaient froissés comme s'il venait tout juste de sortir du lit, il ne s'était pas rasé, ni douché, probablement, et il avait des taches de peinture sur les bras. Toutes ces choses qui auraient donné un air crasseux à une femme amélioraient son image à lui.

Et vraiment, elle n'avait pas de temps pour les gens parfaits et sans problèmes pour le moment.

Elle marmonna une réponse et tenta de passer devant lui, mais il sauta devant son perron, où il profitait d'une bière, et lui bloqua le passage.

– Ça va mal à ce point ?

Elle baissa les yeux sur les dernières flaques au sol.

– Ce n'est rien. Je vais bien. Je ne suis juste pas d'humeur à parler.

– Ah oui ? Est-ce que ça n'aurait pas quelque chose à voir avec un certain crime que tu n'as pas commis ?

Il le dit avec une petite pointe mélodieuse dans la voix, comme si c'était une blague.

– De toute évidence. Et ce n'est pas drôle.

– Je n'ai jamais dit que ça l'était.

– Tu l'as sous-entendu.

Elle releva le menton pour le regarder droit dans les yeux, ce qu'elle regretta immédiatement. Elle était une fois de plus sur le point de ricaner comme une idiote. Pourquoi ne la laissait-il pas se morfondre ?

– Pourquoi tu n'entrerais pas, pour te reposer un peu et boire une bière avec moi ? *Il leva une bouteille sombre, comme s'il essayait d'appâter un chien avec une friandise.* J'ai de la Minchia Tosta. De la bière sicilienne. Elle est *délicieuse.*

Et voilà, elle ricanait. Elle n'avait jamais été vraiment amatrice de bière, mais elle se rendit compte que, bien qu'il déteste les animaux, il avait des yeux auxquels il était difficile de résister.

– Très bien. Rien qu'une.

– Tant mieux.

Il se tourna pour entrer dans la maison, et alors qu'elle le suivait, essayant d'ignorer à quel point son jean lui allait bien, il ajouta :

– Comme ça tu peux m'aider pour un projet.

Elle gémit.

– De quoi as-tu besoin cette fois ? Encore un animal à secourir ?

– Non, rien de tel. Hé, ajouta-t-il en la regardant. Qu'est-il arrivé à ton bras ?

– Ne me demande pas.

– Je crois que c'est déjà fait.

– Très bien. Alors je ne répondrai pas.

Au lieu de la conduire à sa cuisine, il l'amena à l'arrière de la maison, où se trouvait un salon jaune, qui semblait tout droit sorti d'un magazine de déco. La pièce était probablement aussi grande que son appartement à Boston, et il avait des verrières qui couraient du sol au plafond, et donnaient sur le patio. Malgré la journée nuageuse, la pièce était lumineuse, claire et joyeuse, et *exactement* ce qu'elle avait imaginé quand elle avait envisagé de déménager en Sicile, il y a de ça plusieurs semaines. Audrey soupira avec mélancolie.

Il claqua de nouveau les doigts devant elle, comme il l'aurait fait avec un chien.

– Allô ? On se concentre.

Pour quelqu'un qui détestait les animaux, il n'avait aucun mal à traiter les gens comme tels. Elle croisa les bras et le suivit jusqu'à un escabeau, remarquant quelques étagères flottantes au sol. Il en ramassa une et la tint contre le mur.

– D'accord, donc, si tu pouvais juste tenir ça pour moi, juste vers… là… *Il plissa les yeux, s'assurant qu'elle était de niveau.* Maintenant je peux passer à l'action.

– Bien. *Elle la tenait toujours quand il dit :* Ne la bouge pas !

– Je ne la bouge pas !

Il leva une perceuse.

– Si, tu la bouges. *Il la replaça, exactement à l'endroit où elle la tenait.* Voilà. Juste là. Ne bouge pas.

Elle gémit. La perceuse vrombit. Et les clous s'enfoncèrent dans le plâtre.

– Très bien. Parfait. Tu peux lâcher.

Ce qu'elle fit, détendant son bras.

– C'était lourd. C'est Luca de la quincaillerie qui te livre ?

– Non. J'ai ma propre voiture. J'ai mes propres fournitures. *Il désigna du doigt un petit tas qu'elle n'avait pas vu avant.* Maintenant, la suivante.

– Euh. Tu vas en accrocher combien ?

– Trois de plus.

– Trois ? Où est ma bière ?

– Dans une seconde. Il faut que je les accroche, dit-il en attrapant l'étagère suivante. Sinon, je n'ai nulle part où mettre mes livres.

Elle ricana.

– Tu sais lire ?

– Très drôle.

Il ne riait pas.

Finalement elle s'échoua sur le canapé, un monstre jaune beurre doux qui était bien plus merveilleux que son matelas bosselé chez elle. Quand elle s'effondra dedans, elle n'eut plus envie de se relever. Cela faisait longtemps qu'elle n'avait pas profité de vrais et beaux meubles. Elle se demanda s'il ne se ferait pas de fausses idées si elle lui demandait à dormir ici.

– Où as-tu eu ça ?

Il ouvrit sa bière et s'assit dans un fauteuil moderne, posant ses bottillons de travail sur une table basse en bois de récupération.

– En fait, tout était déjà là quand j'ai emménagé. J'ai touché le jackpot. J'ai juste tout fait nettoyer.

Elle gémit.

– Mais quelle chance ! dit-elle entre ses dents, essayant de ravaler sa jalousie.

– Alors… Où en est la police de ses investigations ?

Audrey prit une gorgée de bière. C'était amer, mais elle se fichait du goût à présent. Elle haussa les épaules.

– Ils ne sont pas venus me poser de questions depuis que c'est arrivé. Mais ils envoient un officier de police de temps en temps pour voir. Pour s'assurer que je n'ai pas quitté la ville. Alors je devine qu'ils n'ont pas beaucoup avancé. Ils sont probablement beaucoup trop occupés à monter leur dossier contre moi pour sortir et trouver le vrai tueur.

– D'accord… Mais ce n'est pas toi qui l'as fait, alors c'est quelqu'un d'autre. Qui ?

Elle haussa les épaules.

– J'ai entendu dire qu'il avait la réputation de surfacturer ses clients, alors c'est peut-être l'un d'entre eux.

Il se gratta le menton.

– Qu'est-ce qui s'est passé ce matin-là ? Tu n'as vu personne dans le coin avant de le trouver ?

– J'ai vu Nessa. Ma voisine. L'Américaine qui vit dans la maison où a été découvert le corps. Il travaillait pour elle.

– Tu parles de la fille canon ?

Évidemment il avait remarqué Nessa. Elle avait sûrement l'habitude d'attirer l'attention, tout comme lui. Comme deux gouttes d'eau.

– C'est ça. Elle a dit qu'elle allait courir, mais elle aurait pu se disputer avec lui et le pousser. Je ne sais pas.

Il secoua la tête d'un air déterminé.

– Non.

Audrey fronça les sourcils. Nessa était sa principale suspecte.

– Pourquoi pas ?

– Parce qu'elle est sexy. Elle n'a pas l'air du genre à commettre un meurtre.

Audrey leva les yeux au ciel.

– Oh, c'est vrai. Bien sûr. Ce que nous regardons d'abord, c'est si elle a l'air du genre à commettre un meurtre. Cape noire ? Yeux sournois ? Peut-être un masque de ski ?

Il l'ignora, et siffla le reste de sa bouteille, songeur.

– Et qu'en est-il des autres types qui travaillent dans l'équipe ? Ça aurait pu être l'un d''…

– Je ne pense pas. J'ai parlé à l'un d'entre eux. Il a dit qu'ils étaient comme une famille. Et la plupart d'entre eux étaient sur un autre chantier. Mais ce type, Ernesto Fabri, il avait apparemment pas mal d'ennemis. Il était de notoriété publique qu'il escroquait ses clients en surfacturant les matériaux, lui expliqua Audrey. Alors ce que je crois, c'est que peut-être Nessa l'a découvert, et qu'il y a eu bagarre et qu'elle l'a accidentellement poussé…

– Non, répéta-t-il.

– Oh, c'est vrai. J'oubliais. Elle est trop sexy pour faire une chose aussi horrible.

Il hocha la tête, comme si c'était complètement logique. Elle s'empara d'un coussin et fit mine de le lui envoyer.

Il leva la main pour se défendre.

– Allez. Non, ce que je veux dire, c'est qu'elle est riche, n'est-ce pas ? Elle ne m'a pas vraiment paru du genre à remarquer si on lui surfacture quelque chose.

Audrey acquiesça. Il marquait un point là-dessus, même si c'était un abruti fini. Non seulement Nessa était sûrement assez riche pour que se faire escroquer de quelques dollars ne se remarque même pas sur son énorme compte en banque, mais elle était menue, aussi. Elle aurait eu un mal de chien à pousser un type géant comme Fabri par-dessus une falaise.

– Je suppose que oui. Mais elle était là. Il n'y avait personne d'autre. Du moins, je n'ai vu personne.

– D'accord, mais il avait plein d'ennemis. Quelqu'un savait qu'il était là, et qu'il y soit allé pour parler, ou pour le tuer, cela n'a aucune importance. Donc, quelqu'un qui savait qu'il était là ?

– Eh bien, si l'on en croit son équipier, il était censé être sur un autre site, mais au lieu de ça, il est allé chez Nessa. Peut-être pour vérifier quelque chose. Alors je ne pense pas que c'était prémédité, parce qu'il n'était vraiment pas censé être là au départ. Tout ce que je sais, c'est que Nessa était là. Et peut-être qu'elle ne l'a pas poussé. Peut-être qu'il est tombé tout seul, d'une manière ou d'une autre, et que les traces de lutte, c'était parce qu'elle essayait de l'aider à remonter. Mais alors, pourquoi ne pas le dire ? Argh ! Rien de tout ça n'a de sens.

– C'est vrai. Cela pourrait aussi n'avoir aucun rapport avec les rénovations, dit Mason. Peut-être que c'était censé y ressembler.

Audrey prit une gorgée de bière.

– Oh, d'accord, comme ça ils pouvaient piéger la pauvre, innocente et sexy Nessa ?

Il acquiesça.

– Bon sang, quelle honte.

Elle lui jeta un regard noir. Il avait peut-être éliminé Nessa, mais elle n'allait pas la laisser s'en tirer si facilement. Après tout, elle était sa seule suspecte. Et, pour être tout à fait honnête, une petite partie d'elle-même *voulait* que Nessa soit coupable, après ce qu'elle lui avait fait, la hisser en haut de la liste des suspects.

– Si seulement tu t'inquiétais autant du fait que *moi* j'ai été piégée, marmonna-t-elle. Tu te rends compte que c'est surtout à cause de Nessa que la police s'est mise à me soupçonner ?

Mason haussa les épaules.

– Comme je l'ai dit, c'est une honte.

– Alors je ne peux pas rester là assise sans rien faire, et les laisser accumuler des preuves contre moi. Il faut que je fasse quelque chose.

Elle frappa la bouteille sur sa cuisse, et elle se mit à mousser, dégoulinant sur son jean déjà trempé.

Elle fit courir un doigt le long de la bouteille et le suça.

– Je crois que je ne sais simplement pas par où commencer.

Il frotta sa barbe naissante.

– Si j'étais toi, je commencerais par la victime. Trouve ce que tu peux à son sujet. Vérifie ses réseaux sociaux, le site de sa boîte, des trucs comme ça. Fais des recoupements. L'un de ces liens pourrait te mener là où tu veux aller.

Elle hocha la tête, pensive. C'était parfaitement logique. Elle pouvait interroger Google, et ce sans même avoir à poser le pied dehors. Mais pourquoi n'y avait-elle pas songé plus tôt ?

– Wouah, Mason. Je crois bien que c'est la première chose intelligente que tu m'aies jamais dite.

Il laissa échapper un rire amer.

– Tu es hilarante.

Elle sirota sa bière.

– Merci.

– Mais tu ferais mieux d'être prudente, ma belle. Tu ne voudrais pas mettre ton joli nez trop près de la vérité. Tu pourrais te faire mordre.

Il la regarda d'une manière intense, et elle eut l'impression d'être à ce moment précis dans un film policier où la musique d'un orgue sinistre enflerait pour donner des frissons aux spectateurs.

Mais Audrey ricana encore. *Il a dit que j'étais jolie. Enfin, mon nez, au moins.*

Vu la manière dont il la regardait, il devait être habitué à ce genre de réaction.

– Sérieusement. Je sais que tu veux blanchir ton nom, mais si cette personne a tué une fois, il n'y a pas grand-chose qui pourra l'empêcher de recommencer.

*

Cette nuit-là, Audrey tomba dans le terrier du lapin.

Vaguement consciente qu'elle avait eu tous ces ennuis par la faute d'internet – à cause de cette maudite annonce sur son flux Facebook qui l'avait menée jusqu'à Mussomeli – elle se blottit sous les couvertures de son lit et laissa ses pouces travailler, en tapant *Ernesto Fabri, Mussomeli.*

Il y avait un certain nombre de résultats, y compris des photos du même type aux biceps énormes, fumeur de cigares, dans sa jeunesse, avant le gros ventre et la calvitie naissance. Le premier site internet était celui de Fabri Fratelli Construction.

Elle cliqua dessus et fut consternée de voir que tout le site était en italien. Bien évidemment. Elle fit défiler jusqu'en bas, pourtant, et trouva ce qui ressemblait à une adresse et un numéro de téléphone. Attrapant son bloc, elle y griffonna les informations, se demandant si elle aurait le courage de se pointer là-bas et de poser des questions.

Quand elle eut fini, les paroles de Mason lui revinrent en tête : *si cette personne a tué une fois, il n'y a pas grand-chose qui pourra l'empêcher de recommencer.*

Un frisson lui parcourut la colonne. Elle venait juste de se débarrasser de sa chair de poule quand une énorme boule de poils rousse lui sauta sur les genoux.

Elle sursauta, mais pas aussi haut que la dernière fois.

– Nick, peux-tu cesser d'errer dans cette maison comme le visage de la mort ? Tu ne peux pas faire un peu de bruit pour ne pas me faire peur ?

L'ignorant complètement, il tourna en rond dans son lit, cherchant le coin le plus confortable, et le trouva au niveau de son coude. Il se laissa tomber, la tête sur son oreiller, et se lécha la patte.

– D'accord. Peu importe. C'est ton lit. Je me contente de l'emprunter.

Elle retourna aux résultats de Google, et remarqua un résultat pour TROUVERNIMPORTEQUINIMPORTEOU.com. Elle savait que c'était un piège à clic, mais elle l'ouvrit quand même. Il y avait une liste d'Ernesto Fabri à Mussomeli, Sicile, avec quelques chiffres et des informations importantes caches, à moins que l'utilisateur ne paie un rapport. Audrey n'était ni assez idiote, ni assez désespérée pour faire une chose pareille ; en plus la partie gratuite lui donnait suffisamment d'informations :

Fabri, Ernesto R. Âge : 49, Tomasino di Bartolo, Mussomeli, Sicile, IT. ****bri@fabri.com.** *Liens possibles : Mariana (De Mauro) Fabri (39). Eduardo Fabri (68) Giuseppe Fabri (46). CET INDIVIDU POURRAIT AVOIR UN CASIER JUDICIAIRE. CLIQUEZ ICI POUR COMMANDER UN RAPPORT DÉTAILLÉ.*

D'accord. Berto avait dit que Mariana Fabri était son ex-femme, qui vivait à Agrigento.

Elle sortit du site et tapa *Mariana Fabri, Agrigento.*

Elle reçut immédiatement un grand nombre de résultats, mais à la seconde où elle vit les images d'une femme blonde à la taille fine, avec un décolleté profond sur une peau bronzée, elle sut qu'elle avait trouvé la bonne personne. Elle fit défiler les images et finit par en trouver une d'elle avec un homme qui ressemblait à Ernesto, et qui datait d'une dizaine d'années. L'un de ses biceps était enroulé de manière possessive autour du cou de la femme.

Bingo.

Il se trouva que Mariana Fabri était du genre à tout partager sur les réseaux. Elle était active sur à peu près toutes les plateformes de réseaux sociaux, surtout Facebook, et son profil était entièrement public. Elle avait presque atteint la limite des cinq cents amis, et mettait à jour à peu près toutes les heures, avec un meme rigolo, ou une photo d'elle.

Beaucoup de photos d'elle.

Apparemment, depuis sa rupture avec Ernesto, elle avait retrouvé une seconde jeunesse. Audrey examina un selfie après l'autre de cette femme, se sentant presque gênée du peu dont elle était vêtue. La plupart du temps, elle portait des bikinis, en posant dans les bras d'hommes divers, ou tenait un cocktail fruité, le regard un peu flou. Au fil des photos, ses cheveux s'étaient allongés et éclaircis : à présent, elle était blond platine. Pas de posts concernant des enfants. Tout tournait autour d'*elle.* – la plage où elle allait faire la fête, avec quelle pseudo-célébrité elle s'amusait, à quel fabuleux concert elle avait assisté.

Un sentiment de malaise envahissait Audrey à mesure qu'elle faisait défiler les photos. Bien sûr, Mariana les avait toutes rendues publiques, incitant à l'examen de son profil, mais Audrey avait la nette impression de se montrer intrusive. De harceler.

Elle s'arrêta quand elle arriva au souvenir d'une photo prise quinze ans auparavant. Une Mariana bien plus jeune, habillée en mariée rougissante, avec un voile et une robe avec bien trop de tulle, accompagnée d'un Ernesto plus fin et plus attirant, portant un toast à leur mariage. Sur la photo, Mariana avait ajouté une légende, avec un émoticône hilare.

Audrey s'empressa d'appuyer sur le bouton *Lire la traduction.*

Elle disait *« Le pire jour de ma vie ! »*

Intéressant. Elle afficha les commentaires. Beaucoup émanaient de ses admirateurs masculins, tous en italien.

Elle cliqua sur la traduction de l'un d'entre eux, qui disait *Dieu merci le divorce existe !*

Mariana avait répondu, *Pas encore. Je lui demande tous les ans, et il refuse. Bâtard.*

Audrey fixa les mots tellement longtemps qu'ils devinrent flous. Et voilà, sous ses yeux, un bon gros mobile. Donc, s'il avait une assurance vie, et qu'il était tué, elle en serait la bénéficiaire. Sans parler du fait qu'une fois débarrassée de lui, elle pourrait se remarier.

Elle posa les yeux sur la femme. Pas de cap, pas de masque… Bon sang, cette femme aimait tout montrer. *Tout.* Est-ce qu'*elle,* elle était du genre à tuer quelqu'un ?

Audrey lâcha son téléphone et inclina la tête vers le plafond, songeuse. Non, Mariana avait sans doute autant de force que Nessa, tout comme Audrey, et n'aurait probablement pas pu pousser un homme tel que Fabri. Mais tout était possible. Il y avait peut-être eu une lutte, et il avait perdu l'équilibre.

Dans ce cas, Nessa n'était pas à exclure. Ni Mariana.

Ses pensées tournaient en rond, mais elle en revenait toujours à la même conclusion : il *fallait* qu'elle parle à cette femme. Pas moyen d'y échapper.

Non, Audrey n'avait pas le droit de quitter la ville.

Mais ce que la police ignorait ne pouvait pas lui faire de mal. Cela lui en ferait juste à elle… si elle se faisait prendre.

CHAPITRE VINGT-CINQ

Le lendemain matin, avant même qu'elle ne sorte du lit, elle prit son téléphone et appela Mason.

Il répondit en gémissant.

– Tu te rends compte qu'il est à peine sept heures du matin ?

Elle ignora sa plainte.

– Tu as dit que tu avais une voiture ?

– Oui…

– Je peux l'emprunter ?

Soudain, il eut l'air plus réveillé.

– Pourquoi tu as besoin d'une voiture ?

C'était une femme, avec un plan. Elle avait passé l'intégralité d'une nuit sans sommeil à ruminer. Quand elle s'était enfin endormie, bien après trois heures du matin, elle rêva qu'elle était en pleine course-poursuite avec la police dans les montagnes siciliennes, et finissait par plonger du haut d'une falaise jusque dans la fameuse mer Méditerranée, qu'elle avait lorgnée avec envie dans le métro à Boston. Une fin appropriée pour sa vie.

Mais à présent, elle ressentait le besoin incessant de s'échapper. Elle ne s'était jamais sentie aussi mal de toute sa vie. C'était même pire qu'au moment où elle avait pris la décision de quitter l'Amérique. À l'époque, il s'agissait de préserver sa santé mentale. Aujourd'hui, c'était une question de vie ou de mort.

– Je veux aller à Agrigento. C'est une ville sur la côte. Pas loin d'ici. La femme de Fabri y vit. Je pense qu'elle pourrait m'aider à éclaircir des choses sur son passé.

Il y eut un silence.

– Alors, à ce que je vois, mes avertissements n'ont servi à rien.

– Non, écoute. Elle avait un mobile pour le tuer, parce qu'il ne lui a jamais accordé le divorce et, *de toute évidence*, elle voulait tourner la page. Elle lui avait demandé plusieurs fois, et il a toujours dit non.

– Comment le sais-tu ?

– C'est incroyable le nombre de choses que les gens postent sur Facebook.

– Post Facebook, mon œil. C'est une femme. Ce type était un roc. Elle aurait eu du mal…

– D'accord, mais il aurait pu glisser au cours d'une bagarre. Je ne sais pas. Je ne saurais pas tant que je ne pose pas la question. Et Agrigento n'est pas loin, alors il y a une chance…

– Que tu conduises jusqu'à la côte pour rencontrer une meurtrière et que je ne vous revoie plus jamais, ni toi, ni ma voiture ? Donc, oui, à propos de ta demande d'emprunter ma voiture ? Je dirais que c'est un grand non.

– Allez. Qu'est-ce que je suis censée faire ? Rester assise et les laisser mener l'enquête eux-mêmes ?

– Eh bien… oui. La dernière fois que je me suis renseigné, c'était leur boulot. Pas le tien.

– *Non*. Je te l'ai dit. Si je fais ça, d'après ce que j'en sais, ils viendront bientôt frapper à ma porte avec un mandat d'arrêt. Je dois agir.

– Non. Tu dois rester assise bien sagement. Occupe-toi de tes affaires. Agir bizarrement ne fera que te donner l'air plus suspect.

Audrey alla jusqu'à la baie vitrée et l'ouvrit. Elle jeta un œil à la rue. Étonnamment, l'Officier Ricci ne s'y trouvait pas. Elle ne l'avait pas vu depuis hier, quand il était passé au cours de sa mission de reconnaissance, mais cela ne signifiait pas qu'il ne reviendrait pas, pour camper devant sa maison.

– J'*étais* en train de m'occuper de mes affaires. C'est ce qui m'a amenée où je suis aujourd'hui.

Il y eut un court silence. Enfin, il soupira.

– D'accord. C'est la Fiat bleu devant ma maison. Je laisserai les clés sur le contact.

D'accord, donc tu prends tes distances avec la voisine folle pour ne pas être impliqué. J'ai pigé. Elle ne prit pas la peine de lui demander. Il avait dit oui. C'était déjà bien assez.

– Merci. Je serai là dans un quart d'heure.

– Sois prudente, Boston.

Elle raccrocha et décida de renoncer à la douche, s'habilla rapidement et attrapa une pomme au passage dans la cuisine. Une fois de plus, elle trébucha sur Nick en allant à la porte.

– Oh. Euh… *Elle changea de direction et remplit un bol avec des croquettes pour chien et une tranche de pomme.* Ça devrait te suffire. Ne va nulle part.

Elle referma la porte, et était sur le point de se diriger vers chez Mason en croquant dans sa pomme quand elle vit l'Officier Ricci avancer vers elle.

Son ventre se serra.

– *Ciao,* lui dit-il avec un signe de la main.

Sa voix avait une tonalité soupçonneuse, qu'Audrey n'apprécia pas. Ou c'était peut-être simplement son imagination ?

– Vous êtes debout de bonne heure. Où allez-vous ?

– Rendre visite à un ami, dit-elle, lèvres pincées. C'est tout.

Elle se détourna de lui pour qu'il ne lise pas le mensonge sur son visage, puis, se sentant coupable, lui adressa un signe de la main.

– À plus tard !

Quand elle passa le coin de la rue, elle se rendit compte que son cœur battait à tout rompre. Elle agrippa une main dessus, et accéléra le mouvement.

La Fiat bleu poudre de Mason était garée quasiment juste devant sa maison, mais lui n'était nulle part. Audrey aurait imaginé que Mason était plutôt du genre pick-up, fanatique d'armes, un gars du Sud fan de country, et cette voiture en était quasiment l'antithèse. Elle était si minuscule que les parois se rapprochèrent quand Audrey prit place, et elle n'était pas très grosse. Mason avait probablement du mal à loger son mètre quatre-vingt de perfection derrière le volant.

Évidemment, un pick-up n'aurait pas été pratique dans les étroites rues de la ville. Cette voiture était faite pour une ville comme Mussomeli.

Elle trouva la clé sur le contact, et un porte-clés métallique pendait contre son genou. La voiture s'anima quand elle tourna la clé, vérifiant le rétro intérieur, s'attendant presque à y voir l'Officier Ricci, une matraque à la main, remuant le poing comme un Flic de Keystone[9].

Mais non, la rue était totalement déserte.

Aucun témoin pour remarquer son évasion.

– Je suis dingue, murmura-t-elle pour elle-même, jetant un œil au panneau devant elle.

C'était un triangle inversé. Absolument aucune idée de ce qu'il pouvait signifier. Heureusement, les Siciliens conduisaient du bon côté de la route, tout comme les Américains, sinon elle aurait sûrement

---

[9] Les Keystone Cops sont des policiers de fiction, vulgaires, hystériques et incompétentes, qui apparaissent dans de nombreux films burlesques de la compagnie Keystone entre 1912 et 1917 (États-Unis)

laissé tomber et serait rentrée chez elle, la queue entre les jambes, et aurait attendu d'être arrêtée.

Puis elle baissa les yeux se rendit compte de quelque chose.

C'était une boîte manuelle.

Conduire une voiture automatique était suffisamment difficile, étant donné qu'elle n'en avait pas eu à elle quand elle était à Boston. Elle n'en avait jamais eu besoin, avec le tramway. Elle avait appris les bases de la conduite manuelle sur un coup de tête il y a une dizaine d'années, avec l'un des petits amis de Brina, pendant qu'il tuait le temps à attendre qu'elle se prépare pour leur rencard.

Délicatement, elle enfonça l'accélérateur, et la voiture fit une embardée, tandis que l'embrayage grinçait. Elle grimaça.

– Mason, je m'excuse par avance si je laisse ta transmission au milieu de la route.

Elle passa la vitesse et s'éloigna légèrement du trottoir.

Audrey ne respira pas tant qu'elle n'eut pas quitté la rue de Mason. Elle mit les mains sur le volant, jointures blanchies de le serrer si fort, et dit des prières silencieuses pendant tout le trajet. Mais quand elle s'embarqua sur la route principale, même si elle s'apprêtait à devenir une « hors-la-loi », elle respirait déjà un peu mieux. Elle finit par gérer le passage de vitesse, et l'embrayage ne grinça plus autant, même dans les nombreuses collines.

Elle ouvrit les vitres et laissa l'air chaud de l'été traverser l'habitacle, en inspirant de grandes goulées. C'était bon d'être libre.

– Je peux le faire, se dit-elle avec un sourire, alors qu'elle vérifiait son téléphone qu'elle avait placé dans le porte-gobelet à côté d'elle.

Agrigento, à seulement quarante-cinq kilomètres. Heureusement, Mariana Fabri, qui partageait tout sur les réseaux sociaux, était bien présente sur internet. Il ne lui fallut qu'une courte recherche Google pour trouver son adresse, qu'elle avait entrée dans son GPS.

Elle tendit la main pour allumer la radio, mais elle ne put trouver que de l'horrible pop italienne qui ressemblait à un animal gémissant de douleur. Elle l'éteignit et chercha sa moitié de pomme dans l'autre porte-gobelet, son petit déjeuner, qui devait maintenant ressembler à de la bouillie marron.

Mais elle n'était plus là.

Elle chercha à tâtons sur le sol devant le siège passager, tâtant les environs du siège à la recherche du fruit manquant. Au lieu de ça, sa main entra en contact avec quelque chose de poilu et de chaud.

À la seconde où elle le toucha, il sursauta.

– Aïe ! cria-t-elle, manquant de lâcher le volant quand Nick lui sauta dessus, s'asseyant sur le siège passager et se mettant à l'aise, déjà à moitié endormi par le petit déjeuner.

Il mâchait et observait, tranquille, par-dessus le tableau de bord, alors qu'elle virait de justesse sur la droite et manquait de heurter un panneau.

Elle corrigea sa trajectoire juste à temps, puis s'arrêta devant ce qui, elle en était presque sûre, était un panneau stop.

Il n'y avait pas de voitures derrière elle, alors elle se tourna vers lui, sourcils froncés.

– Vraiment ?

Il termina le restant de la pomme – même le trognon – et se lécha les pattes.

– Sympathique. Mais comment tu es arrivé là ?

Derrière elle, une voiture klaxonna.

Elle sursauta et appuya sur l'accélérateur, se dirigeant vers la bordure de la ville.

– C'est ça, fait l'innocent, lui dit-elle, mais tout au fond, tu es un sournois.

Elle n'arrivait pas à se débarrasser de l'idée qu'il y avait quelque part un trou par lequel il s'échappait. Sa maison pouvait même bien comporter plusieurs trous. C'était le gruyère des maisons.

Elle était sur le point de le gronder pour avoir mangé son petit déjeuner, quand une sirène retentit derrière elle.

Là, elle sursauta *vraiment,* si haut que le haut de son crâne manqua de heurter le capot de la voiture. Jetant un œil dans le rétro, elle aperçut les lumières clignotantes rouges. Elle se gara sur le bord de la route, se mordant la lèvre. Ce faisant, elle se rendit compte qu'elle était à un jet de pierre d'un panneau qui disait, *Partiamo ora da Mussomeli,* ce qui, elle l'espérait, signifiait qu'elle était toujours dans les limites de la ville.

Son cœur se mit à battre la chamade quand elle inclina la tête pour regarder dans le rétro extérieur, et qu'elle vit l'Officier Ricci marcher vers elle dans la poussière du bas-côté. Parfait. Elle était complètement foutue.

Haletante, elle rejeta la tête en arrière sur l'appuie-tête et tenta de se calmer. C'est à ce moment que Nick s'allongea en travers du siège pour poser la tête sur ses genoux.

Oh. Elle l'avait oublié.

Non. *Maintenant,* elle était complètement foutue.

Elle repoussa le renard de ses genoux et baissa la vitre.

– Bonjour, Officier, dit-elle gaiement avec un signe de la main. Belle journée pour une balade, n'est-ce pas ?

Mais qui est cette fille ? On n'aurait même pas dit sa voix. D'une certaine manière, malgré la nausée qu'elle ressentait, elle était parvenue à avoir l'air à peu près normale. C'était l'effet que cela produisait sur les gens d'être suspecté de meurtre ? À présent qu'elle était une criminelle endurcie, elle pouvait mentir comme ça, l'air de rien ? Elle se faisait peur.

L'Officier Ricci croisa les bras.

– Où alliez-vous ?

Il n'avait plus du tout l'air amical. En fait, il avait l'air plutôt *agacé.*

– Euh… comme je vous l'ai dit. Je me balade, je visite la ville, dit-elle s'abritant les yeux du soleil, plissant les yeux en direction de l'horizon. Mais je crois bien que je me suis un peu perdue.

– Je crois que oui. *Son visage était de marbre.* Je croyais vous avoir entendue dire que vous rendiez visite à un ami ?

Elle serra les dents. Elle l'avait dit.

– Oui ! C'est vrai ! esquiva-t-elle. Je visite la ville, des amis en ville, tout va bien.

– Vous étiez presque *en-dehors* de la ville.

Elle acquiesça.

– Je viens juste de remarquer le panneau. Oups. Heureusement que vous m'avez stoppée.

– Vous savez, l'Inspecteur DiNardo ne va pas apprécier. Je pourrais vous arrêter.

Avant qu'elle ne puisse répondre, Nick poussa un petit cri qui aurait presque pu passer pour un « oh oh ». L'Officier Ricci se décala légèrement, jeta un œil sur le siège arrière, et secoua la tête.

– Et ce n'est pas légal. Votre voisine nous a signalé que vous abritiez peut-être un animal sauvage.

Ma voisine. Nessa, bien sûr. Elle avait fait son chemin jusqu'au cœur de l'Officier Ricci. Quels autres mensonges lui avait-elle servis ?

– Oui, mais je suis vétérinaire et…

– Vous avez une licence ?

Ah, là, il l'avait eue. Elle secoua la tête.

Il se frotta la tempe d'un air fatigué.

– Très bien. Je ferais comme si je ne vous avais jamais vue si vous faites demi-tour tout de suite et que vous rentrez chez vous. *Et* que vous relâchez cet animal dans la nature immédiatement. Vous comprenez ?

Elle comprenait. Elle savait qu'elle n'avait pas le choix. Elle hocha la tête, mais Nick, qui ne comprenait rien de tout ça, se glissa sous son bras et s'assit sur ses genoux, haletant comme un animal de compagnie. Comme c'était adorable. Son cœur se serra.

Mais, de toute évidence, l'Officier Ricci n'était pas sous le charme.

– Audrey ? Est-ce que vous m'écoutez ?

Elle soupira.

– Oui. Parfait. Merci, Officier. J'apprécie votre aide.

Elle regarda devant elle, vers l'immense vallée ouverte, maintenant hors de sa portée. C'était comme si elle avait parcouru un millier de kilomètres à pieds pour voir la porte de sa destination claquer sur son nez.

Quelque part là-bas se trouvait Mariana Fabri. Une meurtrière potentielle.

Quelque part là-bas, il y avait des réponses. Elle en était persuadée.

– Vous savez, dit-elle soudain, toujours incapable de détourner le regard de la route qu'elle voulait si désespérément parcourir. Ernesto Fabri, le contremaître, il avait une femme, et apparemment il lui refusait le divorce. Elle le détestait pour cette raison. Donc s'il y avait, je ne sais pas moi, une assurance vie sur sa tête, elle serait une femme riche à présent.

Il la regarda, inexpressif.

– C'est juste de quoi réfléchir, dit-elle joyeusement. *Ça ne faisait pas de mal de planter une graine.* Je suis sûre que vous avez déjà entendu parler de femmes mécontentes mettant en scène la mort de leur mari en faisant passer ça pour un accident de travail ? Surtout s'il y a une assurance à toucher ?

– Audrey, marmonna-t-il en secouant la tête. L'Inspecteur DiNardo et moi-même avons déjà enquêté du côté de Mariana Fabri.

Elle se raidit et se cala sur le siège. Eh bien, si elle s'attendait à ce petit retournement de situation.

– C'est vrai ?

– Oui. Nous y sommes allés hier. La femme est hors de cause. Elle avait un dîner la veille, et plus d'une douzaine de personnes l'ont vue chez elle le lendemain matin. C'est impossible qu'elle l'ait fait.

Audrey resta sans voix, le regard dans le vague. Si Mariana Fabri ne l'avait pas fait, alors…

Alors cela signifiait retour à la case départ.

Il lui expliqua d'un geste.

– Si vous faites demi-tour ici, vous continuez sur cette route, et arriverez au centre-ville, dit-il, ce que, bien entendu, elle savait déjà.

– Merci, marmonna-t-elle.

Mais ce qu'elle pensait vraiment, c'était *Je ne serai plus jamais autorisée à quitter cette ville.*

CHAPITRE VINGT-SIX

Mason était dehors, à installer un nouvel éclairage sur le perron, dans elle revint, pas plus de trente minutes après s'être embarquée dans sa quête pour blanchir son nom. Quand elle arrêta la voiture dans un grincement devant chez lui, il la regarda, ses yeux bleu piscine écarquillés par l'inquiétude, et elle se sentit presque mieux.

Jusqu'à ce qu'elle sorte de la petite voiture, en fasse le tour, et réalise que ce n'était pas elle qu'il regardait. Non, il était plus inquiet au sujet de sa stupide voiture. Il tendit la main et épousseta de la poussière imaginaire sur le rétro de la Fiat.

– Fais attention, ma belle. Qui t'a appris à conduire une manuelle ?

Elle soupira et lui tendit les clés.

– Un type quelconque, un peu comme toi.

Il ouvrit la main, et elle y laissa tomber la clé. Il ouvrit immédiatement la portière passager et regarda partout, s'assit dedans, et *caressa* le tableau de bord.

– C'était un vrai fiasco. Merci de demander, marmonna-t-elle en reprenant le chemin de sa maison. Viens, Nick.

– Hé, attends… Il s'arrêta net. Qui est…

Juste à ce moment, Nick descendit du siège arrière et se glissa sur ses genoux, avant de sauter par la portière. Mason poussa un cri presque féminin.

– Mais qu… Ce *truc* était dans ma voiture ?

– Ouep.

Pour l'instant, elle avait des choses plus importantes en tête que de s'inquiéter de vexer le bel homme.

Il poussa un gémissement.

– Putain. Il y a des poils partout. Et des petites empreintes de pattes !

Elle pivota vers lui.

– Écoute, espèce de taré obsédé des bagnoles. Je suis un peu occupée à gérer d'autres trucs pour l'instant, alors excuse-moi si je ne te propose pas d'aspirer tes sièges.

Elle ne s'attendait pas à l'effet que produisirent ses paroles sur lui. Il recula d'un pas, comme si elle lui faisait peur. Peut-être qu'elle ne se rendait pas compte de sa propre force.

Il haussa les épaules et claqua la portière.

– Je ne suis pas obsédé. C'est juste que j'ai payé cette maudite voiture. Elle n'est pas neuve, mais elle l'est pour moi, et j'aimerais que ça reste comme ça.

Elle soupira. D'une manière étrange, elle comprenait. Elle s'était montrée très protectrice envers sa propre petite maison quand Nessa avait descendu les maisons du coin, en les qualifiant de poubelles.

– Je suis désolée. C'est juste que je suis sur les nerfs.

Il regardait le renard, qui essayait maintenant de s'enrouler autour de sa jambe, comme un chat. Il le secoua un peu.

– Je pensais que tu t'étais débarrassée de cette chose.

– Non. Je dois le faire. Je veux dire, je vais. Bientôt.

Elle se mordit la langue à cette simple idée.

– Alors pourquoi tu es revenue ? Tu t'es perdue ?

Audrey inclina la tête.

– Non. En gros, je me suis fait arrêter à la limite de la ville par la police, qui m'a demandé de faire demi-tour.

– Tu es sérieuse ? *Il en resta bouche bée.* Ils te mettent des bâtons dans les roues ?

– Je crois bien.

– Alors tu n'as pas pu parler à la femme.

– D'après ce qu'il m'a dit, ils l'ont déjà fait. Et elle est hors de cause. Peu importe, je ne peux pas partir d'ici jusqu'à ce que quelqu'un découvre qui a tué le contremaître, dit-elle en se tapotant la cuisse. Allez, Nick. Allons en prison, je veux dire, à la maison.

Elle grimaça en prononçant le mot. Maison. *Eh bien, c'est ma maison, mais ce ne sera plus la tienne très longtemps, Nick.* Inconscient, il grimpa dans ses bras comme un animal de compagnie bien entraîné, et lui lécha la joue.

Mason regarda la scène avec dégoût.

– Comme je te l'ai dit, ma belle. Laisse la police gérer le truc. Ils gèrent. J'en suis sûr.

Elle lui jeta un regard dubitatif.

– Écoute ne va pas les accuser d'être incapables de retrouver leurs lunettes si elles étaient sur leur nez. Ils s'en occupent. On dirait qu'ils ont fait tout ce qu'il fallait. Qu'attends-tu de plus de leur part ?

Elle lui jeta un regard noir. Mais il avait peut-être raison. Après tout, ils étaient juste derrière elle quand elle avait tenté de quitter la ville. Ils avaient déjà enquêté sur la femme de Fabri. Peut-être devait-elle simplement se concentrer sur ses rénovations, et oublier le reste.

Si seulement c'était aussi facile.

Elle rentra chez elle en silence, songeuse, Nick la suivant fidèlement à la trace. C'était dur de pense à autre chose, alors que tout le monde la regardait comme si elle était coupable. D'ailleurs, elle se *sentait* presque coupable à cause de ça. Et à chaque bruit que Nick faisait derrière elle, elle se sentait encore plus coupable.

Quand elle rentra chez elle, elle remarqua les fenêtres grandes ouvertes chez Nessa, et les rideaux qui s'envolaient dans la brise. De la musique classique s'échappait. Audrey jeta un œil à l'intérieur. En dépit des ordres de cesser les rénovations, Nessa était à fond dans sa décoration d'intérieur : tout un mur avait été peint d'un motif de carreaux pêche et blanc, et il y avait du lambris partout. Tellement chic.

Audrey était ravie que malgré les fenêtres ouvertes, Nessa ne soit pas en vue.

Elle se glissa rapidement et en silence chez elle, et contempla sa maison. Après avoir aperçu toute cette beauté de l'autre côté de la rue, et la mauvaise journée qu'elle avait passée, sa maison lui semblait encore pire que dans son souvenir.

Oui, prends exemple sur Nessa. Continue tes rénovations.

La première chose qu'elle fit en entrant fut de prendre une autre pomme, parce qu'elle mourait de faim. Elle la finissait quand Nick attaqua les croquettes dans le bol qu'elle avait posé près de son petit nid, au coin de la cuisine. Pendant ce temps, elle se demandait s'il avait un moyen de contourner l'édit « pas d'animaux sauvages » de l'Officier Ricci. Après tout, Nick allait et venait comme bon lui semblait. Ce n'était pas si différent de laisser de la nourriture dehors pour un chat errant, si ?

En plus, alors qu'elle examinait sa petite patte, elle voyait la cicatrice causée par la clôture. Le bandage était parti depuis longtemps, mais la blessure était toujours là. Il était toujours blessé.

Elle ne pouvait pas le jeter dehors. Ce ne serait pas juste. Ce ne serait pas *humain*.

Oublie ça pour le moment. Concentre-toi sur les rénovations.

Balançant le trognon de pomme à la poubelle, elle s'accroupit devant la dernière livraison qu'elle avait reçue de la quincaillerie : une rambarde pour l'escalier. Oui, l'escalier était étroit, mais il était aussi très abrupt, alors même si une petite rambarde empiétait sur le précieux espace dans le couloir, elle empêcherait aussi sûrement quelques cous de se briser. C'était définitivement un plus.

Elle s'empara de sa perceuse sans fil dans la caisse à outils, et fixa rapidement les crochets au mur qui soutiendraient la fine rambarde métallique. Puis elle fixa les vis pour attacher le métal aux crochets. C'était le genre de choses pour lesquelles elle était douée. Son père l'appelait la Reine de la Perceuse.

Elle sourit en terminant une demi-heure plus tard, réalisant que oui, s'occuper l'avait *vraiment* aidée. Elle n'avait pas pensé au meurtre, quasiment pas.

Elle reposa la perceuse dans la caisse à outils quand Nick s'aventura dans la cage d'escalier pour voir ce qu'elle faisait.

– Tu vois ? lui dit-elle. Des petits changements, petit à petit... On va faire de cette maison un foyer en un rien de temps.

Elle se baissa, et remua la rambarde pour s'assurer qu'elle était stable.

Et elle – ainsi que la moitié du plâtre sur le mur – lui resta dans la main.

En partie parce qu'elle était très lourde, et en partie parce qu'elle avait été surprise, l'objet heurta l'escalier avec un bruit terrifiant et dévala jusqu'en bas, emplissant l'espace d'une telle quantité de poussière qu'Audrey n'y voyait plus rien. Elle n'entendait que Nick, qui grogna en s'écartant du trajet de la rambarde qui glissait.

Quand la poussière retomba, non seulement elle n'avait plus de rambarde, mais il y avait aussi trois énormes trous dans le mur.

Elle avait envie de pleurer.

Au lieu de cela, elle éclata de rire.

Elle rit tellement longtemps, et tellement fort, qu'elle avait l'air d'une folle, même à ses propres yeux.

Cela faisait des semaines qu'elle n'avait pas vérifié son compte en banque, mais elle était sûre qu'il comptait moins de mille dollars. Cette nouvelle réparation ne ferait que lui siphonner encore un peu plus d'argent. Quand elle avait emménagé ici, elle avait espéré qu'elle aurait rapidement sa licence, qu'elle aurait déjà commencé à travailler. À présent, elle avait l'impression que serait dans une éternité.

Pour la première fois depuis longtemps, elle songea au Britannique qu'elle avait croisé à La Mela Verde. Il avait été au bout du rouleau, lui aussi. Il avait peut-être fait ses valises. Il était peut-être déjà de retour à Londres, où les choses avaient du sens.

Cela faisait des jours qu'elle n'avait pas songé à abandonner. Mais maintenant, ce sentiment d'avoir présumé de ses forces était là, bien ancré dans sa tête : peut-être devrait-elle rentrer à Boston aussi.

Essuyant de la poussière de plâtre de son visage et ses cheveux, elle laissa la rambarde où elle était et grimpa les escaliers jusqu'à sa chambre. Se jetant sur le lit défait, elle attrapa son téléphone et contempla l'écran, espérant sincèrement avoir des nouvelles de chez elle.

Et miraculeusement, c'était là.

Elle aurait préféré que ce soit Brina, mais c'était *quelqu'un* à Boston. Il y avait trois appels du Centre Vétérinaire de Back Bay, et un message vocal.

Elle fronça les sourcils. Qu'est-ce qu'ils lui voulaient ? Probablement découvrir si elle avait l'intention de continuer ses prestations, ou un truc du genre. Elle cliqua sur le lien de la messagerie vocale, et porta le téléphone à son oreille.

– Bonjour, Dr Smart. C'est le Dr Carey. J'espère que vous allez bien, *disait le message vocal, et, était-ce le fruit de son imagination, ou est-ce que son ancienne patronne avait l'air ridiculement désolée ?* J'ai discuté avec le Conseil d'Administration au sujet de votre remplacement, et nous sommes parvenus à la conclusion que nous serions bien mal avisés de ne pas vous contacter, et vous donner la possibilité de revenir.

Audrey se redressa, agrippant fort le téléphone contre son oreille.

– Nous espérons que votre décision ait été prise sur un coup de tête, et que peut-être, après mûre réflexion, vous pourriez avoir changé d'avis. Si c'est le cas, eh bien, pourquoi ne pas m'appeler pour que nous en discutions ? Je serai au bureau toute la journée. J'espère que tout va bien pour vous.

Eh bien, voilà qui était intéressant.

Elle pouvait récupérer son ancien boulot. Elle ne l'avait pas perdu pour toujours. Tout ce qu'elle avait à faire, c'était monter dans un avion en direction de l'ouest. Elle pouvait revenir à Boston, redevenir vétérinaire, traiter de vrais patients, et très vite.

Un frisson d'excitation la parcourut à cette idée.

Puis elle se rappela de sa petite confrontation avec l'Officier Ricci à la sortie de la ville de Mussomeli.

Dans tous les cas, à la seconde où elle avait l'autorisation de partir… elle le pouvait, et avec un travail à la clé.

S'installant au milieu de ses oreillers, Audrey rappela. Elle eut l'une des réceptionnistes.

– Salut, Mindy. C'est Audrey Smart. Je rappelle le Dr Carey.

– Oh, Dr Smart ! Oui, le Dr Carey avait hâte de s'entretenir avec vous. Je vous mets tout de suite en relation.

À peine une seconde plus tard, un déclic se fit entendre, et la sérieuse voix du Dr Carey se fit entendre, cette fois-ci avec une pointe d'inquiétude.

– Audrey ?

– Oui, bonjour Dr Carey. Comment allez-vous ?

– Je vais bien. Nous allons tous bien ici. Enfin, nous manquons un peu de personnel, mais nous avons la santé.

– Vous manquez de personnel ?

– Oh. Vous n'êtes pas au courant ? Malheureusement, le Dr Watts nous a annoncé son départ. Apparemment, il s'est enfui avec l'une de nos assistantes, sans prévenir.

Audrey écarquilla les yeux.

– Et… Le Dr Ferris ?

– Ça va. De toute évidence, il est un peu débordé, puisque nous ne sommes pas encore parvenus à vous remplacer.

Bien fait pour lui, songea-t-elle amèrement.

– Je suis désolée de l'entendre. J'aurais voulu pouvoir vous aider, mais je suis sûre que vous n'êtes pas au courant, je suis en…

– Sicile. Nous sommes au courant.

Elle cligna des yeux.

– Ah oui ?

– Je voulais le faire en personne, alors je me suis présentée à votre appartement. Votre propriétaire m'a informée que vous étiez partie à l'autre bout du monde. *Elle eut un petit rire, un son qu'Audrey n'avait pas l'habitude d'entendre.* Mais c'est à ça que servent les avions, n'est-ce pas ? Et plutôt que de passer par l'interminable processus de recrutement, pour essayer d'embaucher un autre docteur avec qui nous n'avons pas l'habitude de travailler, nous avons pensé qu'il était logique de faire diligence et de voir avec vous si vous seriez prête à envisager de revenir, si votre situation et vos perspectives avaient changé.

– Oh. Wouah. *Ce n'était pas la réponse lisse et diplomatique qu'elle avait prévu de faire, mais elle n'avait pas pu s'en empêcher. Elle était bouche bée.* Je veux que vous sachiez que je n'ai pas pris cette décision sur un coup de tête. Cela faisait longtemps que j'y songeais, l'idée tournait dans ma tête depuis plusieurs mois et…

162

– Je comprends. J'aurais aimé que vous me fassiez part de votre insatisfaction plus tôt. J'aurais pu étouffer dans l'œuf les problèmes que vous rencontriez.

– L'un des problèmes est toujours présent. Le Dr Ferris. C'est… *Une bonne, grosse tête de con.* Quelqu'un avec qui il n'est pas facile de s'entendre.

– Oh, vous ne pensez pas que je le sais ?

À présent, elle riait vraiment, ce qui était complètement dingue. Le Dr Carey parlait à Audrey comme à une amie, pas comme un superviseur.

Elle avait l'impression qu'un lien s'était créé, même avec tous les kilomètres qui les séparaient.

– Je dois écouter quasiment chaque semaine les plaintes de techniciens qui prétendent avoir été traités comme des citoyens de seconde zone par cet homme. C'est une diva. Et le Dr Watts était en attente d'une plainte pour harcèlement sexuel. En fait, *vous* le seul docteur sur lequel je pouvais compter, qui n'avait pas ce genre de bagage. Vous étiez solide, Audrey. Très solide.

– Vraiment ? *Elle n'avait jamais été aussi à l'aise avec le Dr Carey. En fait, si elle l'avait connu, elle l'aurait même sûrement appelée par son prénom.* Euh, eh bien, merci.

– Donc c'est pour cette raison – et je suis désolée que ça ait pris un moment, mais je viens juste de régler les choses avec le conseil – que la clinique est prête à vous offrir une augmentation de vingt mille dollars par an.

Les yeux d'Audrey sortirent de leurs orbites. Elle ne s'était pas trompée de Dr Smart ?

– Oh, fut tout ce qu'elle parvint à articuler, pendant un long moment. C'est généreux.

– Oui, je pensais bien que cela vous plairait. Et nous allons remplacer le Dr Watts par un spécialiste des petits animaux, de cette manière vous n'aurez pas à prendre de gardes supplémentaires.

Elle acquiesça. Ça sonnait bien. Cet argent supplémentaire sur sa fiche de paie ferait toute la différence entre cet appartement pourri à Southie et un endroit sympa, juste là, à Back Bay. En plus, il y avait dorénavant entre elle et le Dr Carey un respect mutuel, de la solidarité, et de la compréhension. Et elle serait de retour à la maison, où les choses avaient du sens.

Si seulement elle n'avait pas à se soucier que l'Officier Ricci la suive jusqu'à l'aéroport. Comment pourrait-elle s'en aller ?

– Euh… je me demandais si je pouvais avoir quelques jours pour y réfléchir ? demanda-t-elle. *Ou quelques jours pour voir si finalement je suis autorisée à quitter la ville ?*

– Oh, bien entendu. Mais s'il vous plaît, je ne peux pas vous accorder plus de quarante-huit heures. Je revois le conseil dans deux jours, et je dois leur faire part de votre décision. D'accord ?

C'était un peu juste. Mais elle n'avait pas le choix.

– Oui. Merci.

– Parfait, merci, Audrey. Je vous souhaite une bonne journée.

Le Dr Carey mit fin à l'appel, laissant Audrey allongée dans son lit, à contempler le plafond taché d'humidité, totalement immobile.

C'était peut-être un signe ?

Quand elle reprit enfin ses esprits, elle appela Brina.

Elle répondit, et s'exclama :

– Eh bien, il était temps.

Effectivement, à Boston, Audrey avait l'habitude d'appeler sa sœur quasiment tous les jours. Mais cela ne faisait pas non plus une éternité de puis leur dernier coup de fil, à peine quelques jours. Mais il s'était passé tellement de choses durant les jours en question.

– Tu crois que tu pourrais m'envoyer de l'argent ?

– Vraiment ? Tu disparais de la surface de la Terre, et ensuite tu m'annonces que tu as besoin d'argent ?

– Brina. Tout s'est révélé beaucoup plus cher que ce à quoi je m'attendais. Il ne me reste que mille dollars sur mon compte en banque. Je pensais que j'aurais récupéré ma licence, et que je pourrais faire des visites à domicile, mais j'ai croisé quelques obstacles.

– D'accord. Je vais t'envoyer mille dollars. Maintenant, tu ne t'excuses pas d'avoir disparu ? J'ai cru que je finirais par voir ta tête sur un avis de recherche.

– Désolée. J'ai été occupée.

– À faire quoi ?

– Oh, être accusée de meurtre, essayer de blanchir mon nom. Des trucs marrants comme ça.

Il y eut un silence.

– Très drôle.

– Je ne plaisante pas. Un type de l'autre côté de la rue est tombé d'une falaise. J'ai trouvé le corps. Donc je suis suspecte.

– Oh mon Dieu ! Tu es sérieuse ? C'est horrible. *Nouveau silence.* Attends… est-ce que c'est ce type du chantier qui faisait tout ce bruit l'autre jour ?

Audrey soupira.

– Oui. Lui et moi avons eu une petite altercation la veille. Je suis allée m'excuser auprès de lui, et je l'ai trouvé.

Elle grimaça, essayant de repousser le souvenir de son corps mutilé sur le sol en dessous d'elle.

– Oh, non ! Ma chérie, ça a dû être horrible ! Pourquoi ne m'as-tu pas appelée ?

– Comme je te l'ai dit. J'ai été occupée.

– Ils ne vont quand même pas t'arrêter, si ? S'ils osent, je leur colle Max sur le dos. Dis-le-leur, ajouta-t-elle, indignée.

– C'est un avocat spécialiste en Propriété Intellectuelle.

– Et alors ? *C'était le problème de Brina. Elle pensait vraiment que son mari était capable de tout faire.* Il fait partie du plus gros cabinet de la ville. Il connaît des gens. Tu auras la meilleure défense qu'ils aient jamais vue sans ce trou paumé.

– D'accord, on se calme. N'exagérons rien. Ils ne m'ont pas arrêtée. Ils sont toujours en train d'enquêter, dit-elle, parcourant sa chambre du regard.

Partout où elle regardait, elle voyait quelque chose qui avait besoin de soin et d'amour. Dans un bel appartement à Back Bay, elle pourrait sûrement avoir plusieurs chambres. Une vue sur l'horizon. Un portier. Une douche pas hantée.

– Je voulais t'appeler parce que je viens de raccrocher avec le Dr Carey, du Centre Vétérinaire de Back Bay.

– Laisse-moi deviner. Ils veulent que tu reviennes.

Audrey s'interrompit, stupéfaite.

– Attends. Comment tu le savais ?

– Parce que tu es fantastique. Sans blague. Continue.

Une fois de plus, Brina était comme le Bouddha omniscient.

– Elle m'offre une augmentation conséquente. Et encore mieux, le Dr Watts est parti. Elle m'a dit que j'étais le meilleur de leurs docteurs, parce que je ne faisais jamais d'histoires. Tu y crois, toi ?

– Bien sûr que j'y crois. Parce que c'est vrai, dit-elle prosaïquement. Alors, tu vas accepter ?

Elle se mordit la lèvre.

– Je ne sais pas. C'est pour ça que je t'ai appelée. Qu'en penses-tu ?

– Ne sois pas idiote. Bien sûr que je pense que tu devrais accepter. Mais uniquement pour des raisons égoïstes. Ta tronche me manque.

Audrey sourit.

– Toi aussi, tu me manques.

– Et aussi, je pense que ce serait peut-être une bonne idée de quitter la ville avant qu'ils te jettent en prison. J'ai vu un film sur Netflix sur ce sujet, une fois. Une fille se faisait enfermer dans une prison d'un pays du Tiers Monde, et elle ne parlait pas la langue locale, et il me semble qu'elle n'avait eu qu'une amende pour excès de vitesse, dit Brina d'un air de conspiratrice. Pour un meurtre, tu aurais sûrement droit au peloton d'exécution.

Audrey grimaça.

– Eh bien, grâce à toi je me sens bien mieux.

– Alors, rentre à la maison ! Dis-moi quand ton vol arrive, et je te retrouve à Logan.

– Ce n'est pas si simple.

– Bien sûr que si. Je suis sur Expedia en ce moment. Il y a un vol qui quitte Palerme dans trois heures.

Audrey soupira.

– En fait. La police m'a dit que je n'avais pas le droit de quitter la ville.

– Quoi ? Pas du tout ?

– Pas du tout.

– Mais est-ce que c'est légal au moins ? Tu es américaine ! Je vais demander à Max pour…

– Non, c'est bon. En plus, je ne suis pas encore sûre de vouloir accepter le travail. Je dois y réfléchir un peu plus.

Brina laissa échapper un gros soupir.

– Vraiment ? Pourquoi ? Tu n'as plus d'argent. Tu as dit que la maison était une véritable épave. Maintenant tu es accusée de meurtre. Tu penses vraiment que ça pourrait être pire ? Je veux dire, pourquoi est-ce que tu t'entêtes à rester ? Tu pourrais avoir tout ce que tu avais avant, mais en mieux !

Elle déglutit. *Tout ce que tu avais avant.*

C'est-à-dire le froid mordant des hivers de Boston. Les nuits solitaires à manger des restes de Thaï dans un appartement vide. Des années et des années de réunions d'anciens du lycée avec rien d'intéressant à raconter.

– Allô ? Tu es toujours là ? demanda Brina, la tirant de ses tristes pensées.

– Je suis là. Je réfléchissais… Mieux à quel point ? Parce qu'il n'y avait pas que l'appartement pourri de Southie et le Dr Watts qui m'ennuyaient. C'était tout. La monotonie de la vie. Savoir que c'était tout ce à quoi je pouvais m'attendre pour les cinquante prochaines années. Je ne sais pas si sauter dans un avion pour revenir à cette vie est la solution pour moi. C'est peut-être dingue, c'est peut-être un combat perdu d'avance, mais au moins, c'est différent.

– *Très* différent. Tu pourrais avoir l'intérieur d'une cellule de prison à contempler, si tu restes. Ou pire, le peloton d'exécution !

Audrey gémit.

– Ça ne se fait plus.

– Est-ce que tu en es sûre ?

– Je te dirais ce que j'ai décidé, dit-elle en mettant fin à l'appel.

Elle glissa hors du lit et s'avança vers la fenêtre. Ce serait peut-être la dernière vision de liberté qu'elle aurait jamais.

CHAPITRE VINGT-SEPT

Audrey fut réveillée le matin suivant par des coups violents frappés à la porte d'entrée.

Elle s'assit, saisie de peur. C'était le genre d'entrée en matière que faisait la police, juste avant de défoncer la porte et d'arrêter quiconque se trouvait à l'intérieur.

Attrapant son peignoir, elle la passa par-dessus son débardeur et son short, et elle était juste en train d'attacher le lien quand elle remarqua la voiture de police dehors.

Oh, non.

Sa main tremblait quand elle la tendit vers la porte. Quand elle l'ouvrit, elle s'attendait presque à être menottée et traînée dehors.

Au lieu de cela, l'Officier Ricci se tenait dans l'encadrement de la porte, l'air fatigué, avec une moue sur le côté.

– Ça fait dix minutes que je frappe.

– Oh. Elle poussa un soupir de soulagement. Désolée. Je n'avais pas réalisé. Je n'ai pas très bien dormi la nuit dernière, je crois que je devais récupérer.

Elle avait passé la soirée à évaluer ses différentes options. Honnêtement, comme l'avait si gentiment souligné Mason, elle n'en avait pas beaucoup. À moins qu'elle ne planifie une évasion par les montagnes au milieu de la nuit, et file jusqu'à l'aéroport, elle devait rester sage.

Mais alors qu'elle dormait, son esprit tournait en boucle sur cette sensation d'étouffement qu'elle avait ressentie en vivant à Boston. Certes, elle pouvait avoir un nouvel appartement, de meilleures conditions de travail, mais était-ce si important ? Pour tout le reste, rien ne changerait. *Elle* serait toujours la même. Et elle aurait quitté la Sicile sans avoir rempli sa mission. Sa mission de réparer une maison et d'y vivre, et d'expérimenter tout ce que la vie à l'étranger avait à lui offrir. Son père serait tellement déçu.

Ricci baissa les yeux au sol et fronça les sourcils.

– Hier, c'était un avertissement. Je vous ai laissée vous en tirer facilement. Ça ne se reproduira pas.

Elle acquiesça.

– Je comprends, et j'apprécie...

Elle s'interrompit quand elle réalisa ce qu'il regardait. Nick était assis juste à côté d'elle, se léchant les pattes, profitant de la distraction.

Oh, mima-t-elle, rouge pivoine.

– Je sais. Je dois me débarrasser de lui. Et je le ferai. Mais ce n'est pas si facile que ça.

Ricci lui jeta un regard noir.

– *Si* c'est *vraiment* facile. Vous l'amenez au bord de la route, vous lui faites vos adieux, et vous partez. Fin. Facile.

– Non. Vous voyez, il est blessé. Et c'est un fin limier. Si je le dépose n'importe où en ville, il va tout simplement retrouver son chemin. *Elle haussa les épaules d'un air innocent.* Il me suit partout. J'ai essayé de l'enfermer. Il entre et il sort de la maison – d'une manière ou d'une autre – je ne sais même pas comment il fait !

L'officier lui fit un signe du doigt, l'invitant à le suivre dehors. Même si elle n'avait pas vraiment envie de sortir en peignoir et les cheveux en bataille, elle savait qu'elle marchait sur des œufs. Elle sortit dans la rue, les pavés froids sous ses pieds, et le suivit sur le côté de la maison. Il pointa du doigt le coin qui s'affaissait, où, si elle se baissait, elle pouvait apercevoir une zone humide et moisie, et, au-delà, de la lumière. En fait les carreaux de sa salle de bains. Et... est-ce que c'était sa douche ?

Mystère résolu. Et pourtant, cela soulevait un autre mystère. Combien d'habitants de cette ville s'étaient approchés de ce trou pour la reluquer quand elle prenait son bain ?

Elle en eut la nausée.

– Génial.

– Si j'étais vous, je refermerais ce truc très vite.

Elle acquiesça.

– Promis. Mais même si je rebouche ce trou, il trouvera un autre moyen de rentrer. Il est malin. *Elle entremêla ses doigts, le suppliant de lui accorder plus de temps.* Pour ça, j'aurais besoin d'aller hors des limites de la ville, *très* loin des limites, et je n'ai pas le droit... N'est-ce pas ?

Ricci croisa les bras.

– Je m'en fiche. Soit vous le faites, soit je missionnerai la fourrière pour qu'elle le fasse. Et je vous assure qu'ils ne seront pas aussi gentils avec l'animal.

Elle soupira.

– Je suppose...

– Croyez-moi. Occupez-vous en aujourd'hui. Et cela devrait résoudre votre problème d'hôte indésirable.

En fait, en matière d'hôte indésirable, l'Officier Ricci était au-dessus du renard. Mais Audrey n'allait pas lui dire ça.

– J'apprécie, lui répondit-elle d'une voix mécanique. Je vais m'occuper de ça – et de lui – tout de suite.

Alors qu'elle prononçait ces mots, le petit renard tira sur sa jambe, les oreilles pointées vers elle. Est-ce que ça venait d'elle, ou comprenait-il tout ce qui venait d'être dit ?

Elle fit la moue. Puis se cramponna l'estomac. L'idée de se débarrasser de lui, de le laisser retourner dans la nature ? Cela la rendait physiquement malade.

– Allez, Audrey. Vous êtes docteur en soins animaliers. Vous savez que la place d'un animal comme lui est dans la nature. Pas dans une maison.

Effectivement, elle le savait. Mais le savoir ne l'aidait pas à se sentir mieux.

*

Audrey n'avait pas envie d'emprunter de nouveau la voiture de Mason, étant donné son comportement de diva.

Alors, plus tard ce jour-là, après avoir gâté Nick en le couvrant de câlins et en lui donnant plein de fruits – d'autres pommes et un peu de miel – elle le mit dans un panier et sortit avec lui, en direction du bas de la colline.

Le trajet de retour pour remonter la colline serait sa punition pour avoir abandonné cette pauvre créature.

Mais ce n'était pas le cas, ne cessait-elle de se rappeler. Il était sauvage. Libre. Le monde entier était sa maison. Il ne lui appartenait pas. Et il était bien mieux dehors dans la nature, avec ses amis renards.

Elle déambula sans but dans les rues, espérant que, où qu'elle aille, il ne saurait pas retrouver son odeur. Elle ne savait pas exactement où elle le laisserait, mais elle cherchait un endroit parfait. Vert. Ombragé. Avec une grande zone où il pourrait gambader. Cela l'entraîna loin de la ville à proprement parler.

Elle avait probablement marché dans les huit kilomètres quand elle trouva un endroit potable. C'était un champ herbeux, avec une vieille remise au loin, sur le point de s'effondrer. De la sueur perlait sur son front quand elle s'arrêta pour se reposer près d'un rocher sur le bord de la route.

Audrey regarda autour d'elle et inspira profondément. Elle devait le faire maintenant, avant de perdre son sang-froid.

Ouvrant le côté du panier, elle se prépara mentalement pour son adorable petite tête poilue. Quand il leva les yeux vers elle, elle se rendit compte que toute la préparation du monde n'y aurait pas suffi. Il rampa dans le coin du panier et enroula sa queue autour de lui, secouant doucement la tête. C'était presque comme s'il la suppliait, *Je t'en prie, ne fais pas ça.*

Elle sentait que sa façade de calme se fissurait, encore et encore… Et soudain les larmes commencèrent à couler. Une seconde plus tard, elle pleurait sur le bord de la route, si fort qu'une voiture s'arrêta. Le conducteur, un vieil homme, lui dit quelque chose en italien, mais elle sanglotait trop fort pour parler. Elle lui fit juste un signe de la main.

– Allez, maintenant, Nick. Je veux que tu y ailles. Bonne vie à toi. Fais-toi plein d'amis renards sympas, marmonna-t-elle en reniflant. Ce n'est pas si mal. Tu vas bien t'amuser ici, bien plus que quand tu étais avec moi. C'est promis !

Mais sa voix était si faible, que même elle n'y croyait pas.

Elle devait le faire vite, comme quand on arrache un pansement.

Le seul truc, c'était qu'il refusait de sortir du panier. Elle le pencha sur le côté, mais il resta calé dans son coin. Elle le sortit, mais il lui donna un coup de patte. Finalement, elle renversa complètement le panier, et il roula doucement dehors, sur le sol, comme un tapis rouge.

La première chose qu'il fit fut de revenir vers le panier, mais elle le souleva, avant qu'il ne puisse y trouver refuge. Elle le chassa de la voix.
– Continue. Va dans les champs. Cours. Gambade. Fais le fou. Tu vas vivre plein d'aventures amusantes.

Il la fixa, puis inclina la tête.

– Je ne vais pas me répéter ! *Elle tapa du pied, encore plus en colère après elle de s'être attachée à lui.* Pars !

Après un moment d'hésitation, il courut vers elle, enroula sa queue autour de son mollet comme une écharpe de vison, laissa échapper un petit ronronnement appréciateur, puis pivota et fila droit dans le champ, courant après un papillon. Arrivé à mi-chemin de la cabane, il s'arrêta et se retourna pour la regarder.

Avant qu'elle ne lui fasse un signe, il tourna à droite et fila vers une clôture à maille de chaîne. Il fit le tour du périmètre pendant un petit moment, puis se glissa dans un trou en dessous.

Un immense sentiment d'effroi s'abattit sur elle à ce moment-là. Bien sûr, tout ce temps, elle avait été seule, mais elle n'avait jamais ressenti la solitude aussi fort qu'à cet instant.

Elle avança vers la clôture, se demandant à quel genre d'entreprise elle appartenait. Juste au-delà se trouvait un grand hangar avec un toit de tôle ondulée. Ce n'est que quand elle arriva à l'avant de la clôture qu'elle aperçut des tas et des tas de bois de charpente soigneusement empilés. Sur le grillage, un grand panneau annonçait : *Altera Ditta di Legnami.*

Elle ne savait pas le déchiffrer, mais elle pouvait deviner ce qui était écrit. Le « A » d'Altera était dessiné de manière à ressembler à des morceaux de charpente cloués entre eux. Mignon.

Mais elle fut envahie d'un net sentiment de déjà-vu.

Elle avait déjà aperçu ce logo avant.

Son esprit revint à ce fameux jour, quand elle s'était tenue sur son perron, à regarder les déchets du projet de rénovation tomber à ses pieds. Il y avait toutes sortes de choses : de vieux tuyaux, des clous des ordures, des outils... Mais aussi quelques morceaux de charpente affublés du logo d'*Altera* marqué au tampon rouge.

À cet instant, une idée la frappa.

Fabri avait regardé le bois en question, et dit quelque chose qu'elle ne pouvait pas comprendre. Et il avait levé les yeux vers son cousin, mais était-il possible qu'il ne se soit pas adressé à lui ? Peut-être qu'il marmonnait quelque chose à propos du fournisseur de charpente.

Peut-être...

Elle s'extirpa de ses pensées et cilla en voyant Nick debout de l'autre côté de la clôture, qui la regardait, l'air de dire, *Qu'est-ce que tu vas faire ?*

– Bien, lui dit-elle, prenant sa décision.

Elle mit la main dans sa poche, en sortit son téléphone, et composa le numéro de la police.

Quand une réceptionniste lui répondit, elle dit :

– *Ciao.* Inspecteur DiNardo, *per favore.*

La réceptionniste débita un tas de mots, dont seulement deux qu'Audrey comprit.

Mi dispiace. Je suis désolée.

Elle fit un nouvel essai.

– Officier Ricci, alors ?

Cette fois, l'appel fut transmis.

Un instant plus tard, une voix d'homme répondit :

– *Si ?*

– Officier Ricci ? C'est moi, Audrey Smart.

– Ah. Audrey. Vous m'appelez pour me dire que vous êtes parvenue à vous débarrasser de votre problème, c'est ça ?

Elle fixa son « problème » de l'autre côté de la clôture.

– En fait, non. Pas tout à fait. *Elle pouvait presque sentir sa frustration au travers de la ligne téléphonique.* Je veux dire, j'allais le faire, j'étais en route pour les abords de la ville, pour l'emmener quelque part où il serait heureux, sans être capable de retrouver son chemin, mais ensuite je suis tombée sur cet endroit, et j'ai vu ce logo, et j'ai eu une idée, et maintenant elle est bien ancrée dans ma tête comme un boom…

– Attendez. Ralentissez. De quoi s'agit-il ?

Elle inspira profondément. S'éventa le visage. Le soleil tapait fort, elle se sentait étourdie, comme si elle était sur le point de s'évanouir. Elle serra le téléphone plus fort contre son oreille, et regarda autour d'elle pour s'assurer que personne n'était dans le coin. Sa voix n'était plus qu'un mince filet quand elle parla, et tellement tendue qu'elle grinçait.

– Je crois que je sais qui a tué Ernesto Fabri.

CHAPITRE VINGT-HUIT

Un silence de mort dura si longtemps au bout du fil qu'Audrey crut avoir perdu la connexion.

– Allô ?

– Je suis là, dit enfin l'Officier Ricci, et sa manière de le dire démontrait un fait indéniable : il pensait qu'elle avait perdu la tête.

– Je suis sérieuse. Je pense que vous devriez être en train de surveiller cet endroit, ou le genre de trucs que vous faites.

– Surveiller… ? commença-t-il, confus. Reprenons. Où est-ce que vous êtes, exactement ?

– Altera Charpente répondit-elle en regardant à travers la clôture.

Des hommes marchaient avec des casques de chantier et des jeans, et un peu plus loin à l'intérieur, une grande dépendance rouge, près d'une petite caravane où se trouvait un panneau indiquant *Ufficio*.

– Alors est-ce que vous allez m'envoyer du renfort ?

– Du renfort ? Attendez. Audrey. On va respirer un grand coup, d'accord ?

– Non, je vais au moins aller leur parler. C'est tout. Si je dois faire ça toute seule, alors très bien.

Il y eut un silence.

– Attendez. Audrey. L'Inspecteur DiNardo vient d'arriver.

Il se mit à parler en italien, probablement un truc du genre *Tu pourrais peut-être faire entendre raison à cette folle,* on entendit une certaine agitation au bout du fil.

Une voix répondit enfin :

– Dottore Smart ?

– Oui. Inspecteur DiNardo ? *Elle poussa un soupir de soulagement. Au moins, Ricci lui avait passé son supérieur au lieu de lui raccrocher au nez.* Je suis là, à la périphérie de la ville, et je pense avoir découvert quelqu'un, ou des gens susceptibles d'être responsables de la mort de Fabri.

– Et comment avez-vous fait ?

Il semblait légèrement ennuyé.

– En toute honnêteté, je n'étais même pas en train de fourrer mon nez là où il ne fallait pas. Croyez-moi. En me baladant ici par le plus

174

grand des hasards, je suis tombée sur une entreprise de charpentier, Altera, et je me suis souvenue avoir entendu dire que Fabri avait eu toutes sortes d'embrouilles pour de sales affaires. Et cette boîte, Altera, je m'en souviens, fournissait le bois de charpente pour le…

– Altera ?

– Oui ! Vous connaissez ?

– Bien sûr que oui. Je connais Signore Altera. Très bien, en fait.

Oh, non. Nous y voilà. C'est son cousin.

– Eh bien, je pense que quelqu'un devrait l'interroger, parce qu'il a fourni la charpente, et je pense que s'il lui a escroqué de l'argent, c'est un mobile aussi bon qu'un autre…

– Stop. Vous avez raison. Mais c'est *nous*, qui allons l'interroger. *Pas* vous. Vous comprenez ?

– Oh. Oui. Bien sûr.

– Rentrez chez vous, Dottore Smart. Je vous en prie. C'est un ordre.

Elle s'y attendait et soupira.

– Très bien. D'accord. Je vais le faire. Mais… est-ce que vous pourrez me tenir au courant de ce qui va se passer ?

– Audrey, dit-il simplement. Puis il raccrocha.

Donc, c'était non ?

Elle rangea son téléphone dans sa poche et regarda Nick derrière la clôture. Elle s'accroupit devant lui.

– Je sais, d'accord ? dit-elle, passant les doigts dans les mailles pour lui caresser la tête. Tu parles d'une escroquerie. Je fournis un indice qui peut potentiellement résoudre l'affaire, et ils ne me diront même pas comment ça se termine.

Il inclina la tête pour avoir des caresses, visiblement de son côté.

– Très bien, pataud, lui dit-elle en se relevant. Tu es un petit renard complètement dingue. Si tu veux rester ici dans le bois de charpente, très bien. Je ne suis pas un renard. Mais je pense que tu serais bien plus heureux en pleine nature.

Elle se tourna pour partir, et cette fois-ci, il gémit.

– Je suis désolée. Tu as entendu l'inspecteur. Je dois m'en aller.

Elle fit encore deux pas mais il gémit de plus belle.

– Oh, allez, mon petit. Ça suffit. Tu vas m'attirer des ennuis. Et tu vas très bien t'en sortir.

Cette fois elle se détourna, résolue à poursuivre le long de la route sans s'arrêter jusqu'à chez elle.

Mais juste à ce moment, derrière elle, une voix d'homme cria fort en italien.

– *Vattene ! Vattene, bastardo !*

Elle pivota et vit un homme se précipiter vers elle avec un vieux balai. Il était plus vieux qu'elle, et son t-shirt blanc couvrait à peine sa bedaine, semblable à celle d'Ernesto. Il portait des bretelles et des chaussures de ville, il était chauve, et portait d'impressionnants favoris. Il avait un visage rougeaud déformé par la colère.

Tout comme elle savait ce que le mot *assassina* signifiait, elle comprenait le sens du mot *bastardo*. Il commença à agiter le balai au hasard dans toutes les directions, ce qui représentait beaucoup d'effort pour un si petit et si mignon petit animal qui ne faisait absolument rien de mal. Presque gêné pour lui, Nick évita aisément les coups, sauta au sommet d'un tas de bois, et le regarda d'un air de dit *Idiot d'humain.*

– Qu'est-ce que vous faites ? cria Audrey.

Elle ne l'aimait déjà pas, parce que, non mais oh ? Aucun animal ne mérite d'être chassé à coups de balai, même si, à en juger son souffle court, l'homme subissait lui-même les conséquences de son mauvais comportement.

– Ce n'est qu'un pauvre animal sans défense.

Il plissa les yeux.

– Américaine ? *Il le dit comme si ce mot était synonyme d'« idiote ».* Ces stupides bâtards viennent ici et font leurs besoins partout sur le matériel. Je n'arrive pas à m'en débarrasser. Il faut que j'électrifie cette clôture, voilà ce qu'il faut que je fasse.

Il était tout à fait sérieux. Elle haleta.

– Vous vous foutez de moi ?

Il haussa les épaules.

– En quoi est-ce que ça vous regarde ? C'est votre animal de compagnie ?

– Non, répondit-elle immédiatement, parce qu'elle n'avait pas besoin d'avoir encore plus d'ennuis. Mais ça n'a aucune importance. Ce sont des créatures vivantes. Elles devraient être traitées avec respect.

– Ils sont sur ma propriété, grogna-t-il en agitant son poing en direction du renard. *Bastardo.*

– *Votre* propriété ?

Elle cligna des yeux. Elle était consciente de ce qu'elle avait dit à l'inspecteur, mais cet homme l'avait retenue. En plus, elle ne pouvait pas se contenter de partir. Elle pouvait lui poser quelques questions innocentes, puis laisser la police prendre le relais à son arrivée.

– Alors c'est à vous ?

Il acquiesça.

– C'est mon nom sur le panneau. Bernardo Altera.

Son instinct la démangeait. C'était peut-être sa manière de traiter Nick, mais il y avait quelque chose chez lui qui lui donnait l'impression d'être sur la bonne voie.

– Oh. J'ai entendu parler de vous, dit-elle avant de se demander si elle avait bien fait, à cause de son air surpris. Je veux dire, j'ai vu votre nom apposé sur du bois de charpente. Je travaille sur un projet, je rénove ma maison moi-même. Je pourrais avoir besoin de matériaux.

Son comportement changea en un clin d'œil. Il sourit.

– C'est vrai ? Eh bien, venez dans mon bureau. Je vais vous faire un devis.

Audrey regarda par-dessus son épaule, s'attendant à voir DiNardo et Ricci foncer vers elle, sirènes hurlantes et armes à la main. Mais la petite rue hors de la ville était déserte. Elle leva les yeux vers Nick, confortablement installé en haut de la pile.

– Très bien, d'accord, dit-elle.

Après tout, on était en plein jour. Il y avait des ouvriers partout. Pas vraiment le lieu idéal pour un film policier. Tout irait bien.

Elle passa son panier vide sur l'autre bras, et le suivit au-delà des grilles jusqu'à la cour. Alors qu'ils marchaient vers la caravane, Altera montra du doigt un chargement de bois.

– Ça ? C'est bien. Bon prix dessus. Vous aimer.

Elle ne savait pas trop si c'était une question, mais elle hocha la tête malgré tout. En ce qui la concernait, du bois de charpente… restait du bois de charpente. Son père aurait sûrement eu une opinion sur le sujet, mais pour elle il n'y avait aucune différence.

En réalité, elle ne voulait découvrir qu'une seule chose, et ce n'était pas le prix des matériaux. Elle voulait savoir où il était le matin de la mort d'Ernesto Fabri.

Poser quelques questions supplémentaires ne ferait pas de mal.

Après tout, la police serait bientôt là. Il valait mieux demander pardon que la permission.

– Vous acheter une de ces propriétés bon marché, n'est-ce pas ? lui demanda-t-il en lui tenant la porte ouverte. Le un euro ?

Elle entra, et se tourna pour voir si la police arrivait. Non, la route était déserte, aussi loin que portait son regard. Nick était occupé à sauter de planche en planche, pour atteindre la terre ferme. Elle faillit ne pas entendre la question.

– Euh, oui, c'est ça. Piazza Tre.

La caravane était minuscule, le bazar ambiant presque une insulte, les classeurs ouverts débordaient de documents. Il y avait des papiers partout. Un ventilateur bourdonnait dans un coin, oscillant doucement, agitant doucement les papiers, mais le souffle d'air n'aidait en rien à disperser la puissante odeur d'ail.

Il y avait à peine de quoi circuler entre les meubles. Altera se glissa entre un classeur et le bord d'un bureau, et se tint devant une chaise en plastique qui fit un bruit peu flatteur quand il y posa son corps imposant. Pendant ce temps, Audrey l'observa attentivement, attendant un signe. Mais il ne parut pas faire le rapprochement avec le meurtre qui avait eu lieu. Il attrapa simplement un bloc et un stylo, et griffonna.

– Dites-moi, quel genre de travaux faites-vous ?

Elle avait peut-être tort.

– Euh, eh bien…

Elle n'y avait pas vraiment songé. Elle prit place dans la chaise pliante en face de lui, et remarqua un calendrier mural, griffonné de nombreux noms de chantiers. Elle scruta le document jusqu'à la date du meurtre, plissant les yeux pour déchiffrer les pattes de mouche.

Il remarqua qu'elle regardait, alors elle détourna rapidement les yeux.

– Tout. Je veux dire, je crois que je, devrais commencer par le sous-plancher ?

Il écrivit quelque chose et prit sa calculatrice. Pendant ce temps, elle se pencha en avant et lut ce qui était écrit sur le calendrier. Pas *Fabri*. Il était indiqué, *Cappeli, 10.*

Il se retourna au moment où elle se redressait.

– Très bien. Grand comment ?

– Pas très. Je dirais… quelle est la plus petite quantité que je pourrais avoir ?

Il épilogua sur les prix, lui disant qu'elle pouvait avoir n'importe quelle quantité de bois, mais qu'elle aurait des frais de livraison en dessous de deux cents euros. Elle n'écoutait pas vraiment. Elle ne pensait pas au calendrier. Parce que s'il était attendu au chantier Cappeli à dix heures, il avait largement le temps de passer chez Nessa avant. Elle se creusa la cervelle, essayant de trouver un moyen de faire dévier la conversation vers ce qu'elle voulait vraiment savoir.

Enfin, alors qu'il était en plein milieu d'une phrase, elle balança :

– Mon amie de l'autre côté de la rue. Elle utilisait votre bois.

Il leva les yeux de son bloc, attendant visiblement qu'elle continue.

Tu t'attendais à quoi, Audrey ? Qu'il réponde, « Oh, là où j'ai buté le contremaître ? »

— Elle dit que vous êtes le meilleur en ville, continua-t-elle, racontant vraiment n'importe quoi à présent.

Mais Altera semblait marcher. Il sourit.

— Ça fait plaisir à entendre, je confirme.

— Bien sûr, elle ne faisait pas ses rénovations toute seule, ajouta-t-elle, ses yeux parcourant frénétiquement la pièce.

Il y avait un tas de classeurs métalliques sur un côté.

Celui du dessus portait une petite étiquette sur le devant, indiquant *A-Fabri*.

— Elle est passée par une entreprise de construction. Fabri Fratelli ?

Il cilla, et pendant une fraction de seconde, elle entrevit une étincelle dans son regard. Mais il ne dit rien. Il sortit ce qui ressemblait à un bloc de devis en trois exemplaires et commença à le remplir.

— Vous les connaissiez sûrement ? hasarda-t-elle.

Il secoua la tête.

— Nous travaillons avec des centaines de clients. Je ne les connais pas tous. Nom ?

L'espace d'un instant, elle se demanda si elle ne devait pas lui donner un pseudonyme. Mais elle paraîtrait encore plus suspecte. En plus, s'il s'avérait innocent, elle aurait bien besoin de se fournir *quelque part* en bois.

— Audrey Smart. Je suis surprise. C'est une entreprise assez importante. Alors vous n'avez pas entendu parler du contremaître ? Ernesto Fabri ?

Il secoua la tête, écrivant toujours des informations.

— Numéro de téléphone ?

Elle le lui donna.

— C'est étrange que vous ne l'ayez jamais rencontré. Apparemment, cela faisait un moment qu'il était dans les affaires. En fait, il est mort sur le site. C'était une chute. Certains disent qu'il a été assassiné.

Soudain il leva le nez, yeux plissés, et laissa tomber son stylo sur le papier.

— Qu'est-ce que tout cela signifie ? Qui êtes-vous ?

— Juste… *Elle fit un vague signe de main. C'était peut-être une erreur. Sa voix sortit comme un couinement.* J'achète du bois de charpente, c'est tout.

Il plissa les yeux.

— Je n'y crois pas. Pour quelle raison êtes-vous vraiment ici ?

Elle se leva si brusquement que le panier tomba de ses genoux. Elle se pencha pour le ramasser.

– Rien. Je faisais juste la conversation, mais si ça ne vous intéresse pas, je crois que je ferai affaire ailleurs.

Audrey releva le menton, indignée, et pivota pour s'avancer vers la porte.

À la même seconde, pourtant, Bernardo Altera, qui était bien plus vif qu'elle ne l'aurait soupçonné, fit le tour du bureau et plaça son corps entre elle et la sortie. Il croisa les bras.

– Je ne crois pas.

Elle déglutit en regardant par la fenêtre. Rien. Pas encore de voitures de police. Elle était seule.

Tu t'es plantée, Audrey.

Il fit un pas vers elle, l'obligeant à reculer jusqu'à ce qu'elle sente le bord métallique du bureau à l'arrière de ses cuisses. De près, son haleine sentait le rance.

– Commence à parler. Dis-moi ce que tu sais.

CHAPITRE VINGT-NEUF

Audrey restait mutique. L'homme était peut-être plus âgé qu'elle mais il avait un cou épais comme un tronc d'arbre, et des bras énormes. Il n'aurait aucun mal à la rouer de coups sur le plancher. Juste là. En plein jour. Même avec les ouvriers qui se baladaient à l'extérieur, le bruit du chariot élévateur qui vrombissait pouvait aisément noyer ses cris.

– Écoutez. Je ne veux pas d'ennuis, dit-elle en tendant de nouveau la main vers la poignée de la porte.

Cette fois, il lui posa une main sur l'épaule, et la repoussa. Un mouvement léger, et pourtant la douleur lui parcourut le bras.

– Alors tu n'aurais pas dû venir les chercher.

Oh, bon sang. Il pourrait vraiment me tuer.

– La police sera là d'une minute à l'autre, dit-elle d'une voix tremblante. Du moins, elle l'espérait.

Cela eut l'effet contraire de celui qu'elle espérait. Il devint écarlate et serra les dents.

– Tu as appelé la police ? Pour quelle raison ? Tu bluffes.

– Je ne bluffe pas.

Elle parvint à contourner le bureau jusqu'à l'allée, et se mit à reculer encore, tandis qu'il avançait de deux pas à chacun des siens.

– Mais vous avez des raisons de baliser, non ? C'était vous, n'est-ce pas ? Vous trempiez dans la combine, vous l'aidiez à gonfler les prix. Il vous a arnaqué, c'est ça ?

Altera plongea ses yeux dans les siens. Il frappa sa main ouverte, comme s'il voulait faire la même chose à sa tête. Sa voix était basse.

– Tu ne sais rien.

Mais à cet instant, elle savait qu'elle était sur la bonne piste. Il n'avait aucune raison d'agir de cette manière à moins d'avoir quelque chose à cacher.

– Alors qu'est-ce qui s'est passé ? Vous vous êtes disputés ? Est-ce que l'un d'entre vous a décidé d'être trop gourmand ? Est-ce que vous avez essayé de passer un marché, et qu'il a dit qu'il irait chez un autre fournisseur, si vous n'acceptiez pas ses conditions ?

Il se figea. Pinça les lèvres.

Je le tiens, se dit-elle, grisée.

– Et alors quoi ? Vous lui avez donné un ultimatum. Vous êtes allé au Piazza Due tôt le matin, et il vous a donné une réponse qui vous a déplu. Les choses se sont envenimées, et vous l'avez poussé du haut de la falaise. C'est ça ?

– C'était un accident, dit-il, d'une voix basse à peine audible.

Bon sang... songea-t-elle envahie de chair de poule. *J'ai raison ? J'ai vraiment raison ?*

Il la contempla, abasourdi.

– Comment avez-vous su ?

– Honnêtement, je ne savais pas, jusqu'à maintenant. J'ai eu une intuition. C'est tout.

Il plissa les yeux.

– Alors la police ne vient pas…

Il se remit à avancer vers elle.

Elle recula d'un pas.

– Non ! Ils arrivent ! cria-t-elle, mais il était déjà trop tard.

Il avança les mains, prêt à lui saisir le cou. Avant qu'il ne puisse les lui passer autour de la gorge, elle se baissa et l'esquiva, attrapant le petit ventilateur et le tenant entre eux, alors qu'elle était bloquée dans un coin. La caravane était déjà d'une étroitesse suffocante, mais à présent elle était vraiment coincée.

Elle laissa échapper un cri, et leva le ventilateur.

– Ne faites pas ça, sinon…

Une forme floue et poilue apparut dans son champ de vision, gambadant sous les fenêtres, au moment où il plongeait sur elle. L'animal bondit, resta suspendu dans les airs une fraction de seconde, avant de se retomber sur Altera, le faisant tituber en arrière.

Elle baissa les yeux juste assez longtemps pour voir Nick planter ses crocs dans l'avant-bras poilu de l'homme, juste au-dessus de sa montre en or.

Il gémit de douleur. Elle fonça vers la sortie, grimpant sur le bureau avant de se précipiter sur la porte. Elle allait la tenir ouverte pour Nick, mais il lui était déjà passé devant.

– Malin petit renard, dit-elle en sortant à l'air libre, sur le point de s'enfuir en courant.

Mais elle n'en eut pas besoin. Une voiture de police s'arrêta dans nuage de poussière, la faisant tousser. C'était un peu moins spectaculaire que ce qu'elle avait espéré après l'appel qu'elle leur avait passé. En fait, bien moins spectaculaire. Pas de gyrophares ni de sirènes, et ils n'avaient pas sorti leurs armes. Pas de renfort. Juste eux deux.

Avant même qu'ils puissent sortir de la voiture, elle commença à débriefer.

– Les gars, dit-elle à bout de souffle, en pointant la caravane du doigt. Bernardo Altera. C'est votre homme. Il vient d'avouer. Il était en affaires avec…

Elle s'interrompit en réalisant qu'il se tenait devant elle, cramponnant son poignet ensanglanté. Lui jetant un regard noir.

Elle se déplaça à l'abri derrière le corps de l'Officier Ricci.

– Demandez-lui, dit-elle d'une petite voix. Allez-y.

Ils regardaient tous Altera avec impatience. Elle était persuadée qu'il allait nier, mais il se contenta de dire :

– C'était un accident. Mais c'était une ordure. Je suis sûre que pas mal de gens dans ce monde se portent mieux depuis qu'il n'y est plus. Il a escroqué des centaines de personnes. Je voulais juste qu'il arrête.

– Conneries ! Vous étiez dans le coup avec lui ! cria Audrey, mais l'Inspecteur DiNardo leva la main.

– Vous nous raconterez tout ça au poste, dit DiNardo, avec un geste à l'attention de Ricci, qui retira les menottes de sa ceinture avant de les refermer dans le dos d'Altera.

Alors que Ricci accompagnait Altera à la voiture, Audrey tourna la tête pour éviter le regard assassin de l'homme qui venait de se faire arrêter. Pendant ce temps, DiNardo l'observait.

– Vous n'étiez pas censée rentrer chez vous ?

Elle sourit innocemment.

– J'ai été retenue.

Il éclata de rire et regarda le sol, où Nick était occupé à renifler ses chaussures.

– Vous allez pouvoir vous en débarrasser.

Elle haussa une épaule.

– Je n'y peux rien. Il me suit partout.

– Je suppose que pour cette fois, c'était une bonne chose. On dirait qu'il vous a aidée à vous tirer d'un mauvais pas.

– Oui. *Elle lui sourit. Puis elle regarda DiNardo, pleine d'espoir.* Est-ce que ça veut dire que je peux…

– Non. Pas du tout, dit-il avant de repartir vers la voiture.

Voilà tous les remerciements que je reçois pour avoir résolu l'affaire, songea-t-elle, soupirant alors que Nick se plantait entre ses pieds, un vrai chien de garde.

Mais en fait, ce n'était pas grave. Elle allait bien. Elle était libre. Libre d'aller n'importe où.

Et pourtant, le seul endroit où elle avait vraiment envie d'aller, c'était à Piazza Tre.

Chez elle.

CHAPITRE TRENTE

Audrey n'avait jamais réalisé à quel point la vie était belle. Sa petite maison était fabuleuse. En se retournant dans son lit dans la lumière du soleil du matin, elle sourit au plafond taché d'humidité, aux formes artistiques, et elle réalisa que la vie était vraiment géniale.

Elle jeta un œil à Nick, toujours allongé dans son lit, entre les oreillers, et sourit.

Elle ne laisserait jamais Nick partir. Même si cela la menait en prison.

En bas, elle entendait Mason taper au marteau sur son mur, lui offrant l'aide promise. Petit à petit, l'endroit commençait à prendre forme.

Tout était génial.

La nuit dernière, elle avait établi une liste de tout ce qu'elle devait faire. Et elle ne pouvait s'empêcher de sourire en y songeant. Même le gros-œuvre. Ce serait drôle, parce que c'était tout ce que son père aurait aimé. La digne fille de son père.

Elle prit son téléphone et rappela le Centre Vétérinaire de Back Bay. Même si c'était le milieu de la nuit à Boston, elle bascula sur la ligne d'urgence, et le Dr Carey, qui devait être d'astreinte cette nuit, décrocha.

– Oh, Audrey, dit-elle, et l'espoir transparaissait dans sa voix. J'espérais que vous appelleriez.

Audrey dit :

– Dr Carey, je suis désolée, mais je n'ai pas de bonnes nouvelles. *Pour vous, en tout cas.* Même si j'apprécie vraiment votre offre, je viens d'emménager en Sicile, et je commence à trouver mes marques ici. Je refuse d'abandonner tout de suite.

– Oh. *La déception était évidente, mais le Dr Carey se montra, comme toujours, pleine de tact et de diplomatie.* C'est vraiment dommage. Tout le monde sera très déçu de l'apprendre. Moi, je le suis.

Elle raccrocha et prit une grande inspiration. Et voilà. Elle avait coupé tous les ponts. À présent elle n'avait plus d'autre choix que de construire sa nouvelle vie en Sicile.

Audrey prit une profonde inspiration Elle avait sûrement besoin d'un miracle, si elle voulait démarrer son cabinet vétérinaire. Il y avait des formulaires à remplir, des entretiens, des mois et des mois d'attente… Et pendant ce temps, son compte en banque était en souffrance. Heureusement, elle avait appris qu'elle pouvait avoir une avance en liquide grâce à sa carte de crédit, et elle prévoyait de s'en servir pour acheter du matériel à la quincaillerie. Mais il fallait qu'elle fasse quelque chose, et vite, pour subvenir à ses besoins.

Au moins, elle n'irait pas en prison.

Tout le reste lui semblait insignifiant en comparaison.

Peut-être regretterait-elle de n'avoir pas accepté ce boulot, plus tard, mais elle savait qu'elle ne regretterait pas d'être restée en Sicile, et d'avoir essayé de faire en sorte que ça marche. Elle avait encore tant de choses à accomplir ici.

Une fois l'appel terminé, elle vit qu'elle avait deux autres messages. L'un venait de Brina, lui demandant comment les choses évoluaient. Elle lui répondrait bientôt. Le second venait de…

Wouah.

Michael Breckenridge, son ancien béguin du lycée.

Elle fit une petite grimace. Elle n'avait plus repensé à lui depuis quelques jours après cette désastreuse réunion des anciens du lycée. Elle avait l'impression que c'était il y a une éternité qu'il lui avait proposé une partie de jambes en l'air dans le vestiaire, contrecoup d'une soirée alcoolisée. Est-ce que c'était vraiment arrivé ?

Elle ouvrit le message et lut : *Salut ma puce.*

Beurk. Qu'est-ce qui, dans leur dernière rencontre, lui permettait de croire qu'elle était ne serait-ce qu'un peu intéressée ? Elle passa le doigt au-dessus du bouton « Bloquer », mais décida finalement qu'elle voulait savoir ce qui aurait pu se passer. Et que toute histoire méritait une conclusion.

Elle écrivit : *Qu'est-ce que tu veux ?*

Il répondit instantanément : *Kim et moi divorçons.*

Quelle surprise. Elle contempla ce message pendant un long moment ave de réaliser qu'elle s'en fichait complètement. Il y a un mois, une telle nouvelle l'aurait sûrement envoyée directement dans le vestiaire pour quinze minutes qu'elle aurait regrettées plus tard. Mais aujourd'hui, elle le voyait tel qu'il était. Complètement pathétique. *Désolée d'apprendre ça.*

Elle observa les points de suspension, et ensuite : *Alors, mettons-nous ensemble, bébé.*

Elle faillit éclater de rire. Et ensuite, elle lui répondit : *Désolée, je vis en Sicile à présent.*

Et *ensuite* elle bloqua le numéro.

Elle afficha un sourire triomphal.

Elle descendit, sur le point d'inspecter le travail de Mason, quand quelqu'un frappa à la porte.

Audrey fut surprise de découvrir G avec petit bol couvert de film alimentaire. Il semblait différent sans son tablier ou son bonnet, avec ses épais cheveux bouclés ébouriffés sur sa tête. Il était encore plus beau. Elle faillit ne pas le reconnaître.

— *Ciao, bella,* dit-il à mi-voix. Pardon pour la façon dont je t'ai parlé l'autre jour. Je passais une mauvaise journée, et je me suis défoulé sur toi. J'ai dû me séparer de l'un de mes serveurs, et je n'étais pas de bonne humeur. Alors je suis venu pour m'excuser. Je t'ai apporté un peu de *ciambotta.*

Enthousiaste, elle frappa dans ses mains.

— J'en rêvais ! Mais... à propos de quoi tu voudrais t'excuser ? Je ne me souviens de rien.

En fait, si, mais c'était de sa faute, pour avoir insinué qu'il aurait pu être impliqué dans le meurtre de Fabri. Quelle importance, de toute manière ? De l'eau était passée sous les ponts.

Il partit d'un grand éclat de rire.

— Eh bien, si tu ne t'en souviens pas, ce n'est pas moi qui vais te le rappeler !

Elle sourit et lui prit l'assiette.

— Tu veux entrer ? J'ai préparé de la limonade.

Il hocha la tête et entra, regardant autour de lui.

— Cet endroit, c'est sympa. C'est... *Il plissa les yeux en direction de Mason, accroupi dans la cage d'escalier avec la rambarde. Scusi.* Je ne savais pas que tu avais de la compagnie.

Mason se tourna, et Audrey fit les présentations. Est-ce que c'était elle, ou les deux hommes s'étaient jaugés comme des concurrents d'un combat de coqs ?

Il y eut un instant de silence embarrassé ; qu'Audrey se sentit obligée de combler.

Elle dit :

— Mason est aussi propriétaire d'une maison à un euro. C'est un entrepreneur, alors il est plus doué que moi pour ça. Et G est le propriétaire de La Mela Verde. Tu y es déjà allé, Mason ?

187

Il secoua la tête, cala un crayon derrière son oreille et commença à mesurer la rambarde avec un mètre ruban.

– Oh, eh bien c'est vraiment chouette, dit-elle, en versant deux verres, un pour chacun des hommes. *Elle en tendit un à G.* Surtout sa *ciambotta*. On dirait de l'or.

Mason ne répondit rien.

G inclina modestement la tête acceptant le compliment.

– Alors comment ça va ? Vous travaillez dur ?

Elle haussa les épaules.

– Ça va. Pas aussi vite que je le voudrais, mais la salle de bains et ma chambre sont déjà faites. C'est déjà ça. Cette maison n'est pas aussi grande que la plupart des autres, alors je n'ai pas vraiment grand-chose à faire.

Il acquiesça.

– C'est petit, hein ?

– Ouais. Une seule chambre.

À cet instant, Mason laissa échapper un juron dans sa barbe.

Audrey se tourna vers lui alors qu'il grognait :

– Boston. Tu peux me filer un coup de main ?

G descendit son verre et se dirigea vers la porte.

– Je ne voulais pas déranger. On se voit plus tard ?

– Oui. Je passerai te rendre ton assiette vide, lui dit-elle.

– Remplis-la ! Avec une de tes spécialités américaines. Rien que pour moi, d'accord ?

Il lui fit un clin d'œil.

Elle lui fit un sourire maladroit, tellement envoûtée par son clin d'œil qu'elle en oubliant totalement qu'elle n'était pas une bonne cuisinière. Des spécialités américaines ? Est-ce qu'elle connaissait la moindre recette qui mériterait un tel qualificatif ? Il n'aimerait sûrement pas son plat de pâtes habituel avec des cubes de jambon. Comparé à la *ciambotta* ? Elle grimaça.

Derrière elle, Mason siffla.

– Allô ? Je déteste devoir interrompre votre petite lune de miel, là, mais…

Elle pivota. S'il ne s'était pas agi d'elle, Audrey aurait pensé qu'il était jaloux.

– Tais-toi. Quoi ?

Il pointa le mur. Les trous causés par sa vaine tentative d'installer la rambarde étaient toujours là, mais à présent ils étaient encore plus gros. Il avait *empiré* les choses.

– Qu'est-ce que tu as fait ?

G pivota à la porte, visiblement curieux, et vint voir lui aussi.

– Hé. Ce n'est pas de ma faute. J'ai rebouché les trous, mais ça n'a pas fonctionné. Parce que ce mur, ce n'est pas un mur. C'est comme... du papier à musique.

Elle fronça les sourcils.

– Un rideau de douche ?

Il lui dit signe d'approcher dans la cage d'escalier. Elle trébucha sur les marches, et quand il pointa l'un des trous, elle ne comprit pas tout de suite, jusqu'à ce qu'elle y regarde de plus près et réalise qu'il ne s'agissait pas d'un simple trou dans le plâtre.

C'était un gros, un énorme, trou béant.

Elle rapprocha son œil de l'ouverture, et plissa les yeux devant ce gouffre obscur.

– Qu'est-ce... Où est-ce que ça mène ?

– Je crois que c'est la maison d'à côté. Tes voisins.

G siffla.

Elle se sentait nauséeuse. Alors maintenant, non seulement elle avait un trou de l'extérieur vers sa salle de bains, mais elle avait aussi un trou dans la maison, qui menait à celle d'à côté. C'était logique, elles avaient toutes des murs mitoyens, l'une après l'autre, comme des appartements, mais elle n'avait pas réalisé à quel point ils étaient minces, surtout qu'elle n'avait jamais rien vu n'y entendu de ce côté. En fait, il y avait une double porte bleue à quelques mètres en remontant la rue, qui donnait sur ce qui semblait être une maison assez grande, mais personne n'en était jamais entré ou sorti.

– Des voisins ? Quels voisins ? Je crois que cette maison est abandonnée aussi.

Il prit un stylo torche et éclaira l'intérieur.

– Dommage. Ça a l'air sympa là-dedans.

– Ah oui ?

C'était parfaitement injuste, la maison d'à côté était aussi à un euro, et elle était plus grande et plus sympa que la sienne ? Il y avait sûrement un jardin aussi. Elle s'empara de la torche et commença à regarder elle-même, jusqu'à se rendre compte qu'elle était en train d'espionner ce qui aurait pu être la maison de quelqu'un. Elle soupira.

– Bon, comment on répare ça ?

– Je pense qu'il faut que tu répares tout le mur. Ce truc est temporaire. Il est creux. Comme je te l'ai dit. C'est du papier à musique.

189

Elle soupira. Elle n'avait toujours pas sa licence, et elle n'irait pas bien loin avec le reste de son argent.

– Ça m'a l'air cher.

– *Très*, intervint G, empirant les choses.

Mason haussa les épaules.

– Je te déconseille de le faire toi-même.

Juste à ce moment, quelqu'un frappa bruyamment à la porte. Est-ce que toute la ville avait l'intention de venir voir ses malheurs ?

Audrey repoussa une mèche de cheveux derrière son oreille et soupira lentement.

– Qu'est-ce qui pourrait encore mal tourner aujourd'hui ?

Elle retourna à la porte, pour y trouver l'Inspecteur DiNardo, grand macho dont elle avait autrefois une peur bleue, tenant un petit Persan blanc qui faisait la moue la plus adorable du monde. À côté de lui se trouvait un homme plus âgé, chauve et bien habillé, qu'Audrey n'avait jamais vu avant.

Elle était perplexe, mais ses yeux ne cessaient de revenir au chat.

– Oh ! dit Audrey, tellement hypnotisée par l'animal qu'elle faillit en oublier l'Inspecteur qui le tenait. Bonjour. Qu'est-ce que tu es mignon !

Elle caressa immédiatement l'animal, qui se pencha contre sa main. C'est à ce moment qu'elle remarqua le voile caractéristique sur son œil, avec sa paupière enflée.

Son propriétaire dit :

– J'ai entendu dire que vous étiez vétérinaire ? Luna est malade depuis trois jours.

– En effet, répondit-elle. Mais je ne suis pas vraiment autorisée à soigner des animaux sans ma licence. Je pourrais avoir des ennuis.

Elle lui sourit.

Alors qu'ils entraient dans la maison, Nick sauta soudain au bas des escaliers, et se tint fièrement dans le vestibule.

Audrey fit la moue. Elle se prépara.

Mais ils ne firent aucune remarque.

G et Mason vinrent aussi. La petite maison commençait à devenir sérieusement encombrée.

DiNardo demanda tristement :

– Vous savez ce qu'a Luna ?

Audrey sortit sa trousse médicale, et prit le chat dans ses bras. Ses premiers soupçons se confirmèrent après un rapide examen.

– Oui. Simple conjonctivite. Très banal.

DiNardo n'eut pas l'air satisfait. C'était drôle de voir cet homme costaud cajoler son petit chat, le dorloter, se pencher sur lui comme s'il représentait tout pour lui.

– Est-ce que vous en êtes sûre ?

– Tout à fait. Normalement, je prescrirais des antibiotiques pour nettoyer, mais comme je n'ai pas de licence, je ne peux pas vous aider à ce niveau-là. Mais ça devrait s'estomper tout seul d'ici quelques jours.

Son ami distingué s'avança soudain, et s'éclaircit la gorge.

– Nous espérions vous aider, aidez-nous, dit le vieil homme en lui offrant une petite bouteille semblable à celle qu'elle prévoyait d'offrir à Ernesto en ce jour funeste. Acceptez cette huile d'olive, pour la prospérité. Je suis Orlando Falco, président du conseil municipal de Mussomeli. Nous sommes ravis que vous ayez choisi d'acheter l'une de nos magnifiques propriétés, et d'intégrer notre petite communauté.

Audrey prit le cadeau.

– Merci. Ravie de vous rencontrer ! Et je suis ravie d'être là aussi.

– Lors du dernier conseil, nous avons abordé le sujet du nombre croissant d'animaux errants en ville. Ils sont partout, et apparemment, beaucoup sont malades et meurent de maladie dans les rues. Nous ne pouvons pas nous le permettre si nous voulons attirer plus de monde dans la commune.

Elle hocha la tête, se rappelant de ce pauvre chat devant La Mela Verde.

– Oui, ils ont probablement la gale. Ça se traite facilement, mais il faut d'abord attraper les animaux.

– C'est ce pour quoi nous espérions que vous pourriez nous aider, dit DiNardo.

Elle fit une pause, essayant de comprendre.

– Vous voulez que j'attrape des animaux errants ?

– Oh, non. Du moins, pas tout à fait. Nous voulons que vous fondiez un refuge, où amener et soigner ces animaux. Vous comprenez, nous n'avons pas de vétérinaire à Mussomeli, et nous avons besoin de vous, dit Falco. Pour accueillir ces animaux.

Elle se demanda si elle n'était pas en train de rêver.

– Bien sûr, nous paierons pour le bâtiment. Nous avons pensé à un emplacement, en centre-ville. Mais il va falloir pas mal de réparations. Cela demandera beaucoup de travail, et ce sera à vous de vous en charger.

Elle le fixa, sans voix, abasourdie.

Il sourit.

– Nous avons besoin d'un vétérinaire dans cette ville. Nous avons besoin de vous.

Audrey sentait son cœur battre à tout rompre, gonflée d'enthousiasme. Était-ce possible qu'une chose pareille lui arrive ?

Il plongea la main dans la poche de sa veste et en sortit une enveloppe.

– Nous avons accéléré la procédure, dit-il en la lui tendant.

Elle ouvrit le rabat, et jeta un œil dans l'enveloppe. Il n'y avait qu'un simple document à l'intérieur. Elle n'eut pas besoin d'y regarder à deux fois pour savoir que c'était sa licence pour exercer la médecine vétérinaire en Sicile. Elle aurait bien fait une danse de la joie dans son vestibule-cuisine, si la pièce avait été plus grande, et pas aussi encombrée de monde.

Elle se mit à pleurer.

Les gratifia tous d'un énorme câlin, comme s'ils venaient tous de lui accorder sa licence d'exercer.

Ils virèrent tous un peu à l'écarlate.

– J'adorerais… dit-elle en essuyant ses larmes. Et… ça n'aurait pas pu arriver à un meilleur moment. J'aurais dû rentrer chez moi bientôt sinon. Je commence à manquer d'argent.

Il sourit.

– Vous en aurez besoin ! Étant donné que vous avez acheté l'une des plus grandes maisons de la ville, dit-il.

– Oui, étant d… *Elle se figea.* Pardon, quoi ?

– Oui, l'une des plus grandes et des plus anciennes. Une tâche dantesque pour quelqu'un qui rénove, mais vous avez un véritable esprit d'aventure, non ?

Elle secoua la tête. L'anglais n'était pas sa langue maternelle, il avait dû se tromper de mot

– Vous voulez dire, l'une des plus petites propriétés ? L'une des plus en ruines, n'est-ce pas ?

Il secoua la tête, l'air confus.

– Non. La *plus grande*. Autrefois propriété d'une femme noble au XVIe siècle, qui entretenait une liaison secrète avec un notable qui n'était pas son mari, d'après la rumeur.

Elle rit. Intéressant. Certes l'endroit ressemblait à une grotte, l'endroit idéal pour abriter une liaison, mais elle avait du mal à croire qu'un noble ait jamais vécu ici.

Elle se déplaça de côté, et pointa du doigt l'endroit.

– Elle devait avoir des goûts très simples.

Falco eut l'air confus. Puis il repéra Mason, qui se tenait dans la cage d'escalier avec son marteau. Il lui lança un regard en coin.

– *Dio*, que s'est-il passé ici ?

– Oui, soupira Audrey. Comme vous pouvez le voir, nous avons un petit souci de rambarde. Mais Mason est un charpentier professionnel, et il…

– Mais d'où sort ce mur ? *Le conseiller se dirigea vers lui, grimpa dans la cage d'escalier, et le secoua.* Qui a mis ça ici ?

Audrey le regardait, confuse à son tour.

– Comment ça ? Il n'est pas censé être là ?

Il fit un signe en direction du marteau de Mason. Il le lui tendit à contrecœur. Falco coinça l'extrémité du marteau dans le trou béant qui ne menait nulle part et tira, faisant tout tomber en morceaux. De la poussière et de l'air sentant le moisi emplirent la pièce, mais quand elle retomba, laissant apparaître un énorme trou, la lumière naturelle se déversa par l'ouverture.

Falco pointa du doigt.

– C'est *aussi* Piazza Tre.

– Quoi ?

Elle grimpa les marches et regarda dans le trou, qui était beaucoup plus large à présent.

En plus de l'autre moitié de la cage d'escalier, il y avait une énorme pièce *meublée* et ouverte, aussi grande qu'une salle de bal, avec de grandes fenêtres panoramiques, et des accents gothiques. En haut de cette cage d'escalier, le couloir donnait sur au moins deux autres chambres.

Il avait raison. C'était immense.

Elle passa la tête si loin qu'elle faillit tomber au travers, tordit le cou pour voir ce qui se trouvait au bout d'un long couloir, sous les marches.

– Où est-ce qu'il mène ? Ce passage, là ?

Falco jeta un œil et haussa les épaules.

– Vers votre jardin, j'en suis sûr.

Son jardin ?!?

Elle secoua la tête, incrédule.

– Vous êtes sûr que tout ceci est à moi ?

Le conseiller hocha la tête.

– Oui. Tout à fait sûr. L'ancien propriétaire a eu des soucis financiers, et il a illégalement séparé une partie de la maison pour la louer. C'est dans cette partie que vous viviez. Oh, mon Dieu, vous pensiez vraiment que ce cagibi était votre maison ?

Elle renifla, à deux doigts de pleurer, incapable de prononcer un mot.

Son père aurait adoré cet endroit. C'était lui qui disait que chacun de ses projets était une aventure. Elle jeta encore un œil dans le trou, bondir hors de sa poitrine Mason lui sourit.

– Est-ce que ce sont des larmes de joie parce que tu ne possèdes plus la maison la plus moche de la ville à présent, ou des larmes de tristesse parce que tu as avoir encore plus de rénovations à faire ?

Elle haussa les épaules.

– Je suis juste sous le choc. *Elle essuya ses larmes et sourit aux hommes.* Oui. Oui, je serais ravie de le faire. Merci de cette opportunité.

– Attends, attends, attends, dit Mason, croisant les bras. Tu n'as pas envie d'y réfléchir ? Tu n'as pas les yeux plus gros que le ventre ? Tu te rends compte de ce pour quoi tu signes.

– Comment ça ? Bien sûr que oui.

Il regarda au travers du trou, et secoua la tête.

– Tu es certaine ? Rénover cette immense maison *et* un refuge ? C'est toi qui es venue à moi en pleurant parce que tu pensais que ta douche essayait de te tuer. Apparemment, c'était le cadet de tes soucis.

– D'accord, oui, ça va être un énorme boulot. Mais je t'ai, *toi.* N'est-ce pas ?

Son sourire disparut.

– Et si j'ai un refuge, et ma licence, j'aurai de l'argent pour te *payer* pour tes services.

Mason acquiesça.

– Maintenant je vois où tu veux en venir. Très bien, j'accepte.

– En plus, nous vous obtiendrons un permis spécial pour que vous puissiez garder le renard aussi, ajouta DiNardo, histoire d'influencer son choix.

Comme s'il comprenait, Nick se frotta contre ses chevilles.

Elle sourit, et lui tendit la main.

– Je crois que vous avez un nouveau vétérinaire.

Leurs projets d'installation de rambarde suspendus, ils fêtèrent la nouvelle en lieu et place, en trinquant à la limonade. Personne ne semblait pressé de s'en aller, et elle se demanda pendant un instant s'ils comptaient tous dormir ici.

– Eh bien, je pense qu'il serait impoli de ma part de ne pas vous faire faire le tour du propriétaire, dit-elle avec un sourire.

Sourire qui s'agrandit encore quand elle regarda le trou béant dans le mur et qu'ils se rapprochèrent tous d'elle.

Mission exploration.

Ils grimpèrent tous par le trou dans le mur, et observèrent le reste de sa maison.

Elle en avait le souffle coupé.

C'était immense, un palais pour une reine. Elle souleva l'un des draps pour révéler un élégant fauteuil en damas bleu. Poussiéreux, mais adorable. C'était comme un voyage dans le temps, une collection d'objets originaux, de facture exquise, qui témoignait de l'amour du travail manuel ; il y avait des portes ornées, et des corniches sculptées. C'était incroyable.

En haut d'un large escalier se trouvaient une autre chambre et une salle de bains, le tout réalisé avec un incroyable sens du détail.

Les hommes sifflèrent tous en même temps.

Le cœur battant, elle descendit sur la pointe des pieds, traversa le couloir étroit, la main tremblante quand elle tourna la poignée pour aller dehors. Dans un jardin. *Son* jardin.

Elle sortit dans un grand et magnifique patio, menant à un énorme jardin luxuriant, à l'ombre des oliviers, et entouré de murs couverts de lierre.

Elle marcha dans l'herbe, peinant à croire à la sensation de *l'herbe* sous ses pieds.

Elle se dirigea vers le mur, couvert de lierre envahissant, se demandant si la vue qui se cachait derrière était celle dont elle avait rêvé.

Elle resta bouche bée devant la vue qui s'étirait sous ses yeux.

Là devant elle, inondant sa cour, se trouva la plus spectaculaire des vues du vieux château au loin, les collines ondoyantes, et les vignobles en dessous. Tout était si vivant et les couleurs explosaient de partout, les plus belles qu'elle ait jamais vues. Elle était complètement abasourdie, et ce n'était pas la première fois aujourd'hui.

C'était son jardin, sa vue. Cette maison était *la sienne.*

Le chaud soleil méditerranéen réchauffa son visage quand elle se tourna et contempla la maison. *Sa* maison. Un petit coin du monde, pas si petit que ça finalement, rien que pour elle.

Bien sûr, elle avait besoin de travaux, de *beaucoup* de travaux, mais à présent elle était prête. Après tout, elle était la fille de son père.

C'était absolument tout ce qu'elle avait imaginé, à la minute où elle avait regardé cette annonce, assise dans le tramway à Boston.

À présent, elle pouvait s'imaginer vivre ici. Faire sa vie ici.

Juste à cet instant, Nick lui sauta dans les bras, comme s'il voulait faire partie de ses rêves.

Et ces rêves ne faisaient que commencer.

MAINTENANT DISPONIBLE !

UNE VILLA EN SICILE : UN CADAVRE ET DES FIGUES
Un Cozy Mystery entre Chats et Chiens – Livre 2

« Très divertissant. Chaudement recommandé pour la bibliothèque de tout lecteur qui apprécie un mystère bien écrit avec des rebondissements et une intrigue intelligente. Vous ne serez pas déçu. C'est un excellent moyen de passer un week-end hivernal ! »
--Books and Movie Reviews (à propos de *Meurtre au Manoir*)

UNE VILLA EN SICILE : UN CADAVRE ET DES FIGUES est le deuxième livre d'une captivante nouvelle série de *cosy mysteries* par l'auteur à succès Fiona Grace, auteur de *Meurtre au Manoir*, un best-seller n°1 avec plus de 100 critiques cinq étoiles (et un téléchargement gratuit) !

Audrey Smart, 34 ans, a entrepris un changement majeur dans sa vie, quittant sa vie de vétérinaire (ainsi qu'une succession de romances ratées) et déménageant en Sicile pour acheter une maison à 1 $ - et se lancer dans des rénovations, domaine dont elle ignore à peu près tout.

Audrey est occupée à ouvrir le nouvel abri de la ville, tout en rénovant sa propre maison aux multiples problèmes - et en sortant à nouveau. Avec l'aide d'amis, elle commence à accueillir des animaux errants et malades. Mais tout le monde en ville ne se montre pas reconnaissant pour ses services et elle se fait bientôt des ennemis inattendus.

Quand Audrey apprend qu'un chien blessé se trouve près de la côte, elle s'y rend pour l'aider, et trouve à la place le cadavre d'un puissant notable.

Audrey, désormais suspecte, peut-elle résoudre le crime et effacer les soupçons qui pèsent sur elle ?

Ou bien son rêve sicilien s'effondrera-t-il ?

Un *cosy* plein de mystère, de rires, d'intrigues, de rénovations, d'animaux, de cuisine, de vin - et bien sûr, d'amour - UNE VILLA EN SICILE saura vous captiver et vous tenir en haleine jusqu'à la toute dernière page.

« Le livre avait du cœur et toute l'histoire fonctionnait de manière très fluide, sans sacrifier ni l'intrigue, ni la personnalité. J'ai adoré les personnages – il y avait tellement de personnages fantastiques ! J'ai hâte de lire ce que Fiona Grace nous réserve pour la suite ! »
-- Critique d'Amazon (à propos de *Meurtre au Manoir*)

« Wow, ce livre décolle et ne s'arrête jamais ! Je n'ai pas pu le poser ! Je recommande chaudement pour ceux qui aiment un super *cosy mystery* avec des rebondissements, des retournements, de la romance et un parent perdu depuis longtemps ! Je lis le prochain livre en ce moment même ! »
-- Critique d'Amazon (à propos de *Meurtre au Manoir*)

« Ce livre va à un rythme plutôt soutenu. Il a tout juste le bon mélange de personnages, de lieux et d'émotions. J'ai eu du mal à le reposer et j'espère lire le prochain livre de la série. »
-- Critique d'Amazon (à propos de *Meurtre au Manoir*)

Le livre n°3 de la série – VIN ET MORT - est désormais également disponible !

Fiona Grace

L'auteure débutante Fiona Grace est l'auteure de la série LES HISTOIRES À SUSPENSE DE LACEY DOYLE, qui comporte neuf tomes (pour l'instant), de la série des ROMANS À SUSPENSE EN VIGNOBLE TOSCAN, qui comporte quatre tomes (pour l'instant), de la série des ROMAN POLICIER ENSORCELÉ, qui comporte trois tomes (pour l'instant) et de la série des ROMANS À SUSPENSE DE LA BOULANGERIE DE LA PLAGE, qui comporte trois tomes (pour l'instant).

Comme Fiona aimerait communiquer avec vous, allez sur www.fionagraceauthor.com et vous aurez droit à des livres électroniques gratuits, vous apprendrez les dernières nouvelles et vous resterez en contact avec elle.

PAR FIONA GRACE

UN COZY MYSTERY ENTRE CHATS ET CHIENS
UNE VILLA EN SICILE : MEURTRE ET HUILE D'OLIVE (Tome 1)

SÉRIE POLICIÈRE COSY LA BOULANGERIE DE LA PLAGE
UN CUPCAKE FATAL (Tome 1)

UN ROMAN POLICIER ENSORCELÉ
SCEPTIQUE À SALEM : UN ÉPISODE DE MEURTRE (Tome 1)

LES ROMANS POLICIERS DE LACEY DOYLE
MEURTRE AU MANOIR (Tome 1)
LA MORT ET LE CHIEN (Tome 2)
CRIME AU CAFÉ (Tome 3)
UNE VISITE CONTRARIANTE (Tome 4)
TUÉ PAR UN BAISER (Tome 5)
RUINE PAR UNE PEINTURE (Tome 6)

ROMAN À SUSPENSE EN VIGNOBLE TOSCAN
MÛR POUR LE MEURTRE (Tome 1)
MÛR POUR LA MORT (Tome 2)
MÛR POUR LA PAGAILLE (Tome 3)
MÛR POUR LA SÉDUCTION (Tome 4)